地球幼年期の終わり

アーサー・C・クラーク
沼 沢 洽 治 訳

CHILDHOOD'S END

by

Arthur C. Clarke

1953

目次

地球幼年期の終わり

プロローグ

1

太平洋の深淵(しんえん)から、ここタラツーアの島を噴火によって水面まで押し上げた火山は、過去五十万年眠ったままでいる。だが、じきに――とラインホルドは考える――島は誕生のときなどとくらべものにならない強烈な焔(ほのお)に押し包まれるのだ。ラインホルドはロケット発射基地に目を走らせ、〈コロンブス〉のまわりにまだ組まれたままのピラミッド形の足場を、下から上へと視線で追った。地上六十メートル――宇宙船〈コロンブス〉の船首が、沈む入り陽(び)の最後の光に照り映えている。あの船にとってはもう残り少ない、地上の夜がまた来ようとしているのだ。やがて〈コロンブス〉は、宇宙空間の永遠の陽光の中をさまようのである。

ここは火山島の背骨を形成する岩山の上であり、椰子(やし)の木陰は静かだった。〈コロンブス〉計画基地から聞こえてくる音といえば、たまに流れてくるエア・コンプレッサーの騒音と、作業員のかすかな叫び声だけ。ラインホルドはいつのまにか、この椰子の木立が好きになって、夕方になると毎日ここを訪れては、彼の王国ともいうべきあの小さな世界を眺めおろしてすごすのだった。〈コロンブス〉が、猛り狂う焔の中を星めがけて舞い上がっていく日、この椰子の木たちも跡形なく吹き飛んでしまう。そう思うと悲しいのだ。

環礁の一キロ半ほどの沖合に碇泊した空母〈ジェイムズ・フォレスタル〉が、サーチライトをともして、暗くなった水面を撫でまわしていた。太陽は完全に姿を没し、東から南国の足早の夜が飛ぶようにやってくる。こんな岸近くでソ連の潜水艦が見つかると思っているのだろうか、とラインホルドはあざけるような心地で考えるのだった。

いつもそうだが、ソ連のことを思うと必ず、コンラッドとあの一九四五年の激動の春の思い出がよみがえる。あれから三十年たった。しかし、東西からの波にゆさぶられてヒトラーの第三帝国が崩壊寸前だったあの最後の日々の思い出は色あせることがない。コンラッドの疲れはてた青い目と、顎の金髪の無精ひげがまだ目に焼きついている。あの日二人は、難民が引きもきらぬ流れとなって通りゆくプロシアの廃墟と化した村で、握手して別れた。あの別離は、その後の世界史のすべての象徴のようなものだった。東西の分裂。コンラッドはモスクワへの道を選んだ。馬鹿なやつだと当時は思ったものの、いまになってみると、果たしてそう言いきれるかどうかおぼつかない気がする。

三十年ものあいだ、コンラッドは死んだものとばかり思っていたのだが、つい一週間前、技術諜報部のサンドマイヤー大佐から知らされたのだ。ラインホルドは大佐が気に入らない。どうやら大佐のほうも同じらしいが、二人とも好き嫌いを仕事に持ち込むようなことはしなかった。

「ホフマンさん」と、大佐はとっておきのよそいきの態度で切り出したのだった。「ワシントンからとんでもない情報がたったいま届いたんだ。もちろん極秘だが、技術関係者一同にはお知らせしておこうということになった。急いでもらう必要をみんなに認識していただきたくてね」

口をつぐんでもったいをつけたが、ラインホルドには効きめがない。なぜか、相手の言い出すことがなにか、もうわかっていたのだ。

「ソ連の技術は、われわれとほとんど同じレベルに達しているというのだ。すでになんらかの形で原子力推進を開発している。しかも、われわれのより優秀かもしれない。バイカル湖畔で宇宙船を建造中だという。どこまで完成しているかはわからないが、諜報部は年内に打ち上げるのではないかという見とおしだ。これがどういう意味かはおわかりでしょう」

わかっている、とラインホルドは思う。いよいよ競争開始——ひょっとするとこちらの負けなのだ。

「向こうの技術陣のリーダーは誰なんです?」

ラインホルドはたずねたが、答えが得られるとは予期していなかった。だが驚いたことに、サンドマイヤー大佐はタイプ打ちされた一枚の書類を彼のほうに押しやった。そのリストのトップに名があった——コンラッド・シュナイダー。

「ドイツのペーネミュンデのロケット研究所で、あなたのおなじみだった顔ぶれがだいぶいるはずだがね、この中には」と大佐は言った。「だから、向こうのやり方もある程度見当がつくかもしれないと思ってね。ひとつ、できるだけ多くの連中の名に注をつけてほしいのだ――誰がなにを得意とするか、どんな結構な思いつきをしたか、等々を。もうだいぶ昔の話だから大変だと思うが、できるだけやっていただけないかね」

「いや、肝心なのはコンラッド・シュナイダーだけでしょう」ラインホルドはそう答えた。「この男はできるやつでした。ほかの連中はせいぜい腕のいい技師にすぎません。ここ三十年間にコンラッドがどんな仕事をやってのけたか、まさに神のみぞ知る、です。いいですか、コンラッドはたぶん、わたしたちの仕事の成果には全部目を通している、逆にわたしたちは彼の成果については蚊帳の外です。どうみても、彼のほうに分がある」

諜報部を批判するつもりで言ったわけではなかったが、一瞬、大佐は気を悪くしそうな気配を見せた。だが、大佐は肩をすくめて言った。

「いや、あなたが前に言っておられたように、こいつにはプラスマイナス両面がある。われわれの自由な情報交換という建て前は、なるほど敵に若干の情報を漏らすというマイナスはあっても、技術進歩の速度を増すことができる。ソ連の研究陣はおそらく、自分の仲間がなにをやっているのかさえ知らない場合が多いだろう。ひとつ、民主主義が月に一番乗りするところを見せてやろうじゃないか」

なにが民主主義だ！――とラインホルドは思ったが、さすがに口に出すのははばかられた。

コンラッド・シュナイダーという一つの名は、選挙人名簿の百万の名に値（あたい）するのだ。ソ連の全資源を後ろ楯にしたコンラッドが、いままでに果たしてどれだけの成果をあげているかは、はかり知れないものがある。ひょっとすると、コンラッドの宇宙船はいまこの瞬間にも、地球を遠ざかり、一路宇宙へと進んでいるかもしれないのだ……

　タラツーアの島では没してしまった同じ太陽が、バイカル湖ではまだ中天高くかかっている。そのころコンラッド・シュナイダーとソ連邦原子力副人民委員は、テスト台にとりつけられたエンジンをあとにして、ゆっくり戻ってくるところだった。雷のようなエンジン音のこだまがバイカル湖の上に消えてからもう十分もたつというのに、二人の耳はまだじーんと痛んだ。

「浮かない顔をして、どうしたんです？」ふいにグリゴリエヴィッチがたずねかけた。「喜んでしかるべきじゃないですか。もう一カ月すれば、わたしたちの船は出発だ。ヤンキーども、くやしさのあまり窒息しますよ、きっと」

「いつもながら、きみという人は楽天家だ」シュナイダーは答える。「エンジンは大丈夫だが、それだけでは問題は片づかない。確かに、もうこれといったトラブルは思いあたらないけれど、ぼくが心配なのはタラツーア島からの報告でね。前にお話ししたように、ホフマンという男はできる。しかも何十億ドルもの後ろ楯がある。彼の宇宙船をとった写真はみんなぼやけているが、どうも完成間近らしいことはわかる。しかもエンジン・テストを五週間前にやったことは知ってのとおりだ」

「心配ご無用」グリゴリエヴィッチは笑ってみせた。「どぎもを抜かれるのはやつらのほうです。いいですか、やつらはわたしたちのことをこれっぽっちも知らないんですよ」

さてどうかな、とシュナイダーは考えたものの、けげんな顔は見せないほうが安全だと心にきめた。そんな顔を見せたりすれば、グリゴリエヴィッチの心は、あれこれとひねくれた動きをはじめかねない。もし機密漏洩が発覚した場合は、シュナイダーは身のあかしを立てるのに大汗をかかなければなるまい。

本部棟に戻る。衛兵が敬礼した。兵士の数は技師の数と変わらないのだな、ここは、とコンラッドはけわしい心地だったが、これがソ連流なのであり、自分の邪魔にならないかぎりは愚痴(ぐち)を言う気はない。腹の立つ若干の例外はあったけれど、だいたいにおいて物事はコンラッドの願っていたとおりに運んでいるのだ。ラインホルドと自分と、どちらが賢明な選択をしたのか——答えてくれるのは、これからの未来だけだ。

最終報告の作成にとりかかったところへ、人のわめき声が聞こえてきて、コンラッドは手をとめた。一瞬、コンラッドは机に釘づけになった。基地の厳しい規律を乱すほどの出来事とは、いったい何なのだろう？　それから窓辺へ歩み寄り——そしてコンラッドは生まれて初めて絶望の味を知らされた。

ラインホルドが小高い丘を降りていくころ、周囲は星でいっぱいだった。海上では空母〈フォレスタル〉が相変わらず光の指で海面を探っている。浜の向こうでは、〈コロンブス〉のまわりの足場に灯がともり、一変して照明をほどこしたクリスマス・ツリーとなっていた。船首だけが突き出して、星をさえぎる黒い影として見える。

居住区のほうからラジオのダンス・ミュージックがけたたましく聞こえ、ラインホルドの足どりも、それにつられて思わず早まった。砂浜の縁の小道にたどりつく手前で、ふと彼は足をとめた——一種の予感、ちらりと目に映るか映らないかの、ものの動く気配がしたのだ。けげんに思って、彼は陸から海へ、ふたたび陸へと視線を走らせたが、しばらくしてやっと気がつき、空を見上げた。

そして、同じ瞬間にコンラッド・シュナイダーが悟ったように、ラインホルド・ホフマンも自分の負けを悟った。恐れていたような数週間数カ月の負けではない。数千年のそれだった。星を横切って、黒い巨大な影がいくつもいくつも、音もなく飛んでいる。地上何キロの高度だろうか、とても憶測する勇気が出ない高さだった。あの影と、彼のちっぽけな〈コロンブス〉との差は、〈コロンブス〉対旧石器時代の丸木舟との差にひとしい。永遠とも思われる一瞬、ラインホルドは——そして全世界は——かたずを呑んで見守った。巨大な船がいくつも降りてくる。圧倒的な威容だ。ついにラインホルドの耳にも、成層圏の希薄な空気を突っきる宇宙船団の、かすかな、かん高い音が聞こえてきた。

一生の仕事がふいになってしまった。とはいうものの、ラインホルドは悔やむ気にもならなかった。人類を星へ送るために懸命に働いてきた彼である。いざ成功という瞬間に、あの超然とした冷淡な星々は、自分たちのほうから出かけてきたのだ。歴史が息を呑む瞬間、現在が過去から切り離され、親たる氷の崖を離れる氷山のように孤独な誇りに満ちた船出をする瞬間だった。過ぎ去った時代の業績のすべてが、いまや無に帰した。ラインホルドの頭の中に、ただ一つの思いがこだまとなって去来する——

人類はもう孤独ではない。

第一部　地球と〈上主〉たちと

2

国連事務総長は大きな窓のそばに身動きもせず立って、ニューヨークの目抜き通り、四十三丁目を這うように動く車の流れを見下ろしていた。同胞たる人間たちをこんな高いところから見下ろす職場で働くことは、果たして良いものやら悪いものやらと事務総長はときどき疑わしくなった。超越はなるほど結構なことだが、下手をするとたちまち無関心に変わりかねない。いや、それとも自分は、ニューヨーク暮らし二十年にもなってまだ根強く残っている摩天楼（まてんろう）嫌いの念を理屈で正当化しようとしているだけなのだろうか、とも思うのだ。

背後でドアの開く音がした。はいってきたのはピーター・ヴァン・ライバーグだ。だが事務総長は振り向きもしない。例によってピーターは室温調整器をにらみつけているらしく、しばらく間（ま）があった。ストルムグレン国連事務総長は冷蔵庫の中に暮らす趣味がある、というのがお定まりの冗談になっているほどだ。事務総長は補佐官のピーターが窓辺にやってくるまで待ってから初めて、もう馴れっこの、しかしいつ見ても人の心をひきつける眼下の情景から目をふりほどいた。

「遅いですね、連中は」とピーターが言う。「ウェインライトはもう五分の遅刻です」

「いや、たったいま警察から連絡があってね。お供の行列が大変で、交通渋滞が起きてしまっているとか。もう着くころだよ」

ピーターは黙っていたが、ふいにつけ加えた。「ウェインライトに会うのがいいことだと、事務総長はまだ確信をお持ちなんですか？」

「いまとなってはもう引っ込むわけにいくまい。なるほど、そもそもわたしが言い出したことではないに違いないけれど、会おうと答えてしまったことだし」

ストルムグレン事務総長はデスクに歩み寄り、名物になっている自分のウラニウムのペーパーウェイトをもてあそんだ。そわそわしているわけではない。ただ決断がつかないのだ。ウェインライトの遅刻はありがたくもあった。面会がはじまったとき、わずかとはいえこちらが精神的に優位に立てるからだ。論理や理屈一辺倒の人間にとってはあまり嬉しくないことかもしれないが、人間界の出来事ではこんなささいな要素がかなり大きな役割を演じるものなのだ。

「おいでなすった！」ふいにピーターが言った。窓に顔を押しつけている。「大通りをやってきます。たっぷり三千人はいますよ」

ストルムグレンは手帳を手にすると、ピーターのところに行った。一キロほど向こうから、群集がゆっくりとこの国連事務局ビルへ向かってくる。数は大したことはないが、むきになっているようすがうかがえた。かかげた横断幕の文字はこの距離では読みとれないが、ストルムグレンにはおなじみのスローガンだった。やがて車の騒音を圧して、シュプレヒコールが不吉なリズムとなって聞こえてきた。突然、ストルムグレンの全身に嫌悪感が走った。デモ隊にとげとげしいスローガン――世界はもうそんなものには愛想がつきている！

群集はビルの前まで来た。ストルムグレンが見ていることを知っているようだ。あちこちに拳(こぶし)を振りかざす者がいる。だがどことなく照れくさそうだ。ストルムグレンにあてつけていることは確かだが、別に彼自身に反抗を示しているのではない。小人が巨人をおどすかのように、実は上空五万メートルで銀色の雲のごとく輝いている〈上主〉たちの宇宙船団の旗艦に向けられた拳なのだった。

そして、総督カレレンもたぶん、この光景を見物し、大いに楽しんでいるに違いないとストルムグレンは思う。そもそも今度の面会も、カレレンのさしがねなしには実現しなかったのだから。

自由連盟会長のウェインライトに会うのはこれが初めてだった。果たしてこの面会、賢明な策だっただろうか？　だが、ストルムグレンはもうそんなことは考えないようにしていた。カレレンのもくろみは、往々にして人間の理解を超えた複雑微妙さを持っているからだ。たとえ最悪の結果に終わったにせよ、これといって目につく害はあるまい。逆に面会を拒否していたら、自由連盟はそれを種(たね)にストルムグレンを叩いただろう。

アレグザンダー・ウェインライトは四十代後半、長身の美男である。ストルムグレンは、相手が百パーセント誠実な人間であり、だからこそ倍も危険な人物だと知っていた。とはいうものの、相手の一見してわかる誠意は憎めないのだ。たとえこの男の抱えている大義名分や、一部の取り巻き連中に対して、こちらがどんな思いでいるにせよ、やはり憎めない。

ピーター・ヴァン・ライバーグが簡単に、しかしどこかぎごちない調子で紹介をすませると、ストルムグレンは単刀直入に切り出した。

「お見えになったご用件の第一は、〈連邦〉計画に対し正式な抗議を行なうこと——そうでしたね？」

ウェインライトは真顔でうなずいた。

「そう、それが主目的です。事務総長もご存知のとおり、過去五年間わたしどもは、人類が目下直面する危険について、人類の目を開かせようと運動してきました。なかなか困難な仕事です。大多数の人々は、〈上主〉どもが好き勝手に世界をきりまわしている現状に満足してしまっているようでしてね。しかし、世界各国から計五百万人の愛国者たちが、わたしたちの陳情書に署名してくれました」

「世界二十五億の人口からすれば、あまり圧倒的な数とは言えないようですな」

「ですが、黙殺はできない数です。しかも、署名者一名に対し、さらに何倍もの人間が〈連邦〉計画の賢明さや正当性に対する疑いを抱いている。たとえカレレン総督の力をもってしても、紙一枚にペンを走らせるだけで千年の歴史を抹消することはできません」

「カレンの力が誰にわかるというのですか？」ストルムグレンはやり返した。「わたしが子供のころ、ヨーロッパ連邦はただの夢にすぎなかった。でも、大人になったときには、すでに現実となっていたのです。しかも〈上主〉たちがやってくる前にですよ。カレンは、ただわたしたち人間が自分ではじめた仕事の仕上げをしているにすぎません」

「ヨーロッパは文化的にも地理的にも一体をなしている。だが、世界はそうじゃない。そこが大きな違いだ」

「いや、〈上主〉たちにしてみれば」とストルムグレンは辛辣に答える。「わたしたちの先祖の目に映ったヨーロッパなどより、地球全体のほうがはるかにちっぽけなものに見えるのでしょう。しかも、こう言わせていただけるのなら、彼らのものの見方は、わたしたちよりも大人です」

「究極目標としての世界連邦には、わたしとしても必ずしも異を唱えません——わたしの支持者の中には承知しない者もいるでしょうけれど。ただ、それは内から盛り上がったものでなければならない。外圧で押しつけられたものではいけないのです。自分の運命は自分の手で——これ以上人類に対する干渉があってはいけない！」

　ストルムグレンは溜息をついた。耳にたこができている言葉だった。しかも自分にできる回答といえば、自由連盟がはねつけているこれまたお定まりのものでしかない。ストルムグレンはカレレンを信頼しているが、連盟は信頼していない。ここが根本的な相違で、自分としてはいかんともしがたいのだ。幸いなことに、連盟のほうでも手も足も出ないのだった。

「二、三、質問させていただけますか？　あなたは〈上主〉たちが、世界に平和と安定と繁栄をもたらしてくれたことを否定できますか？」

「なるほど、それはおっしゃるとおりです。しかしやつらは、われわれの自由を奪い去ってしまった。人は必ずしも――」

「――パンのみにて生きるものにあらず。それはわたしにもわかっています。しかしです、すべての人間が、たとえパンだけでも保証された時代というのは、これが初めてではないですか？　いずれにせよ、〈上主〉たちは人類の歴史はじまって以来の大きなものを、わたしたちに与えてくれた。それに比べて、わたしたちの失った自由がいったいなんだというのですか？」

「自分自身の生活を自ら治める自由、神のお導きのもとに自ら治める自由です」

やっと本題にたどりついたな、とストルムグレンは思う。たとえ表面をどうとりつくろっていても、根本的にはこれは宗教的な対立なのだ。ウェインライトは自分が聖職者であることを、けっして相手に忘れさせない人物だった。牧師のカラーはもう外していたが、どうもまだカラーがそこにある印象を拭うことができない。

「先月のことだが」とストルムグレンは指摘してみた。「百名のキリスト教の僧正や枢機卿、およびユダヤ教のラビが、カレレン総督の政策を支持する旨、共同声明を出しています。世界の諸宗教があなたに反対の立場というわけですが」

ウェインライトは憤然と首を横に振り、「指導者の多くは盲目なのだ。〈上主〉たちのおかげで腐敗堕落してしまっている。危険に気がついたときには、もう手遅れかもしれないのです。人類は独立進取の気性を失ったあげく、隷属に甘んじる種族となり果てるでしょう」

しばらく沈黙があってから、ストルムグレンは答えた。

「三日後に、また総督に会う予定です。世界の世論を代弁するのはわたしの義務だ。したがって、あなたの反対意見はわたしが総督に伝えましょう。しかし、請けあっておきますが、なにも変えることはできますまい」

「もう一つ申し上げたいことがある」ウェインライトはゆっくりと言う。「〈上主〉たちに対する苦情はたくさんあるが、なによりもまず気に入らないのは、連中の秘密主義だ。カレレンと口をきいた人間はあなた一人、しかもあなたでさえ顔を見たことがないというじゃありませんか！　そんな調子なのです、わたしたちがカレレンの動機を疑いたくなっても、驚くに値しないでしょう？」

「あれほど人間に奉仕しても、ですか？」

「そう、にもかかわらず、です。彼の全能ぶりか、彼の秘密主義か――わたしたちにとってそのどちらが腹立たしいか、わたしにもわからないくらいです。何も隠すことがないのなら、なぜ姿を見せないのか？　事務総長、次にカレレン総督にお会いの節は、そこのところを問いただしていただきましょう！」

ストルムグレンは黙っていた。この点についてはなにも言う言葉がない。少なくとも相手を納得させられる言葉を知らなかった。ときどき、自分自身さえ本当に納得しているかどうか疑問に思うのだった。

彼らの目からすればごく小規模な作戦にすぎないものの、地球にとっては史上最大の出来事だった。宇宙空間の人跡未踏の深淵(しんえん)から、巨大な船団は前ぶれなしにどっと湧き出てきたのだ。無数の小説の紙面をにぎわせたことはあっても、まさかこんな日が本当に来ようとは誰も信じていなかった。しかしついにその暁(あかつき)は到来し、すべての大地の上空に、人類が何世紀かけても対抗不可能な科学のシンボルとして、宇宙船の輝く船体は無言でのしかかったのだった。六日間というもの、船団は人間たちの都会の上にじっと浮いていた。人間の存在に気づいた気配さえ見せなかった。だが気配はどうあろうと、あの巨船の数々が、ニューヨーク、ロンドン、パリ、モスクワ、ローマ、ケープタウン、東京、キャンベラ等々の都会の上空にぴたりと静止したのは、偶然だけのなせるわざではなかった。

きもを冷やす六日間が終わる前に、すでに一部の人間は真相に気づいていたのだ。人類のことをなにも知らない種族が試験的に接触を試みたなどと思うのはとんでもない話……あの無言でじっとしている巨船の体内では、途方もない心理学者たちが人間の反応を調査中なのだ……いずれ緊張度の曲線がピークに達したとき、彼らは行動に移る……

　六日目のことだった。地球総督カレンが、地球上の全無線周波数帯をおおってしまう電波を通じて、世界に声のお目見えをした。あまりにも非の打ちどころのない英語であり、その巧みさは一代にわたる大論争の種になったほどだった。演説の流暢（りゅうちょう）さもさりながら、その含むところがまた途方もなかった。人類の諸事万端たなごころをさすように精通し、どんな基準に当てはめても超一流の天才の演説だった。学識の深さといい、水ぎわ立った巧みさといい、さらには未知の知識を小出しにして気を引くところなど、すべてが人類に相手の圧倒的な知力を思い知らせるよう念入りに計算されていることは疑いなかった。カレンの演説が終わると、地球上の全国家はめいめいのあやふやな主権などというものが通用する時代は終わったと悟ったのだ。各地域の内政については諸政府の権限は温存されたが、さらに広い分野での国際問題となると、最高決定権はもはや人類の手中になくなってしまった。異議も抗議もすべては無駄なのだった。

　もちろん全部が全部の国家が、おとなしくこうした権力の拘束に甘んじるはずもなかったのだが、積極的に反抗しようとすると奇妙な障害に出くわすことになる。つまり、〈上主〉たちの宇宙船を破壊できたにせよ、どうしてもその下の都会が道連れになって破滅のうきめを見てしまうのだ。ある有力国家は、あえてこれを試みた——どうやら責任者たちは原子ミサイルによる一石二鳥を狙ったらしく、仲違いしている隣国の首都上空の宇宙船を攻撃目標としたのだった。

秘密指令室のテレビスクリーンに巨船の映像がクローズアップされる。居合わせた小人数の将校と技師たちの感情は、こもごも複雑だったに違いない。攻撃に成功した場合、残った宇宙船はどんな行動に出るだろう？　残った船も撃滅し、人類がふたたびわが道をゆくことが可能になるだろうか？　それともカレレンが、攻撃者に対してなにか戦慄するような報復措置に出てくるのではないだろうか？

ミサイルは弾着とともに爆発し、画像はふいに消える。ただちに数キロ離れた飛行機に搭載されたカメラに切り替えられた。この間の何分の一秒かのあいだに、核爆発の火球はすでに太陽の焔を思わせて空いっぱいに広がっているはずだった。

だが、およそ何事も起きない。巨大な船は成層圏に、むきだしの陽光を浴びて、平然と浮かんでいる。爆弾はかすりもしなかったばかりか、ミサイルそのものがどうなったのか誰にも見当がつかなかった。さらに、カレレンは責任者たちになんの処置もとらなかったし、そもそもそんな攻撃があったことさえ知らぬ顔だった。さげすむかのように黙殺し、責任者たちに来もしない報復をはらはらと待たせておいた。どんな刑罰行為よりもはるかに効果的であり、また人の気をくじく措置だった。その国の政府は数週間後、罪のなすりつけあいのあげく瓦解してしまった。

〈上主〉たちの政策に対し、消極的抵抗に出た者も若干いる。こういう場合のカレンのやり方はたいてい、協力を拒否することは結局自分を傷つけるだけだと自ら悟るまで関係者たちを好きにさせておくことだった。反抗する政府に対して直接行動に出たのは、ただ一例があるのみだった。

南アフリカ共和国は百年以上も人種騒動の中心地になっていた。双方の善意の人々が、なんとか橋を築こうと努力したものの、無駄に終わっている。恐怖と偏見が、協力の道を開くにはあまりにも根強くしみついていたのだ。次々に代わる政権も、非寛容さの程度に差があるだけで、変わりばえせず、全土が憎悪と内戦後の混乱に毒されていたのだった。

人種差別の息の根をとめる努力はなされそうもないことがはっきりすると、カレンは警告を発した。日付と時間を指定する――ただそれだけのことだった。懸念はあったが、恐怖も恐慌も起こらない。〈上主〉たちが、罪ある者も罪ない者も一緒くたに巻きぞえにするような乱暴な破壊行為をするはずがない――みなそう信じていたからだ。

確かにそのとおりだった。起こった事件といえばただこれだけ――太陽がケープタウンで子午線を通過するときに消えてしまったのだ。視界に残ったのは気の抜けた紫色のゴーストだけで、熱も光も発しない。どうやったのかわからないが、とにかく宇宙空間で、交差する二つの磁場で太陽光線を偏光させ、輻射(ふくしゃ)エネルギーを遮断してしまったのだ。影響をこうむった地域は直径五百キロの完全な円形を描いていた。

このデモンストレーションは三十分つづいたが、それで充分だった。翌日、南ア共和国政府は白色少数民族にも完全な公民権を復活する旨、声明を発している。

この種の単発的な出来事を除けば、人類は〈上主〉たちを、ただ自然の秩序の一部としておとなしく受け入れたのだった。驚くほど短期間のうちに最初の衝撃は消え、世界はまた日常の状態に戻った。二十年間眠りつづけたというあのリップ・ヴァン・ウィンクルがいまの世の中にふいに目を覚ましたとすれば、目にとまるいちばんの変化は、かたずを呑んで期待するような感じ、肩越しにちらちら振り向いているような感じだろう。人類は、〈上主〉たちが姿を見せ、輝く宇宙船から降りてくるのをいまかいまかと待ち受けていたのだ。

五年後、人類はまだ待ちつづけている。それがすべての騒動の種なのだ、とストルムグレンは思うのだった。

ストルムグレンの車は発着場へやってきた。いつもどおり、見物人と手ぐすね引いているカメラの砲列の環(わ)ができていた。補佐官のピーターと最後の言葉を手短に交わすと、ストルムグレンはブリーフケースをとり上げ、見物人の環を通り抜けた。

カレレンは一度として待ちぼうけをくわせたためしがない。群集の中から突如「あっ！」という嘆声があがったかと思うと、頭上に銀色の泡が出現し、息を呑むようなスピードでぐんぐんふくらんできた。小さな宇宙艇が五十メートルほど向こうに静止する——が、地球と接触してなにか病気でも移されるのを恐れるかのように、地上数センチのところにそっと浮いているのだった。巻き起こった風がストルムグレンの服に叩きつけた。ストルムグレンがゆっくり進み出ると、継ぎ目のない金属の外殻がすぼむようにして口をあける。おなじみの光景だった。あっというまに、世界じゅうの一流科学者に頭をひねらせているふしぎな昇降口が姿を現わす。乗り込むと、柔らかな照明がほどこされた船室。この船ただ一つの部屋らしい。昇降口はまるでなかったもののように姿を消し、外部の音と光をすべて遮断してしまう。

五分後、昇降口はふたたび開いた。動いた感覚はまったくなかったが、ストルムグレンはいまや自分が地上五万メートル、カレレンの母船の胎内深くにいることを知っていた。ここは〈上主〉たちの世界だった。四方八方で〈上主〉たちは、なにか謎めいた作業にいそしんでいるのだ。〈上主〉たちにここまで近づけたのはストルムグレンただ一人だ。とはいうものの、眼下の世界の無数の人間たちと同様、彼も〈上主〉たちの姿形についてはなにもわからないのだった。

狭い会見室は短い連絡通路の突きあたりにある。椅子が一つ、テーブルが一つ、テレビスクリーンの下に置かれているだけで、あとは何一つ調度がない。部屋のようすから、これをつくった主人公の生物たちをうかがい知ることは不可能だった。そもそもそう意図されているのだ。テレビスクリーンにはなにも映っていないが、これもいつものことだった。ときどきストルムグレンは、このスクリーンにぽうっとあかりがともり、世界じゅうを悩ませている秘密が映し出される情景を夢に見ることがある。だがその夢はまだ現実化したためしがない。暗い長方形のスクリーンの裏にあるものは、完全な謎なのだ。しかしそこには謎と同時に、力と叡智（えいち）がある――いや、それにもまして、眼下の惑星の上でうごめくちっぽけな生物どもへの巨大な愛情、見えないスピーカーから、あの静かな、落ちつき払った声が流れ出した。ストルムグレンにはすっかりおなじみの、だが世界にとっては史上ただ一度聞こえただけの声。その深さとよく響くところが、カレレンの姿形のたった一つの手がかりだ――とにかく大きいに違いない。圧倒的な印象だった。大きい――人間よりはるかに大きいらしい。なるほど科学者の中には、カレレンのただ一度の演説の録音を分析した結果、機械で合成した声だと言い出した者もいるにはいる。だが、ストルムグレンにはとても信じられなかった。

「そう、リッキー君、確かにきみの会見は聞かせていただいた。どう思う、ウェインライト氏を？」

「支持者の中には不誠実な者も多い。しかし、彼自身は誠実な男です。どうしたらいいものだろう、あの男を？　自由連盟そのものは危険ではないが、連盟に加わっている過激論者の中には、はっきりと暴力を唱えている者が若干名いる。わたしの家に警備員をつけようかと迷っているところだ。そんな必要がなければありがたいのだが」

カレレンは返答を避けてしまった。これがカレレンを相手にしていてときどき腹立たしいところだった。

「世界連邦計画を公表して一カ月になるが、世論調査の結果はどうですか？　ぼくを〈支持しない〉が七パーセント、〈わからない〉が十二パーセントだったが、この数字が大幅に増えたというようなことは？」

「いや、まだそんなことはないが、それはどうでもいい。わたしが心配しているのは、あなたの支持者をも含めて、一般に広く、もうこの秘密主義はやめてもらいたいという空気があることです」

カレレンの溜息が聞こえた。演技としては非の打ちどころがないが、どうも、どこかしらじらしい溜息だった。

「きみもそうお感じなのだろうな？」

およそ形だけの質問で、ストルムグレンは返事をしようとさえせず、ひたむきにつづけた。

「こういう事態だと、わたしははなはだ仕事がやりにくいのだ。あなたにはそのへんが本当におわかりですか？」

カレレンの答えには、ある程度熱がこもっていた。「ぼくの仕事だってやりにくいさ。みなさん、ぼくを独裁者扱いするのをやめてくれればな。ぼくは一介（いっかい）の公僕にすぎないのだ。自分が立案に関係してもいない植民政策を、ただ実行しようと努力しているだけでね。そのへんをみなさん覚えておいてくれればありがたいのだが」

面白い表現をする、とストルムグレンは思う。さて、どこまで本気にしていいものか？

「あなたが姿を隠している理由を、少しでもいい、明らかにしていただけないものですか？　われわれとしてはその理由がわからないからこそ、腹も立ち、あれこれ際限もなく取り沙汰してしまうのです」

カレレンは例によって、深い、豊かな笑い声をあげた。人間の声にしては、あまりにも響きがよすぎる笑い声だった。

「さてさて、ぼくはどうしたらいいのかね？　ぼくがロボットだという説はまだ唱えられているのかな？　ぼくとしても、きのうの新聞みたいにムカデかゲジゲジ扱いされるくらいなら、まだ電子管の寄せ集めのロボットにされるほうがいいからね。ああもちろん、あの新聞漫画は拝見したよ、〈シカゴ・トリビューン〉に載った漫画は！　原画をいただくようお願いしようかと考えていたところだ」

ストルムグレンは、つんとして口をすぼめた。カレレンめ、ときどき自分の仕事をふまじめに考える。

「これは深刻な問題ですがね」とストルムグレンはなじった。

「親愛なるリッキー君」カレレンはやり返すのだ。「ぼくはかつてはかなりの頭脳の持ち主だった。この頭脳がバラバラになりかけたのをなんとかつなぎとめていられるのは、ぼくが人類というものをあまり深刻に考えないようにしているおかげなのでね！」

いけないとは思いながらも、ストルムグレンは微笑を禁じえない。

「わたしがかないませんよ、そんなことでは。わたしは地上に降りていって、同胞の人間たちに、カレレン氏は姿を見せはしないが、けっしてなにかを隠そうとしているわけではない、などと無理に説き伏せなければならないんだ。容易なことじゃない。好奇心というのは人間最大の特徴の一つです。あなたとしたところが、永久にこれにそっぽを向いているわけにはいきますまい」

「確かに、ぼくらが地球に来たときの最大の難題はそれだった」カレレンも認めた。「きみはほかのことに関しては、ぼくらの分別を信頼してくれている。この問題についても信頼してくれて当然だろう！」

「信頼はしている。しかしウェインライトや彼の支持者たちはそうじゃない。あなたがたが姿を見せたがらないことについて、連中が悪く解釈しても無理はないと言えるのではありませんか？」

しばらく沈黙があり、それからストルムグレンはかすかな物音（かさこそいう音だったろうか）を耳にした。カレレンがわずかに身動きしたのかもしれない。

「ウェインライト一派がなぜぼくを恐れるのか、その理由はご存知だろうな？」カレレンの声は沈んで、教会の本堂の高所からこぼれ落ちてくるパイプオルガンの音色を思わせた。

「世界じゅうの宗教には必ずああいう連中がつきまとう。ぼくらが理性と科学を代表する存在だと知りつつも、また、自分たちの信仰がゆるぎないものだという自負を持ちつつも、ああいう連中は自分たちの信じる神をぼくらがくつがえしてしまうのではないかと恐れているんだ。計画的なやり方ではなく、なにかもっとこすっからいやり方でくつがえすのではないかとね。科学が宗教を破壊するのは、その教義を反証するばかりでなく、ただ宗教の存在を無視するだけでもできることなんだ。ぼくの知るかぎり、ギリシャのゼウスや北欧の雷神トールの存在をはっきりと反証してみせた人間は一人もいない。それでいて現在もこうした神神を信じる者はほとんどいなくなってしまっているんだ。もう一つ、ウェインライト一派が恐れていることがある。それはぼくらが、連中の信じる宗教の起源の真相を知ってしまっているのではないかということだ。いったいぼくらは、いつごろから人類を観察しはじめたのだろう？　ひょっとすると、ぼくらはモハメッドがメッカを脱出した日や、モーゼがユダヤ人たちに五書の律法を教えた日々を、じかに目撃しているのではないか？　彼らの信仰する物語に含まれたいろいろな嘘を、ぼくらは知っているのではないのか？　連中はそう考えるわけだ」

「で、あなたは？　本当にそうしたことを目撃したり、知っていたりするのではないか？」

ストルムグレンの問いはささやくような、なかばひとり言だった。

「まあ、というのが連中を悩ませている恐怖感でね——もっとも彼らは公然と自認したりするまいが。これは信じていただきたいのだが、ぼくらはけっして人類の信仰を破壊したりするのを楽しんでいるわけではない。しかし、世界じゅうの宗教の全部が全部正しいということはありえないし、また連中もそれはわかっている。遅かれ早かれ人類は真相を知らなければならない。だが、まだ時期尚早（しょうそう）なんだ。それからぼくらの秘密主義についてだが、なるほどおっしゃるとおり、そのためにぼくらの抱えた問題はいっそうやりにくくなってしまっている。しかしこれはぼくには手が出せないことだ。こうして姿を隠していなければならないのは、ぼく自身きみと同じく遺憾千万だが、充分しかるべき理由にもとづいてのことだ。とにかく、ぼくの――つまり――〈上司〉に頼んで、きみに満足してもらい、うまくいけば自由連盟をもなだめられるような声明を出してもらうよう努力はしてみる。さて、このへんで本日の議事日程に戻らせていただけるかな？　オフレコは打ち切りにして」

「どうでした？」ピーター・ヴァン・ライバーグはひたむきな口調だった。「うまくいきましたか？」

「さてどうかね」ストルムグレンは書類をデスクの上に放り出し、ぐったりと椅子に身を沈め、くたびれた声で言う。「カレレンは上司と相談中だ。何者だか知らんがね、その上司とやらが。カレレンからはなにも約束をとりつけられなかった」

「事務総長」ピーターがふいに、「思いついたんですが、カレレンの上にまた誰かがいるなど信用していいのでしょうか？　ひょっとして、われわれが〈上主〉などとあだ名で呼んでいるあの連中は、あの船団に乗って地球に集まってきた面々が全部で、それ以外にいなかったとしたらどうです？　やつらはほかに行くところがなくて、それをわれわれに隠そうとしているとも考えられるじゃないですか」

「うがった理屈だが」ストルムグレンはにやりとして、「しかしどうも、カレレンの背景についてわたしが知りえたわずかばかりのことと――いや、ただ自分で知りえたと思い込んでいるだけかもしれないが――矛盾してしまうのだよ」

「わずかばかりとおっしゃいますが、いったいどんなことを？」

「つまりだ、カレレンは、彼のここでの地位は一時的なもので、しかも彼の本業をつづけるさまたげになって困るのだ、といったことをよく口にしている。本業というのは、わたしの見たところでは、どうもなにかある種の数学の研究らしい。一度わたしは、権力は腐敗し、絶対的権力は絶対的に腐敗するという、例のアクトンの言葉を引用してみたことがある。カレレンがどんな反応を示すか知りたかったのでね。すると先生、例によってほら穴にこだまするような笑い声をあげてこう答えたものだ。『ぼくにはそんな危険はない。第一に、ぼくはここでの仕事を早く片づければ片づけるだけ、本来ぼくのいるべきところに早く帰れるのだから――ここから何光年も何光年も隔たった遠いところだがね。第二に、ぼくにはどうみても絶対的権力などというものはない。ぼくはただの――総督にすぎないからね』というわけだが、もちろん、カレレンはわたしをはぐらかそうとしていただけのことかもしれない。その点はまったく確信が持てない」

「やつは不老不死なのでしょう？」

「そう、わたしたちの標準から言えばね。しかし、カレレンはなにか未来に関して怖がっているようだ。それがなにかは想像もつかない。彼について知っていることはそれで全部だ」

「どうもそれだけじゃあまり決定的な資料にはなりませんね。わたしの理論では、やつらの小宇宙船団は宇宙で迷子になってしまい、新たな故郷を見つけようと捜している最中。で、カレレンは自分や仲間たちがごく少数だと、われわれに悟られたくないんです。ひょっとすると、ほかの宇宙船は全部自動式になっていて、誰も乗っていないのかもしれない。ただ見てくれだけのハッタリでね」

「それはSFの読みすぎじゃないか」

ピーターは、少し照れたようすでにやりとした。

「『宇宙からの侵略』ですが、どうもいささか的(まと)はずれみたいですね。わたしの理論に頼れば、カレレンが姿を見せないわけは確かに説明できます。〈上主〉たちはあれっきりしかいないのだということを、わたしたちに教えたくないんですよ」

ストルムグレンは、面白いが違うといった顔で首を横に振った。

「例によってきみの説明は、本当にしてはうがちすぎている。なるほどわたしたちとしてはただの憶測しかできないのだが、あの総督の背後には、巨大な文明——人類のことをかなり昔から知ってしまっている大文明——が存在しているようだ。カレレン自身、何世紀にもわたって人類を研究してきたらしい。たとえばあの英語の上手なのはどうだ。このわたしでさえ彼に教えられてしまったよ、英語のこなれた話し方というやつをね」

「なにか、さすがにあの先生といえども知らないことにお気づきになったことは？」

「ああ、それはちょくちょくある——ただし、いずれもとるにたらないような点についてだが。カレレンの記憶力は、わたしの見るところでは完全無欠だ。しかし、あえて覚えようとしないこともあるらしい。たとえば、カレレンが完全に理解できる言葉は英語だけだ。もっともこの二年間に、フィンランド人のこのわたしをからかってやろうというそれだけの動機でフィンランド語をだいぶ覚えた——わたしの国の言葉というやつ、そんなに速成で学べるような簡単な代物じゃないんだがね！　フィンランドには有名な古典叙事詩『カレワラ』があるが、カレレンはこれをたっぷり引用してみせるのだ。おはずかしいことにこのわたし自身もほんの数行しか知らないのだよ。それから、現存する大政治家の経歴はみんな知っている。ときどき、どんな出典からその知識を得たか、わたしにも言い当てられる場合もあるのだ。歴史と科学の知識は非の打ちどころなし——すでにわれわれがどれほど彼から教えられるところがあったかは、きみもご存知のとおりだ。個々の面一つ一つとりあげれば、カレレンの頭脳の力はけっして人間離れしているとは言えまい。しかし全部まとめてとなると、とても人間にあの真似はできないだろうな」

「わたしもだいたい、そのへんのことは判断がついていました」ピートは相槌を打った。「カレレン先生のことはいくら話しても話はつきない。でも、とどのつまりは同じ疑問に話が戻ってしまう——一体全体、なぜやつは姿を見せないのか？　ということです。やつが姿を見せないかぎりは、わたしは相変わらず次から次に推理を立てつづけるでしょうし、自由連盟の連中はかっかとしつづけるでしょうね」

ピートは、くってかかるような目を天井に向ける。

「カレレン総督よ、いつか闇夜にどこかの新聞記者がロケットを飛ばし、カメラを持ってあんたの船に裏口からこっそりもぐり込んでくれますように。大特種だろうな、こいつは！」

カレレンがこの言葉を聞いていたかどうか。聞いていたにせよ反応はなかった。とはいうものの、それもいつものことなのだ。

〈上主〉たちの出現第一年目、人間の生活には予想したほどの変化は生じなかった。確かに彼らは、いたるところにその影を投げかけてはいた。しかし、その影はごく目立たないものにすぎなかった。上空高く輝く銀色の宇宙船——それは世界じゅうの大都市ではほとんど例外なしに見かける光景だった。だが、しばらくすると、この船の姿も太陽や月や雲同様、あたりまえのものとして受けとられるようになってしまう。人間の生活程度は向上の一途をたどったが、これが〈上主〉たちのおかげだとはっきり悟った者はごく少数だった。たまにじっくり考えてみて初めて、あの無言の宇宙船団が世界史上初の世界平和をもたらしてくれたのだということに気がつき、いまさらのようにやっとありがたく思う程度だった。

しかし、こういうものはいわば地味で消極的な恩恵にすぎず、受け入れられるやすぐさま忘れ去られてしまう。〈上主〉たちは相も変わらず超然とし、人に顔を見せようとはしない。カレレンは尊敬と礼讃を集めることはできても、いまの方針をつづけるかぎり、それ以上の深い感情をよび起こすことはできないのだった。国連本部のテレタイプを通じて以外、人類に語りかけようとしない〈オリンポスの神々〉だ。彼らに反感を覚えずにいることはむしろむずかしい。カレレンとストルムグレンの会議の模様はけっして公表されず、ときどきストルムグレン自身、なぜカレレンがこんな会議を必要と考えるのか判断に苦しむことさえあった。少なくとも人間の一人とぐらいは直接接触を保つことが望ましいと考えているのかもしれないし、ストルムグレンには個人的に後押しが必要だと気づいたせいかもしれない。もしそうだとすれば、ストルムグレンは充分恩に着ている。自由連盟に〈カレレンの給仕〉呼ばわりされようと、ストルムグレンは気にもしないのだった。

〈上主〉たちは、個々の国家や政府とはけっして直接交渉しなかった。国際連合をそのままの形で受け入れ、必要な無線機器をとりつけるよう指示し、事務総長を通じて指令を出すだけだった。ソ連代表はことあるごとに長々と、こういうやり方は国連憲章違反だと指摘している。この指摘は正しい。だが、カレレンは平気な顔をしているのだ。

空から降りてくる〈上主〉の言葉は、実に多くの侮辱、愚挙、悪事のたぐいを一掃してしまう。驚くほどだった。〈上主〉到来とともに、諸国家はもうたがい同士を恐れる必要がなくなったことを悟ったし、例のミサイル事件が起きる前、すでに現在自分たちが所有する武器など、星と星に橋をかける文明の前には歯がたたないことを勘づいていたのだった。というわけで、人類の幸福の最大唯一の難関はたちまち片づいてしまったのだ。

〈上主〉たちは政治形態については、圧政、腐敗がないかぎりだいたいにおいて無関心であり、地球は従前どおり、民主主義、王政、善意の独裁制、共産主義、資本主義が共存していた。自分たちの政治形態が唯一無二のものと信じ込んでいる単純な連中にとっては、これは大きな驚きだった。反面、カレレンはいずれ時機を待って、現存の社会形態をすべて一掃してしまうような形態を持ち込むつもりだろうと考える者もおり、だから細かい政治改革になど手を出さないのだという見方をしている。しかし〈上主〉たちに関するすべての憶測同様、これもただ想像してみただけのことであり、彼らの動機を知る者は一人もいないし、また、彼らがどんな未来に向かって人類を操っていこうとしているのかを知る者も皆無だった。

3

ストルムグレンは最近不眠症ぎみだった。じきに公務のわずらわしさから解放される彼にしてみれば、これはふしぎなことだ。ストルムグレンは人類に奉仕して四十年、人類の〈上主〉につくして五年――これほど功成り名とげた人生を顧みられる人間はごく稀である。だからこそいけないのかもしれない。引退後に何年の人生がつづくかはわからないけれど、ストルムグレンにしてみればもう情熱を燃やす対象がなくなってしまう。妻のマルタに先立たれ、子供たちがすべて家庭を持って独立してこのかた、彼のこの世との絆は弱くなってしまったようだ。さらに、〈上主〉たちの立場と彼自身の立場がしだいに同じものに思われてきて、人間というものから自分を切り離してみるようになった、ということかもしれなかった。

速度調整器がこわれた機械のように、頭がぐるぐる回転をつづけてしまう。今夜もそんな夜の一つだった。これ以上眠りを求めても無駄とわかっているストルムグレンは、気乗りはしないがベッドを出てしまった。ガウンを羽織ると、質素なアパートメントの屋上庭園にぶらりと出てみる。彼の直接の配下たちは一人残らずもっと贅沢な住まいに住んでいるのだが、ストルムグレンはこのアパートメントで充分満ちたりている。持ち物や公式の仰々しさなどが社会的地位に貢献するような段階は、とっくに通り越した高みに昇りつめているのだった。

暑い夜だった。息苦しいほどだったが、空は晴れ、南西の方角に輝く月が低くかかっていた。十キロ向こうに、暁(あかつき)の空をそのまま凍らせたようにニューヨークの灯(ともしび)が地平線をぼうっと照らしている。

眠る都会から目を上げて、ストルムグレンは上空へ視線を向け、生きとし生ける人間たちの中で、ただ一人自分だけが昇りえた空を昇っていくのだった。はるか遠くではあったが、カレレンの宇宙船の外殻が月光にきらめくのが目にはいる。いったいカレレンはいま何をしているのだろう、と思う。カレレンはおよそ眠りというものを知らないのだ、とストルムグレンは信じていたからだ。

上空高く、天球を光の槍(やり)のように突き破って、流星が去った。光跡はしばらくぼうっと輝いてから消え、星々だけが残る。流星は残酷な事実をストルムグレンに思い知らせるのだった——百年たっても、カレレンは相変わらず、彼だけが知る目標へ向かって人類を導きつづけているだろう、だがたった四カ月後に、この自分は別の人間に国連事務総長の席をゆずり渡さなければならない。そのこと自体は気にもならないが、もしあの暗いテレビスクリーンの背後にある秘密を探ろうとするなら、もうほんのわずかしか時間は残されていないではないか。

〈上主〉たちの秘密主義がストルムグレンの心にとりついて離れなくなってしまったのは、ついこの数日のことだった。それまではカレレンを信頼し、疑惑の念など抱かなかったのだが、どうやら自由連盟の抗議が自分にも影響を及ぼすようになってしまったようだ、とストルムグレンはいささか皮肉な思いだった。〈人類の奴隷化〉などとは単なるプロパガンダにすぎないのは事実である。本気でそう信じたり、昔のままに戻りたいなどと考えたりする者はほとんどいない。人類はカレレンの目立たない統治に馴れてしまっている。だが、なんとか統治者の正体を知りたいと、しびれをきらしはじめているのだ。これは無理からぬことではないのか？

カレレンに反対し、したがって〈上主〉たちに協力する人間にも反対する組織はいくつもあり、自由連盟はその最大のものにすぎない。この種の組織の反対理由や運動方針は、てんでんばらばらだった。宗教的見地に立つものもあれば、ただ劣等感に表現を与えている程度にすぎないものもある。十九世紀のインド人インテリが英国統治に対して抱いた感情と似たようなものだが、その動機はうなずけるものだった。侵略者たちは地球に平和と繁栄をもたらしはした――だが、その代償がいくらにつくか、誰が知るだろう？　歴史を振り返ってみると、あまり安心できないことがわかる。文化的水準が大幅に異なる異種族間の接触は、最も平和的なものだったにせよ、往々にして後進社会の抹殺に終わりかねないのだ。個人の場合もそうだが、国家の場合も、とてもたちうちできない挑戦にさらされると、気力を喪失してしまうことがある。しかも〈上主〉たちの文明は、謎のとばりに包まれてこそいるが、人類が直面した史上最大の挑戦なのだった。

隣室でかすかに「カタッ」という音がした。中央ニュース社が定時にファックスで送ってくる、主なニュースの要約だ。部屋にぶらりと戻ったストルムグレンは、あまり熱がないようすで、出てきたファックス・シートのページをパラパラとめくってみた。世界の裏側ではまた自由連盟の運動――見出しはどうも目新しいものとはいえない。「怪物に支配される人類？」とあってから演説の引用――「今日マドラスで開かれた集会の席上、自由連盟東半球支部長C・V・クリシュナン博士は次のように述べた。『〈上主〉たちの態度はごく簡単に説明できる。彼らの肉体が人間ばなれした醜悪きわまるものだからであり、このため彼らは人間に姿を見せられないのだ。わたしはあえてカレレン総督に、わたしの見解を否定できるかどうかたずねたい』」

ストルムグレンはうんざりしてニュース・シートを放り出した。もしこの非難が的を射ていたとしても、それがどうしたというのか？　こういう見解はずっと前からあったものだが、ストルムグレンは気にもかけていなかった。どんな奇妙な形をした生物でも、時間さえ与えてくれたら自分はきっとなじんでみせるし、また美しいとさえ思うようになるだろう、そう信じていたのだ。肝心なのは肉体ではなく精神だ。カレレンにこれを納得させられさえすれば、〈上主〉たちも方針を変えるのではないか？　彼らが地球にやってきた当初に新聞をにぎわした途方もない画の数々にくらべれば、いくらなんでもそんなにひどいはずはないのだから！

とはいうものの、自分が現在の事態に何とか終止符を打ちたいと願っているのは、事務総長の後任に対する配慮ばかりではない。主な動機はとどのつまり、ただ人間としての好奇心だった――ストルムグレンにはそう認めるだけの正直さがあった。彼はカレレンを一個の人間として知るようになっている。ついでに、相手がいったいどんな生物なのか見てみたい。それまではけっして自分は満足できないだろうと思うのだった。

翌朝、いつもの時間になってもストルムグレンが到着しないので、ピーター・ヴァン・ライバーグは驚きもし、また少々不快になりもした。事務総長は出勤前に寄り道することはよくあったが、そういうときは必ずその旨伝言を残しておくはずだ。まずいことに、今朝はストルムグレンあての緊急伝言が何種類も届いている。ピーターはいろいろな部局を五、六カ所あたってみたあげく、うんざりしてやめてしまった。

正午が近づくにつれ、ピーターは不安を覚え、ストルムグレンの家に車を迎えに出した。十分後、サイレンの音が彼をはっとさせた。一台のパトカーがルーズヴェルト通りをつっ走ってやってくる。通信社の連中は、あのパトカーに渡りでもつけてあったのか、ピーターが走ってくる車を見守っているうちにラジオが全世界に知らせたのだ――ピーター・ヴァン・

ライバーグはもう事務総長補佐ではなく、事務総長代行なのだった。

問題が山積してさえいなかったら、ピーターはストルムグレン失踪事件に対するジャーナリズムの反応を面白く思ったに違いない。過去一カ月間、世界の新聞は二手に分かれて鋭く対立していたのだ。西側の新聞はだいたいにおいて、全人類を世界市民化するカレレンの計画を支持していたが、東側諸国は目下猛烈な、だがだいたい作為的な、国家自慢の最中だった。中には独立してやっと二、三十年という国もあり、こういう諸国はせっかくの独立の恩恵をだましとられたように思っていたのだ。〈上主〉たちへの批判は広く存在し、また手きびしかった。最初は慎重そのものだった新聞も、カレレンを好きなだけ罵ってもなにもしっぺ返しがないことをすぐに悟り、毒舌のつくし放題という騒ぎだった。

だが、声ばかりはいくら高くとも、こういう攻撃の大部分は民衆の総意を代弁してはいなかった。やがて永久消滅の運命にある国境線では警備兵の倍増が行なわれたが、兵士たちは相変わらず無言の親しみをこめて相手側を見守っている。政治家や将軍どもはわいわいがやがやとわめいていたが、何百何千万の民衆は、世界史の長い、血にまみれた一章が終わりを告げる日を、いまや遅しと待ち望んでいたのだ。

ストルムグレンは、この最中に行方不明になってしまったのだった。誰もその居場所を知る者はない。ストルムグレンは〈上主〉たちが彼らのふしぎな理由から、地球の代弁者として語りかけてきたただ一人の人間である。その人物がいまや失われたのだ。世界がそう気づくと、騒ぎはたちまち静まってしまった。新聞やラジオの解説者たちは麻痺状態に陥ったかのようだった。だがその沈黙の中で、自由連盟の声だけが聞こえてくる――懸命になって、自分たちはストルムグレン失踪に関しては無実と訴えているのだった。

ストルムグレンが目を覚ますと真っ暗だった。しばらくのあいだは眠さのあまり、これがおかしいとは気づかずにいたが、意識が完全によみがえるとはっとして身体を起こし、ベッドの横のスイッチを手探りした。

暗がりに伸ばした彼の手にふれたのは、なにもない石の壁だった。ヒヤリとつめたかった。たちまちストルムグレンは硬直してしまった。思いがけない出来事の衝撃で、身も心も麻痺したのだ。それから自分の感覚を疑りつつベッドの上にひざまずき、指先でこのひどく異様に思える壁を探りまわしてみた。

だが、たちまち「カチリ」という音がしたかと思うと、暗闇の一部が横にすべって消え、ぼんやりした照明を背景に、男の姿がちらっと浮かび上がって見えた。しかし、ふたたびドアは閉ざされ、暗闇が戻った。あまりにも短時間の出来事だったので、自分がいる部屋のようすはなにひとつ見ることができなかった。

一瞬ののち、強力な懐中電灯の光がストルムグレンの目をくらました。光線はまず彼の顔を横切り、しばらくじっと彼を照らしたかと思うと、下に向いてベッド全体を浮き上がらせる。見れば、ただ荒けずりの板組みの上にマットレスを載せただけの代物だった。

闇の中から低い声が話しかけてきた。あざやかな英語だったが、発音になまりがある。ストルムグレンには最初、どこの国のなまりか見当がつかなかった。

「事務総長どのお目ざめだな。これはけっこう。気分はいいでしょうね？ そう願ってますが」

気分云々(うんぬん)というところがストルムグレンの注意をひき、すんでに口をついて出そうになっていた不機嫌な質問の言葉はそのまま消えてしまった。暗闇の中を見返し、ストルムグレンは静かに答える。

「わたしはどのくらいの時間、意識を失っていたのかな？」

相手はくすくす笑って、

「三、四日。この薬は副作用があとを引くようなことはないという約束だったが、本当らしい。よかったよ」

時間稼ぎと、自分の身体の反応を試してみたい気もあって、ストルムグレンは両足を床に投げ出し、ベッドに横座りになった。寝巻きのままだったが、だいぶしわだらけで、しかもすっかり汚れてしまっている。身体を動かすと軽いめまいがした。気分が悪いというほどでもないが、睡眠薬をあてがわれたことは本当らしい。

光のほうに向きなおる。

「ここはどこだ?」鋭い声だった。「ウェインライトは知っているのか、このことを?」

「まあまあ、むきにならないでいただけますか」暗闇の男が答える。「そんな話はあとまわしだ。お腹がおすきだろうから、着替えて食事においで願おう」

光の輪が部屋を横切り、初めてストルムグレンは部屋のようすを知った。部屋と呼んでいいかどうか——むきだしの岩を削って壁の形にしただけなのだ。地下で、しかもかなり深いらしい。自分が三、四日意識を失っていたとすれば、地球上のどこにいるのか見当もつかないのだ。

懐中電灯が、荷箱の上に広げられた衣類をさし示した。

「これだけあればまにあうだろう」闇の中の声が言う。「洗濯物に困るのでね、ここは。だからあんたのスーツ二着と、ワイシャツ五、六枚、ついでにさらってきたよ」

「それはどうもご親切さま」ストルムグレンは、おかしくもないという調子で答える。

「家具や電灯がないのは申しわけない。ここは便利な面もあるけれども、どうも居心地のほうはね」

「便利とは?」

ストルムグレンはシャツを着ながらたずねる。着馴れた衣服の手ざわりは、ふしぎに彼に自信を与えてくれた。

「いや、要するに——便利なんだ。ついでだが、これから先しばらくおつきあい願うことになりそうだから、ジョーと呼んでもらいましょうか」

「ジョーとはおそれいるな」ストルムグレンはやり返す。「きみはポーランド人だろう？ きみの本名ぐらい、わたしにも発音できるよ。フィンランドにだって、いくらでも舌を嚙みそうな名前はあるからね」

わずかな沈黙があり、それから懐中電灯がちょっと揺れ動いた。

「案の定か」〈ジョー〉の声はあきらめた調子だった。「あんたほどの人なら、そんなことはだいぶ鍛えられてるはずだものな」

「わたしのような立場にあると、趣味と実益を兼ねているのでね。あててみようか？ きみが育ったのはアメリカ、それからポーランドに行って、またポーランドから……」

「もういい」ジョーはきっぱりと言う。「着替えはすんだね？ どうもお手数だった」

ストルムグレンが進み出ると、ドアが開いた。小さな勝利ではあったが、気がはずんだ。ジョーが横に身を引き、ストルムグレンに道をあけた。この男、武器を持っているのだろうか？ そう思ってまず間違いないし、いずれにせよ近くに仲間がいるだろう。

廊下はところどころに置かれた石油ランプでほの暗く照らされている。初めてジョーをはっきり見ることができた。五十がらみ、軽くみても九十キロ以上の大男だ。なにからなにまで桁はずれに大きい。煮しめたような戦闘服を着ているが、似たような軍服を採用している国は世界じゅうに五、六カ国あるので、国籍ははっきりしない。この服もそうだが、左手にはめた認印つきの指輪もまたキングサイズ。これだけの大男になると、拳銃を持つ必要もないだろう。ここを逃げ出せさえすればジョーの身許を突きとめるのは容易だろう、とストルムグレンは考えたが、相手もそれには充分気づいているはずだと思うと、いくぶん気落ちしてしまった。

周囲の壁はたまにコンクリートの上塗りをほどこされた箇所もあったが、ほとんどがむきだしの岩だった。どこかの廃坑にいることは確かだ。牢屋としてはなるほど絶好の場所。いままでストルムグレンは、自分が誘拐されたことをさして気にかけなかった。たとえどうなろうと、〈上主〉たちは巨大な資源を駆使して、すぐに自分の居場所を突きとめ、救助してくれるだろうと思えたのだ。しかし、こうなってみると自信がなくなってしまう。自分が行方不明になって数日たつというが、まだ何事も起こらない。カレレンの力にも限度があるのだ。もしどこか遠くの大陸の地下深くに隠されてしまったのだとすると、〈上主〉たちの科学が全力をつくしても、突きとめられないかもしれない。

粗末な薄暗い部屋のテーブルには、さらに二人の男がついていた。ストルムグレンがはいっていくと二人とも目を上げたが、その目には興味と、さらにはかなりの敬意を混じえた色がある。一人がストルムグレンのほうにサンドイッチの包みを押しやり、ストルムグレンはありがたくこれを受けとった。ひどく空腹だったが、もう少し上等の食事が欲しいところだ。

しかし、この男たちもサンドイッチ以上のものを食べていないことは一目瞭然だった。食べながら三人の男を急いで見まわした。なんといってもジョーが群を抜いた存在で、それは図体のせいばかりではなかった。二人の男は明らかにジョーの助手といったところで、そろってなんの特徴もない連中だ。話すのを聞けば、どこの人間かは見当がつくはずだ。

あまりきれいとは言えないグラスに注いで出されたワインで、ストルムグレンは最後のサンドイッチを喉に流し込んだ。事態に対処する自信が湧き、ジョーに向きなおってストルムグレンは冷静に言う。

「さて、いったいどういうことなのか、きみの口から聞かせてもらおうか。それにきみたちの狙いもね」

ジョーは咳ばらいした。

「ひとつだけはっきりさせておきたいが、今度のことはウェインライトとはまったく関係ない。彼自身、聞いたら驚くだろう」

ストルムグレンもこれはなかば予期していたが、なぜジョーがいまさらのように念を押すのだろうといぶかしんだ。自由連盟の内部、あるいは外部に過激派の動きがあることは、とうの昔に知っている。

「興味本位でうかがっておくが、どうやってわたしをさらってきたのだね?」

答えてくれると思っていなかったので、相手がすらすらと、しかも嬉しそうに答え出したのにはびっくりした。

「ハリウッドのサスペンス映画を地で行ってね」ジョーは、はしゃいだ口調だった。「カレレンのやつが見張りをつけているかもしれないので、念入りな準備をしたよ。空調装置の空気にガスを混ぜてあんたを眠らせる――それは簡単だった。それから車までかついでいく――これもなんの苦労もなかった。言っておくが、このへんの仕事をやったのは、われわれの仲間じゃない。つまり――プロを雇ったわけだ。こいつらはカレレンにつかまるかもしれない――というより、つかまるように仕組んであるんだが、つかまったところでカレレンにはなんにもわかるまい。さて、車はあんたの家をあとにすると、ニューヨークから千キロ以内の地点にある、ある長い地下道にはいった。予定どおりの時間に、その車は反対の出口から出る。中には国連事務総長どのに生き写しの男が相変わらずガスで眠らされたまま乗っている。ところがだ、それからだいぶあとになって、一台の大型トラックが金属製の容器を満載して、例の地下道を逆に通って出てくる。このトラックは、とある飛行場に行き、ここで金属容器は輸送機に積み替えられる。この輸送機は完全に合法的な用事で飛んでいるというわけだ。容器の持ち主たちは、われわれが容器を何に使ったか知ったら目をまわすだろうな。

さて、その間、誘拐に使った車はわざと念入りな迂回コースをたどってカナダ国境に向かっている。カレレンにもうつかまっているかもしれないが、それはわからないし、またどうなろうとかまわない。ストルムグレン事務総長にもわたしの率直さは買っていただけると思うけれども、われわれの計画は一つの前提に頼っているのだ——つまり、カレレンは地表で起きていることはなんでも見聞きできる、だが、魔法でも使わないかぎり、少なくとも科学の力だけでは地下のことを見通せはしまい——というわけさ。まずこれには自信がある。だから、カレレンは地下で行なわれたすりかえのことはわからないはずだ——少なくとも手遅れになるまではな。もちろんわれわれはかなりの危険をおかしている。しかし一、二、安全対策は用意してある。いまは説明しないがね。また必要になるかもしれないし、人にばらすのはうまくないからな」

ジョーがはた目にも実に嬉しそうに一部始終をしゃべったので、ストルムグレンは微笑を禁じえなかったが、心配にもなった。連中の計画は巧妙至極なものであり、カレレンが一杯食わされたことも充分考えられるのだ。〈上主〉たちが果たして自分に保護監視をつけてくれているかどうかさえはっきりしていない。ジョーもその点は確かでないことは明瞭だった。いや、包み隠さずしゃべったのも実はそのせいかもしれない。ストルムグレンの反応を見ようというわけか。よし、内心どうあろうと、自信ありげな態度をとろう。

「ばかだよ、きみたちは揃いも揃って」ストルムグレンはさげすむ口調に出た。「〈上主〉たちをそんなにやすやすだませると思い込むとはな。そもそもこんなことをして、いったいなんの役に立つんだ?」

ジョーはストルムグレンに煙草をすすめたが、ストルムグレンは断った。ジョーは自分で一本火をつけ、テーブルのはしに腰を下ろす。テーブルがいやな音できしんだので、あわてて飛びのいた。

「われわれの動機はあんたにもよくわかるはずだ。議論が役に立たないから、やむをえずほかの手段でというわけだ。地下活動は前からあったし、カレレンがどんな力を持っているにせよ、われわれには手こずるだろう。独立のために戦ってるんだからな、われわれは。暴力は用いない——少なくとも最初のうちはね——だが、〈上主〉どもは人間の手先を使わなければならない。こういう点でわれわれは先生たちにしょっぱい目を見せてやることはできる、というわけさ」

その手初めがこの自分か、とストルムグレンは思う。しかしこの男、話のごく一部しか自分にしゃべらなかったのではないだろうか？　いったいこの連中、こんなギャングじみたやり方で、少しでもカレレンを動かせると本気で思っているのか？　反面、よく組織された抵抗運動は、確かに自分たちにとっては厄介きわまる存在だ。ジョーの言葉は、確かに〈上主〉の支配体制の一つの弱点をうがっている。彼らの指令は、結局すべて人間の代理人を通じて施行されざるをえない。もしこの代理人たちがテロ行為のおかげで〈上主〉たちに反抗するようになったら、全体制が崩壊するかもしれないのだった。まあ、その可能性はごくわずかだろう。ストルムグレンは、カレレンがきっとすぐなにか対策を見つけることを信じて疑わなかった。

「で、わたしをどうしようというのだ？」しばらくして、ストルムグレンはたずねる。「人質というわけか？　それとも？」

「心配しなさんな、面倒は見るよ。二、三日するとある人々がここにやってくる。それまではわれわれができるだけあんたを歓待するから」

さらにジョーはポーランド語でなにかつけ加えた。残った二人の片方の男が、これを聞いて手つかずのトランプをひと組取り出した。

「特に事務総長どののために用意しておいたものでね、これは。この前の〈タイム〉で読んだんだが、ポーカーが強いそうじゃないか、あんた」ジョーの声がふいに真剣になると、「現金はたっぷりお持ちでしょうな？」心配そうだった。「財布の中味まで調べようとは思いつかなかったんでね。まさか小切手で払ってもらうわけにはいかないからね、われわれにしてみれば」

ストルムグレンはあっけにとられて、自分を捕えた男たちをぽかんと見つめていたが、そのうちに事態の滑稽（こっけい）さが飲み込めてくると、急に公務の気苦労がふっと肩から降りた気がした。これからはピーター・ヴァン・ライバークの出番だ。なにが起きようと、自分としてはどうにもならない。しかもいまや、この突拍子もない犯罪者たちは、ポーカーの勝負を挑もうと手ぐすね引いている。

やにわにストルムグレンは、顔をのけぞらせて笑い出した。ここ何年、忘れ果てていた高笑いだった。

ウェインライトは本当のことを言っている、とピーター・ヴァン・ライバーグは冴えない心地だった。ウェインライトにしてみれば、臭いと思う心当たりはあるかもしれないが、誰がストルムグレンを誘拐したかは知らないし、また、彼自身そういうやり方には賛成していないのだ。ピーターはうがった見方をしている——しばらく前から、一部の過激論者はウェインライトに圧力をかけ、もっと積極策をとるよう説いていたのだが、ついにその連中が直接行動に出てきたのではないだろうか。

今度の誘拐は実に見事に仕組まれている。この点だけは疑う余地がない。ストルムグレンが地球上のどのへんに連れていかれたのかは見当もつかないし、また足どりを追うこともほとんど望み薄だった。とはいうものの、なにか手を打たなければならない、しかも早急に——とピーターは心にきめた。いろいろ冗談をとばしてはいるものの、カレレンに対してピーターが抱くかけ値なしの感情は、圧倒的な畏怖なのである。あの総督に直接話を持ちかけるのかと思うと、ぞっとしてくるが、ほかに手はなさそうなのだ。

通信部は国連本部の巨大なビルの最上階を全部占領している。見わたすかぎりつづくテレファックスの列——中には沈黙している機械もあれば、忙しくカタカタと鳴っているものもある。これらを通じて流れ込んでくる無限の数字——生産額、世論調査の結果、世界じゅうの経済体制の帳簿類……上空のカレレンの船内のどこかにも、この巨大な部屋に相当するものがあるに違いない。地球が〈上主〉たちに送る通信をまとめては、忙しく行きつ戻りつしている生物はいったいどんな姿なのか？　そう思うと、ピーターは背筋が寒くなるのだった。

しかし今日のピーターは、こんな機械にも、機械が果たす日常業務の内容にも興味はない。ストルムグレン以外立入禁止とされていた小さな個室へ、彼は歩み寄った。ピーターの指令により、この部屋の鍵はこじあけられており、通信部長が待ち受けているのだった。

「ごくあたりまえのテレタイプで、キーも標準タイプライター用です。ファクシミリも一台ありますから絵や図表類も送れますが、お話ではそのご用はないということでしたが」

上の空でうなずいたピーターは、「ああ、どうもありがとう。それだけだ。ここに長居はしないつもりだから、あとでまた鍵をかけておいてくれ。それから、鍵は全部ぼくが預かる」

通信部長がいなくなるのを待ち受けてから、テレタイプの前に腰を下ろした。この装置はあまり使われていない。カレレンとストルムグレンは、毎週の会談でほとんど事務を処理してしまうのが常だった。いわば緊急通信用の装置であり、たぶん返事はすぐくるだろう。

しばらくためらったあげく、ピーターは馴れない手つきで通信文を叩いた。テレタイプは静かな作動音をつづけ、暗くしてあるスクリーン上に、通信文が浮かんで数秒間きらきらと輝いた。終わると、椅子に背をあずけ、返事を待つ。

一分たつかたたないかのうちに、ふたたび装置はブーンと作動音を立てはじめる。カレレンというやつ、いったい眠ることがあるのかな、といまさらのように思う。

返事は簡単きわまるものであり、またおよそ木で鼻をくくったようなものだった。

「なにも判明せず。貴下の判断にすべてをまかせる。K」

満足感はない。むしろ忌々しい心地でピーター・ヴァン・ライバーグは、たいへんな重荷をしょい込んだなと気づくのだった。


この三日間、ストルムグレンは自分を捕えた三人の男をかなり入念に分析していた。とるに足る人物はジョーだけ、ほかの二人はどうでもいいようなくず——非合法運動にはつきもののくずだ。自由連盟の理想もなにもありはしない。できるだけ働かずに飯が食いたいという手合いだ。

ジョーのほうはかなり複雑な人物と見ていい。もっともストルムグレンはときどき、この男は大きな赤ん坊だと思わされることもある。のべつまくなしにポーカー勝負がつづくが、ときどき口角泡を飛ばす政治論がこれにはさまる。じきにわかったことだったが、この大男のポーランド人は、自分が錦の御旗にして戦っている大義名分などじっくりと考えてみたことがないのだ。感情に極度の保守性、この二つがジョーの判断のすべてを曇らせている。祖国ポーランドは長い苦闘のあげく、やっと独立をかちえた——この事実が自分のすべてに滲みこんでいるため、まだ過去の中に生きている、そういった男だった。絵に描いたような過去の遺物、秩序だった生き方などいっさい無用なタイプ。こういう人種が仮に全部死に絶えたとすると、この世界は、安全だがあまり面白くない場所になってしまう。

ストルムグレンに関するかぎり、カレレンが捜索に失敗したことは、いまやまず疑う余地はない。きっと見つけ出すから、とはったりをかけてみたが、男たちには通じなかった。この連中が自分をここに閉じこめているのも、カレレンの反応を見るためと思って、まず間違いないのだ。こうしてなにも起こらずにいる以上、男たちは安心して計画を続行できるわけだ。

二、三日して、客が来るからとジョーに言われたときも、別に驚かなかった。ここしばらくのあいだ、男たちの落ちつかないようすが目立ってきている。これなら安全と見きわめて、この運動の頭株連中がストルムグレンを引きとりにくるのだろう。

ジョーにどうぞと丁寧に合図され、部屋にはいってみると、客たちはすでに例のぐらぐらになったテーブルを囲んでお待ちかねだった。面白いことに、ジョーは、いままで見かけなかったばかでかいピストルを一梃(ちょう)、これ見よがしに身につけている。二人のギャングは姿を消しているし、ジョーまでが遠慮がちである。今度の相手がずっと高級な人間たちであることはすぐわかった。そういえば、目の前の一団は、いつか見たロシア革命初期の闘士たち、レーニンやその仲間の写真を連想させる。六人いたが、いずれもレーニンたちと同じ知力や鉄の意志、仮借(かしゃく)なさがうかがえるのだ。ジョーみたいな手合いはどうということもなかった。

この六人こそ、組織の真の頭脳なのだ。

無愛想にうなずいてみせてから、ストルムグレンは一つだけ空いている椅子に歩み寄り、自信ありげなようすを見せようとした。近づいていくと、テーブルの反対側にいるどっしりした初老の男が身を乗り出して、灰色の突き刺すような目でじっとこちらを見つめた。その目がストルムグレンをひどく落ちつかなくさせ、そのつもりはなかったのに、ついつい先に口を開いてしまった。

「条件交渉なのだろうな？　いくらだ、わたしの身代金は？」

後ろのほうで、自分の言葉を速記にとっている者の姿が目にはいった。万事ビジネスライクだ。

灰色の目のリーダーが、音楽的なウェールズなまりで答える。

「そう考えていただいてよろしい、事務総長殿。ただしわれわれが欲しいのは金ではない。情報だ」

なるほどそういう仕組みか、とストルムグレンは思う。自分は戦争捕虜で、これからやつらに訊問されるというわけだ。

「われわれの動機はおわかりだろう」相手は優しい軽快な歌を思わせるなまりでつづける。「そうおっしゃりたければ、抵抗運動と呼んでいただいてかまわない。遅かれ早かれ、地球は独立のために戦わなくてはならない――しかしこの戦いは、サボタージュや不服従のような、間接的な手段に訴える以外に方法がないのだ。われわれがあなたをかどわかしたのは、カレンに対してわれわれが本気であり、しっかり組織化されていることを見せつける目的もあったが、主目的はあなたにあった――あなたは〈上主〉どもについてわれわれに情報をもたらしてくれる唯一の人物だからね。あなたはもののわかった人だ。協力してくれたまえ。そうすれば釈放してあげよう」

「で、いったい何が知りたいのだ？」慎重にストルムグレンはたずねる。

相手の並みはずれたまなざしは、ストルムグレンの心の奥底まで見とおすようだった。こんな目には、生まれてこのかたお目にかかったことがない。やがて歌うような声は答えた。

「あなたは〈上主〉たちの正体をご存知か？」

ストルムグレンはつい、ほほ笑みをもらしそうになった。

「信じていただきたいが、わたし自身もそれが知りたくてたまらないくらいなのだ、あなたがたと同様にね」

「では、こちらの質問に答えていただけるのだな？」

「約束はできない。でも、答えるかもしれない」

ジョーがかすかな溜息をもらし、部屋じゅうに期待の身動きが湧き起こった。

「あなたがカレレンと会うときのもようはだいたい承知している。だが、あらためて丁寧に聞かせていただこうか、大事なことは絶対に落とさないようにして」

このこと自体にはとくに害はない。いままでに何度もやってきたことだし、しかも相手に協力的な印象を与えられる。ここにいるのは鋭い頭脳の持ち主ばかりだから、なにか新しいことを見つけ出してくれるかもしれない。一人占めしないかぎり、この男たちが自分から新しい情報を引き出してくれるのは、むしろ歓迎だった。だがどんな情報にせよ、カレレンを傷つけることができるなどとは、ストルムグレンにはとても信じられなかった。

ストルムグレンはポケットを探って、一本の鉛筆と、反故(ほご)になった封筒を取り出すと、手早く見取図をしたためた。

「あの小さな飛行機械はご存知だろう。なにを推力にして飛ぶのか、とても見当がつかない。この機械が定期的にわたしを迎えにきて、カレレンの宇宙船まで連れていってくれる。船の外殻の中にはいる——それがどういうぐあいに行なわれるかは、きっとあなたがたも望遠写真でご覧になっているはずだ。あれをドアというべきかどうかわからないが、とにかくドアが再び開く。そこでわたしは小さな部屋にはいる。中にはテーブル、椅子、それにテレビスクリーン。部屋のもようはざっとこんなものだ」

見取図を相手に押しやった。が、この初老のウェールズ人のふしぎな目は、図を見向きもしない。相変わらずストルムグレンの顔に釘づけになったままの目——と、ストルムグレンが見守るうちに、その目の奥深くで、なにか変化が起きたように思えた。部屋の中は静まり返っていたが、背後でジョーが、あっと息を呑む音がした。

けげんに思い、また癪にさわりもして、ストルムグレンは相手をにらみ返した。だがそのとき、ゆっくりとではあったが、脳裡に理解の光がさしはじめた。ストルムグレンはあわてて、見取図を描いた封筒をくしゃくしゃに丸め、靴で踏みにじった。

あの灰色の目がなぜ自分にこれほど奇妙な印象を与えるのか、わかったのだ。相手は盲目なのだ。


ピーター・ヴァン・ライバーグは、二度とカレレンと連絡をとろうとしなかった。事務局の仕事――統計資料をしかるべき部局に転送し、世界じゅうのジャーナリズムの抜粋をこしらえる等々の事務は、自動的につづけられている。パリでは法律家たちが、世界憲章草案の審議に甲論乙駁の最中だったが、いまのところ自分には関係ない。あと二週間で最終草案を、というのがカレレンの要求であり、もし間に合わなければ必ずなにか適当な措置を講じてくるだろう。

ストルムグレンについては、相変わらずなんの消息もない。

ピーターが口述をとらせているところへ、〈非常事態専用〉の電話が鳴り出した。受話器をとり上げて耳を傾けるうち、しだいにたかまる驚愕に、とうとう受話器を放り出すと、飛んでいって窓を開けた。通りから人々の驚きわめく声がはるかに聞こえ、交通はのろのろかついには止まってしまった。

嘘ではなかった――あのいつも変わらぬ〈上主〉たちのシンボル――カレレンの宇宙船が空から姿を消していた。目のとどくかぎり見まわしても、影一つない。と、いきなり、夜を思わせる暗いとばりがたちこめた。巨大な宇宙船は日の当たらない下腹を黒い雷雲さながらに、ニューヨークの摩天楼(まてんろう)をかすめるように、低空で北側から突進してきたのだ。ピーターは思わず、この怪物を避けようと身をすくめてしまった。〈上主〉たちの船の巨大さはわかりすぎるほどわかっていたが、遠くの空にかかった姿を見るのと、まるで魔王がかりたてる暗雲といった姿で頭上を飛び過ぎるのを見るのとでは大違いだった。

部分蝕同様の暗がりの中でピーターは見守る。船とその化けもののような影は南に消えた。音はなにも聞こえない。そよという音さえしなかった。してみると、一見あれほど近く見えた宇宙船は、少なくとも頭上一キロの高さを飛んでいたのだとピーターは気づいた。そのときビル全体がガクンと揺れた――衝撃波だ。どこかで窓が内側に向かって砕け、ガラスの散る音がした。

背後の事務室では、ありとあらゆる電話がいっせいに鳴りはじめたが、ピーターは身動きもしなかった。窓枠に身をあずけ、南の空を見つめたまま、無限の力を見せつけられたことに麻痺して茫然(ぼうぜん)と立ちすくむばかりだった。

ストルムグレンは話しながら、自分の心が二つの層に分かれて同時に働いているような気分にかられている。一面では自分を捕えた男たちに抵抗しようとしながらも、他面ではこの連中の力を借りてカレレンの秘密を解ければな、と願っているのだ。危険な勝負ではあったが、自分が楽しんでいることに気づいて驚くのだった。

訊問の大部分は盲目のウェールズ人が行なった。相手の鋭い頭脳は、次から次へと糸口を捜し求め、ストルムグレン自身がとうの昔に放棄してしまったこの理屈あの理屈と試してみてははねつける。息もつかせぬ見事さだった。しばらくすると相手は溜息をつき、椅子に背を戻した。

「どうにもならんな、これでは」あきらめ声だった。「もっと事実が欲しい。つまり、もう言葉ではなく、実行というわけだ」

見えない目が、考え込んだようにストルムグレンに注がれている。男は少しのあいだ、テーブルを落ちつかないようすでコツコツと叩く――初めて目にとまったこの男の迷いのそぶりだった。それから男はつづけた。

「事務総長殿、わたしもいささか驚きましたな、あなたともあろう人が、もっとやつらのことを探ろうとしていないとは」

「どうしろとおっしゃるのかね?」興味をそそられたが、ストルムグレンは表面的には冷然とききかえす。「カレレンとわたしが会談する部屋の出入口は一つしかない。しかもこの出入口はまっすぐに地球へ戻るだけの一方通行でね」

相手は考え込んで、「なにか探り出す装置をつくり出すことぐらいできそうだが。わたしは科学者ではないが、あたってみることならできそうだ。どうだ、あなたを自由にしてあげたら、そういう企(くわだ)てに協力してくれますか?」

「きっぱり申し上げておくが」と、ストルムグレンは怒った口調で答える。「わたしの立場を誤解しないでいただこう。カレレンは世界統一のために働いてくれているんだ。わたしは彼の敵を助けるような真似はしない。カレレンの究極的な計画が何か、わたしは知らないが、それが立派なものであることだけは信じている」

「その実際の証拠は?」

「彼の全行動だ、彼の船団が地球の上空に出現してこのかたずっとのね。カレレンのやったことで、とどのつまりは人類のためにならなかったようなことが一つでもあったか？　あったのならお答えいただこう」

ストルムグレンはしばらく口をつぐみ、過去の歳月のことを内心で振り返ってみた。それからにっこりして、

「〈上主〉たちの根本的な——そう、なんと言おうか——善意。これについてひとつだけ証拠を、と言われるのなら、例の動物虐待禁止令を思い出していただきたい。あの命令は、彼らが到着して一カ月もたたないうちに出されたものだ。わたしがそれまでカレレンに関して疑念を抱いていたにせよ、あの命令はそれを吹き飛ばすに充分だった。まあ、あの命令は、

カレンのやったことの中では、いちばんごたごたの種をまきはしたけれどね！」

これは誇張ではなかった。〈上主〉たちが残虐行為を憎むことを初めて人類に知らせたあの事件は、とにかく突拍子もないものだった。彼らの行動から判断するかぎり、〈上主〉たちの最も支配的な生活感情は、秩序と正義に対する情熱と、この残虐に対する憎悪なのだった。

カレンが怒りを、いや少なくとも怒りのような態度を見せたのは、このとき一度だけだった。「諸君がおたがいに殺しあいたいのなら、それは勝手である」とカレンのメッセージは言う。「諸君は諸君らの法律に照らしあわせて、自由に処理されればよろしい。しかし、諸君が世界を共有する動物たちを、食糧および自己防衛以外の理由で殺戮するならば、わたしは諸君の責任を問うことになるかもしれない」

この禁令がどの程度の広い幅を持つか、またカレンがどんな手段に訴えてこれを施行するつもりなのか誰にもわからなかったが、じきに明らかになる日が来た。

その日、闘牛場は満員の盛況だった。闘牛士とつきそいが揃って入場行進を開始した。万事平常どおりだった。闘牛士たちの古式どおりの衣裳にまばゆい陽光がギラギラと照りつけ、昔もいまも変わらぬ観衆は、口々にひいきの名を呼ぶ。そこかしこに、心配そうに空を見上げる顔が目についた。マドリッド上空五万メートルに超然と浮かぶ銀色の姿に、彼らの目は注がれていたのだ。

槍を使うピカドールたちが位置につくと、牛は鼻息すさまじく場内に突入してきた。ピカドールのやせこけた馬たちは恐怖に鼻の穴を広げ、ピカドールの手綱に強いられて敵に向かおうと、陽光の中をぐるぐると身体をめぐらす。一番槍がきらめき——牛の身体にブスリと——その瞬間だった、いままで地球上で聞こえたことのない音がとどろいたのは。

それは同じ傷を受けた一万人の人間の苦痛の悲鳴だった。だがショックからさめてみると、これらの人々はかすり傷ひとつ受けていないことに気づいたのだ。しかし、その日の試合には——いや、闘牛というスポーツのすべてに、これで終止符が打たれたのだった。噂がたちまち広まったからだ。仰天したあまり、その日切符を払い戻して帰った闘牛ファンは十人に一人しかいなかったという。また、ロンドンの〈デイリー・ミラー〉紙は、スペインの新しい国技としてクリケットを採用せよと説き、余計な騒動の種をまいたものだった。この二つともここで書き記しておいてよいだろう。

「なるほど、それはそうかもしれない」と、盲目のウェールズ人は答える。「〈上主〉たちの動機は、彼らの基準からして善意なのかもしれない。彼らの基準とわれわれ人間の基準が一致する場合だってあるからね。しかし、やつらは干渉者だ——われわれは、やつらに地球に来てひっかきまわしてくれと頼んだ覚えはない——何世紀ものあいだ人類が護ろうとして戦ってきた理想を、そして国をぶちこわし——」

「わたし自身、自由のために戦わざるをえなかった小国の出身だよ」と、ストルムグレンは反撃する。「でも、わたしはカレレンを支持している。なるほど、あなたがたはカレレンにいやがらせをすることはできるだろう。彼の目的達成の時期を遅らせられるかもしれない。しかし、結局のところは大勢に影響はないんだ。あなたがご自分の信念に誠意をもっておられることは確かだろう。世界連邦誕生の暁には、諸小国家の文化や伝統は打ちのめされるのではないかという恐れも理解できる。しかし間違っているのだ、あなたは。過去にしがみつくのは無益でしかない。〈上主〉たちが地球にやってくる前から、主権国家という存在は死につつあった。彼らはただその死期を早めたにすぎない。もう誰にも主権国家を救うことはできないし、また、救うべきではないのだ」

返事はない。相手は口もきかず、身動きもしなかった。口を半分あけ、見えない目はさらに生気さえ失って、ただ座っている。まわりの男たちまでが動かなくなってしまった。無理な、不自然な姿勢のまま、凍りついているのだ。恐怖の息をもらしてストルムグレンは立ち上がり、ドアのほうへ後じさりする――そのとき、ふいに沈黙が破られた。

「ありがとう、リッキー。名演説だったよ。さあ、もう失礼してもいいころだな、ぼくらは」

ストルムグレンはさっと振り向き、廊下の暗がりをじっと見つめた。目の高さに浮かんでいる一個の小さな、つるりとした球体――〈上主〉たちが使ったふしぎな力のエネルギー源がこれに違いない。はっきりしないが、眠気を誘う夏の日など蜜蜂の巣箱からただよってくる音に似た、かすかなブーンという音が聞こえるような気がする。

「カレレンか！　助かったよ！　でも、いったいどうやって？　まさかこの連中を――」

「心配無用、大丈夫だ。麻痺の一種だが、もっと手がこんだものでね。この人たちは、目下生命活動が普段の二、三千分の一に遅くなっているだけだ。ぼくらが姿を消したら、何事が起きたのか、それこそキツネにつままれたような思いだろう」

「警察が来るまで、このままにしておくのか？」

「いや、もっと妙案がある。逃がしてやるんだ、何もせずに」

　ほっとする思いがしたのにには、ストルムグレンもわれながら驚いた。狭い部屋とその住人たちに別れの一瞥を送る。ジョーはぽかんと空を見つめて、片足でつっ立っていた。ストルムグレンは急に笑い出し、ポケットをまさぐった。

「いろいろお世話になったね、ジョー。置き土産をあげておこう」

　ポケットの中の紙切れをあれこれかきまわしていて、ストルムグレンはやっと捜していた数字の控えを見つけ、あまり汚れていない紙に丁寧にこう書いた――

　「マンハッタン銀行御中、
　ジョー氏に金百三十五ドル五十セントをお支払い下されたし。
R・ストルムグレン」

　紙片をジョーの隣に置こうとしたとき、カレレンの声がした。

「なにをしたのかね、それは？」

「ストルムグレン家のモットーは、借金は必ず払うこと、だ。ほかの二人はイカサマをやったが、ジョーは正直だった。少なくとも、わたしにわかるようなイカサマはやらなかったからな」

ドアに歩み寄りながら、ストルムグレンの心はうきうきとはずんだ。まるで四十も若返ったような心地だった。先ほどの金属球が横に動いて、ストルムグレンに道をあけた。一種のロボットらしいが、これでカレレンが底知れぬ深さの岩をとおして、自分の居場所を突きとめた方法が説明できる。

「まっすぐ百メートル」球の中からカレレンの声がした。「それから左に曲がる。追っての指示を待ちたまえ」

急ぐ必要のないことは承知していたが、ストルムグレンはいそいそと歩いた。球は廊下にとどまっている。後方を警戒しているらしい。

一分後、廊下の分岐点で二個目の球が彼を待っていた。

「あと五百メートルの辛抱だ。ずっと左側を行ってくれ。またお目にかかる」

地上に出るまで、さらに六度、この球に出会った。最初のうちは、どういう手を使ってかわからないが、先まわりしているのだろうと考えたが、そのうちに、これはいくつかある球が隊を組んで坑底(こうてい)深くまでずっと並んでいるのだ、と思うようになった。出口に来ると、見張りの一団がこれまたありえない姿の彫像と化して立っている。その頭上で、彼らを監視するように、おなじみの球がもう一個。二、三メートル先の山の中腹に、いつもカレレンのもとへ彼を運んでくれる小さな飛行機械が待っていた。

ストルムグレンは、しばらく目をしばたたきながら陽光を浴びて立っていた。見ると、周囲には壊れた採鉱機械、その向こうに廃棄された線路があり、山腹をうねうねと下っている。数キロ先には、山の麓（ふもと）をなめるように密生した森林、さらにずっと遠く、広大な湖の光の輝きが目にはいった。南米のどこかにいるのではないかと思ったが、なぜそんな気がしたのかはうまく説明できない。

飛行機械に乗り込みながら、ストルムグレンは坑口とそのまわりに凍りついたように立つ男たちの姿に最後の視線を送った。と、背後で入口が閉じ、ストルムグレンは安堵（あんど）の吐息とともに座り馴れた長椅子に身を投げ出した。

息が静まるのを待ってから、短いが万感をこめたひとこと――

「で？」

「もっと早く助けられなくてすまなかった。だが、頭株全員がここに集まるのを待っていたのでね。それが肝心だったことはきみにもおわかりだろう」

「す、すると――」ストルムグレンはつばを飛ばさん勢いで、「わたしの居場所はとっくに知っていたのか？　それがわかっていればわたしも――」

「まあまあ、あわてないで」とカレレンの声は答える。「少なくとも、ぼくの説明を全部聞いてもらいたいものだ」

「なるほど、それもよかろう」ストルムグレンは陰鬱に言う。「聞かせていただくよ」自分が念入りな罠に仕掛けられた一片の餌にすぎない気がしていた。

「ぼくは少し前からきみに——そう、どう言えばぴったりするかな——つまり、追跡装置のようなものをつけておいたのだ。あの先生たちは、わたしがきみを地下まで追いかけられないと思っていた。それは正しかったが、きみを坑内に連れ込むところまでは追跡可能だったんだ。あの地下道の中ですりかえるという着想は、なかなか見事だった。しかし、第一の車からきみの反応が消えたので、手のうちがすっかり読めた。で、じきにまたきみを突きとめられたわけだ。あとはただ時機を待つだけだった。ぼくがきみを見失ったと確信すれば、きっとやつらのリーダーたちはここにやってくるだろう。そうすれば一網打尽にできるからね」

「でもみんな逃がしてやったじゃないか!」

「地球二十五億の人間のうち、誰と誰があの組織の真の首領なのか、いままで見当がつかなかった。しかし、これで探り出せたから、今後は地球上のどんな場所にいようと彼らの動きを追うことができるし、その気になれば、細かい行動を観察することも可能だ。監禁したりするよりずっといいからね、このほうが。少しでも動けば、残った仲間の身許が割れる。うまく骨抜きにしたんだ。連中もそれをわかっているしね。きみをどうやって救出したか、彼らにはまったくわかるまい。見ている前でパッと消えたわけだからな、彼らにしてみれば」

狭い室内に、いつもの豊かな笑い声が響きわたった。

「ある意味ではこの事件全体が一場の喜劇だったわけだが、真剣な狙いもあったのだ。この組織の百人たらずの人間だけを気にかけていたわけではない。ほかに存在する似たような組織に対する精神的効果を考えざるをえなかったのでね、ぼくの立場から言えば」

しばらくストルムグレンは黙り込んだ。完全にすっきりしたわけではないが、カレレンの見方もわかる。腹立たしさの一部は消えた。やっと口を開き――

「あと数週間でお役御免のわたしとしては、こんなことはやりたくないが、一応これから先は家に警備員をつけることにしよう。次にさらわれるならピーターに代わってもらうよ。ところで、ピーターの仕事ぶりはどうかね？」

「この一週間、とっくりと観察したし、助けを求められても逃げていた。だいたいにおいて、かなりよくやっている――しかしきみの後任としては不適格だな」

「ご同慶のいたりだ、ピーターにとっては」ストルムグレンはまだいくぶん釈然としない。「それから、あなたの〈上司〉とやらは返事をしてくれたかね？　例の、あなたが姿を見せる件だが。こうなってみると、あなたの敵たちのいちばん有力な口実はそれだ。あの連中はくり返しくり返しわたしに言っていた――『姿を見るまでは、絶対に〈上主〉たちを信用するわけにはいかない』とね」

カレレンは溜息をついた。

「いや、まだなにも。だが返事がどんなものかは見当がついている」

ストルムグレンはあえて食いさがらなかった。以前ならそうしたはずだったが、いま彼の心には、あるおぼろげな計画ができあがりつつあったのだ。自分を訊問した男の言葉が脳裏にまた聞こえてくる。そう、何か探り出せる装置をつくり出すことぐらい……人に強いられたときは断った計画だったが、自分の自由意志なら、やってみてもいい。

4

以前のストルムグレンだったら、たとえ二、三日前でもこんな計画をまじめに考えるなど思いもつかないことだった。顧(かえり)みれば、およそ三流テレビドラマなみのメロドラマ、今回のばかげた誘拐事件が、彼の新しいものの見方に多分に影響をおよぼしているようだった。いつも会議室での舌戦(ぜっせん)には馴れていたが、それとは正反対の、身体を張った荒っぽい事件に身をさらしたのは、生まれて初めての体験だった。そのおかげで血が騒いでいるのか、それとも予想より早く第二の幼年期を迎えているのか？

単なる好奇心も強い動機の一つであり、さらに、自分がしてやられたことに対して面目(めんぼく)を挽回してやろうという決意もあった。カレレンが自分を餌に使ったことは疑う余地はない。

たとえ理由が善意であったにせよ、そう簡単にカレレンを許してやる気にはなれなかった。

　ストルムグレンが予告なく部屋にはいっていったとき、ピエール・デュヴァルは驚いたようすも見せなかった。二人は旧友であり、また、国連事務総長が自ら国連科学局長を訪れたことにも、なんのふしぎもないはずだ。たまたまカレレン——あるいは彼の配下——が監視装置のレンズをこの部屋に向けたとしても、奇異に思われることはないだろう。

　二人はしばらくのあいだ、仕事向きの話、さらには政界ゴシップの交換にふけったが、それからストルムグレンはおずおずしたようすで用件を切り出した。椅子に背をあずけて彼の話を聞いているうちに、この老フランス人の眉は一ミリ一ミリと吊り上がり、とうとう額（ひたい）の髪につきそうになった。一、二度、口をはさみかけたが、やめたようだった。

　ストルムグレンが話し終えると、老科学者はそわそわと部屋じゅうを見まわして、

「聞かれてはいないだろうな？」

「そんな真似はできないだろう。わたしを保護するためだとか言って、追跡装置と称するものでわたしを追っているそうだが、地下では働かない。あんたのこの牢屋みたいな部屋に出かけてきたのも、ひとつはそのためだ。この部屋はいっさいの放射線を遮断する仕組みになっているはずだろう？　カレレンとて魔法は使えない。わたしの居場所はわかっているはずだが、それ以上は手も足も出ないだろう」

「そうならいいがね。だが、それはそれとして、もしきみのやろうとしていることがカレレ

ンにばれたら、困ることにならないかね？　ばれるのはまず間違いないからな」

「それは覚悟の上だ。しかも、カレレンとわたしはおたがい腹のうちがよくわかっているから」

老物理学者は鉛筆をもてあそびながら、しばらくじっと宙を見つめている。

「課題としては面白い。結構だ」

そうあっさり言うと、机の引き出しをひっかきまわし、ばかでかいメモ用箋を取り出した。ストルムグレンがお目にかかったこともない超大型だった。

「よし」とばかりにデュヴァルははじめ、自分にしかわからない速記文字のようなもので猛然と筆を走らせる。「ぼくにとにかくありとあらゆる事実を教えておいてくれ。カレレンと会談する部屋のようすを細大漏らさず――どんなつまらないと思えることでも省いちゃいかん」

「あまり言うこともないんだがね。部屋は金属製、八メートル四方に、高さ四メートルほど。テレビスクリーンが中央より一メートルほど端に寄ったところにあり、そのすぐ下にテーブルが一つ――ああ、それを貸してごらん、わたしが見取図をつくったほうが話が早いだろう」

素早く、おなじみの小部屋のスケッチを描いて、デュヴァルのほうに押しやった。そこで、この前同じようなことをさせられたときの思い出が忽然とよみがえり、かすかな身震いを覚えた。あの盲目のウェールズ人とその一党はどうなっただろう？　自分が突然消えてしまったことに対して、どんな反応を見せたことか？

デュヴァルはスケッチを眺めて眉をひそめ、

「それだけか、きみにわかってることは？」

「そうだ」

デュヴァルはうんざり顔で鼻を鳴らした。

「照明はどうなってるんだ？　真っ暗な中に座ってるのか、きみは？　それに通風に暖房――」

この友人の癇癪に馴れっこのストルムグレンは、にっこりした。

「天井全体がぼうっと光る仕組みだ。空気は、わたしの知っているかぎりでは、スピーカー兼用の通風孔からはいってくる。どこから出ていくのかは知らん。一定の間隔をおいて逆流するようになってるのかな？　気がついたことがないが。暖房装置の形跡はない。でも部屋はいつでも常温だ」

「ふん、水蒸気は凍り、炭酸ガスが凍らずに残った――そう言ってるのと同じだな」

カビの生えた冗談だったが、ストルムグレンはつとめてほほ笑むと、しめくくりに、

「部屋のことはそれで全部だ。わたしをカレレンの母船に運んでくれる機械のほうだが、その客室はエレベーターの中みたいなもので、およそなんの目印もない。テーブルと長椅子があるのを除けば、まさにエレベーターだな」

数分のあいだ沈黙がつづき、その間にデュヴァルはメモ用箋をおそろしく細かい、コセコセした落書きめいたもので満たした。見守りながら、ストルムグレンは思う——なぜこの自分など比較にならないはずの優れた頭脳を持ったデュヴァルほどの人物が、科学界にもっと大きな足跡を残していないのだろう？　アメリカ国務省の知人が言っていたことを思い出す。意地の悪い、そしてたぶんあまりあてにならない言葉だったが——「フランスは世界最優秀の二流人を産み出す国だ」なるほどデュヴァルはこの言葉にあてはまる。

デュヴァルは満足そうにひとりうなずき、身を乗り出してストルムグレンに鉛筆を突きつけた。

「リッキー、きみはカレレンの〈テレビスクリーン〉とかなんとか言ってるが、なぜだ？　本当にそいつはテレビスクリーンなのか？」

「ずっとそうだと思いこんでしまっていたものだから。テレビスクリーンそのものに見えるがね。そうでないとすればなんなんだ？」

「そのものに見えるということは、つまり、われわれの、い、い、い、われわれのテレビスクリーンみたいに見えるということだろう？」

「もちろん」

「そのこと自体、かなりのくわせものだぞ。そもそも〈上主〉たちがテレビを使っているとすれば、まさか固形のスクリーンなどという原始的なものは用いないだろう。おそらく直接、空間に立体映像を投影する。しかしだいたい、なぜカレレンがわざわざテレビなんて使うんだね？　最良の答えは常に最も単純な答えだ。その〈テレビスクリーン〉とは、実はただ一枚のガラスじゃないのか、片面だけ透視する？　そのほうがもっともらしいとは思わないか、きみ？」

　われながら腹が立って、ストルムグレンはしばらくのあいだ、黙っていままでのことを振り返ってみた。最初からカレレンの言葉はまったく疑ったことがなかった。だが、思い出してみれば、カレレンが一度でもテレビを使っているなどと言ったことがあっただろうか？　ただ自分勝手に思い込んでいただけだ。要するに、すべては心理的なトリックにすぎず、自分はまんまとひっかかっていたのだ――デュヴァルの言うことが正しいとすればだが。またまた自分は結論に飛躍しかけている。誰もまだ何かを証明したわけではない。

「もしきみの言うとおりだとすれば、わたしはただそのガラスを打ち割るだけで――」

　デュヴァルは溜息をついて、

「だから困るんだ、素人は！　そんなもろいガラスを使っているわけがないじゃないか。火薬でも持っていかなきゃ割れるもんか。だいたい、かりに割れたにせよだ、カレレンが呼吸している空気がわれわれ人間のと果たして同じものかね？　もしやつが塩素の大気で生きている生物だとしてみろ、きみもカレレンもえらい目にあうぞ」

　なるほどこれはいささか間抜けだったな、とストルムグレンは思う。そのぐらいのことは、当然気がついてしかるべきだった。

「じゃあ、どうしたらいいと言うんだ、あんたは?」少しやりきれない思いでストルムグレンはたずねる。

「考えさせてくれ。まず第一に、ぼくの見方が正しいかどうか確かめること。そして、正しいとすれば、そのスクリーンの材質を探ること。一人二人、うちの部の人間をかからせよう。ところで、きみは会議のとき、ブリーフケースかなにか持っていくんだろうな? そこに持っているのがそうか?」

「うん」

「大きさは充分だ。ほかのととりかえたりして相手の注意をひいてはならない。カレレンが見馴れているとすれば、なおのことだ」

「なにをしろと言うんだ? X線の装置でも隠しておくのか?」

デュヴァルはにやりと歯を見せ、

「まだはっきりしていないが、とにかくなにか考える。二週間たったら知らせるよ」

かすかに笑い声をあげたデュヴァルは、

「ぼくがこいつでなにを思い出したか、知ってるか?」

「ああ」ストルムグレンは間髪を入れず答えた。「ドイツ占領時代に、あんたが禁令の無線機をつくっていたときのことだろう?」

相手はいくぶんがっかりした顔になり、

「ふむ、前にも一度か二度、その話はしたな。でも、もう一つ言っておくことが――」

「なんだい？」

「ばれたときのことだ。その道具の使いみちについては、ぼくはなにも知らなかったんだぞ」

「なんだ、科学者は自分の発明に関して社会的責任がある、とかなんとかわめいたあんたが？　がっかりさせるなよ、デュヴァル！」

タイプ打ちされた分厚い書類の束を下に置いて、ストルムグレンはほっと溜息をついた。

「ありがたい、これだけでもやっと決着がついたか。しかし、この二、三百ページの書類に人類の未来がこもっているとは、奇妙な気もするな。世界連邦か！　生きているうちにこの目で見られるとは思ってもみなかった！」

ブリーフケースに書類を落とし込んだ。ケースの裏側は、暗い長方形のスクリーンから十センチと離れていない。ストルムグレンは思い出したように、ケースの錠前の部分を、意識的な落ちつかないそぶりでまさぐっている。しかし隠しスイッチを押すのは必ず会議が終わってからという心づもりだった。なにかしくじりがあるかもしれない。デュヴァルは、カレレンに気どられるようなことは誓ってないと言ったものの、絶対確実ということはありえないのだ。

「なにかわたしに知らせることがあると言っておられたが、例の――」ストルムグレンは、心はずむようすを隠そうとしない。

「そう、二、三時間前に決定の通知を受けとった」

通知を受けとった、とは？　まさか、何光年かかるかわからない超遠方の母星の基地と通信できるとも思えないが？　それとも、ピーターの考えているように、カレンはただ、どんな政策でもその結果を推定できる巨大なコンピューターに相談しただけだろうか？

「自由連盟やその同志たちには、あまり満足してもらえそうにない決定だがね。でも、緊張緩和の手助けにはなるだろう。ところで、ここのところはオフレコに願うよ。

リッキー、きみはたとえばぼくらが人類と肉体的にひどくかけはなれた生物であっても、人類はじきに馴れてしまうだろうと何度もぼくに言った。しかし、きみにしてはいささか想像力に欠ける見解だ。きみ個人にかぎれば、なるほどそのとおりだろうが、忘れてほしくないのは、世界の人間の大部分はまだ一応の教養人と言える水準には達しておらず、根絶するには何十年もかかるような偏見や迷信に満ち満ちているということだ。

ぼくらは人間心理についてはある程度わきまえているつもりだ。これはきみも認めてくれるだろう。世界が現在程度の進歩の段階では、ぼくらが姿を見せたりしたらどんなことになるか、ぼくらはかなり正確にわかっている。細かいことについては、たとえきみにでも明かすわけにいかない。だからぼくの言葉を一応信用してもらうほかないんだよ。とはいうものの、これだけははっきり約束できる。たぶんこの約束で、ある程度は満足してもらえるのではないかと思う。つまり――あと二世代、すなわち五十年後に、ぼくらは船から地上に降りよう。そして、人類はついにぼくらのありのままの姿を見ることができる」

ストルムグレンはしばらく黙ったまま、カレレンの言葉を嚙みしめていた。昔だったらこの言葉に満足を覚えただろうが、いまではほとんどその気になれない。実のところ、この部分的成功が彼を混乱させていた。しばらくは決意がゆらぎさえした。時間さえかければ真実が明らかになる――こうしてあれこれめぐらしてきた計略など不必要だったのであり、恐らくあまり賢明な処置とは言えなかったのかもしれない。このまま実行するとすれば、それは単にあと五十年すれば自分は死んでいるというわがままな理由からだけなのだ。

カレレンは相手のためらいを見てとったらしく、こう言葉をつづけた――

「きみを失望させてすまない。でも、少なくともこれから先、近い将来に起こるいろいろな政治問題は、きみの責任ではなくなっているはずだ。ぼくらの恐れていることなど根も葉もないと、まだ考えているかもしれないが――でも実は、ぼくらはこれ以外の方針をとった場合に生じる危険に関して、充分な証拠をすでに持っているんだよ。それは信じてもらいたい」

荒い息づかいでストルムグレンは身を乗り出した。

「つまり、あなたがたはすでに人間に見られた経験があるんだ！」

「そんなことは言っていない」カレレンは即答した。「きみたちの世界ばかりではないからね、ぼくらが監督したことがあるのは」

この程度ではぐらかされるようなストルムグレンではない。

「過去において地球がほかの種族の来訪を受けたことを物語る伝説は、いままでにたくさんあった」

「わかっている。歴史調査部の報告書を読んだからね。あれを見ると、地球はまるで宇宙の交差点じゃないか」

「あなたがまったくご存知ない例だってあるかもしれない」ストルムグレンは希望を捨てず、誘い水をかけた。「まあ、あなたがたはわれわれを何千年間も観察してきたのだろうから、まずそんなことはないと思うけれど」

「それはまず、そうだね」

カレレンの答えは、けんもほろろの部類だった。その瞬間に決心がついたストルムグレンはふいに、

「カレレン、あなたの声明の原稿はわたしがつくって、のちほどお送りしよう、承認をもらうために。だがわたしはこの先もあなたにしつこくつきまとい、隙あらば秘密を探らせていただく。その権利だけは留保させてもらおう」

「それは充分承知の上だ」カレレンはくすくすと軽く笑った。

「気にはしないのだね？」

「ぜんぜん。ただし、核兵器、毒ガスその他、ぼくらの友情にひびを入れるような道具は使わないこと。その程度の線でね」

これは悟られたかな、とストルムグレンは考えた。カレレンの冗談の裏には、理解――いや、ひょっとすると、すすんでけしかけているような調子さえうかがえる。

「それはありがたい」

ストルムグレンはできるだけ平静に答え、立ち上がって、同時にブリーフケースの蓋を閉じた。親指で錠の上を撫でる。

「じゃ、すぐ声明の原稿をつくろう。今日じゅうにお手もとにテレタイプで送ります」

そう言いながら隠しスイッチのボタンを押した――やはり恐れていたほどのことはない。カレレンの感覚は、人間以上の微妙な働きはしないのだ。カレレンの別れの挨拶にも、ドアを開けるためにいつも唱える合言葉にも、なんの気配も感じられなかった。

しかし、やはりストルムグレンは、まるで自分が警備員の見ている前でデパートから逃げ出す万引き犯のような気がしてならなかった。すべすべした壁が背後で閉じたとき、ほっと溜息が出た。

「ぼくの推理に見当はずれのものが若干あったことは認めます」とピーター。「でも、こいつはどうです？　ひとつご意見を」

「意見を言わなくてはいけないのか？」ストルムグレンは溜息をつく。

「本当はぼくの意見じゃないので、チェスタトンの小説で見つけたものですが」ピーターは低姿勢だ。「〈上主〉たちは実はなにも隠すことがない、ということを隠しているのだとすればどうですか？」

「どうもむずかしすぎるぞ、わたしの頭には」ストルムグレンは少し興味が湧いてきた。

「つまり」ピーターは熱心につづける。「ぼくの考えでは、〈上主〉たちは肉体的にはわれわれ人間と同じような生物です――ですが、われわれにしてみれば、異生物で超頭脳の持ち主にならば甘んじて支配されるが、そこがわれわれ人間のあさましさで、同じ種族に親分面されるのは我慢ならない。その点に彼らも気づいているというわけです」

「なるほど、うがってるな。きみの理論はみんなうがってるぞ。ひとつ、番号をつけて整理しておいてもらえないか。とてもわたしには追いつけそうにないのでね。さて、いまのに反論させてもらえるなら――」

だがそのとき、アレグザンダー・ウェインライトが案内されてはいってきた。

この男、なにを考えているのだろう、とストルムグレンは思う。自分をかどわかした連中と連絡があったのだろうか？　どうもそんなことはありそうもない。ウェインライトの暴力否定は本物に思えるのだ。自由連盟の過激分子はこれで完全に評判を落としてしまった。ここ当分は鳴りをひそめているはずだ。

自由連盟会長は、カレレン声明の草稿に丁寧に耳を傾けていた。これ自体、カレレンの発案だったが、ストルムグレンはウェインライトが恩に着てくれればいいと願った。あと十二時間たたなければ、世界人類は自分たちの孫世代にあてたカレレンの約束を聞くことはできないのだ。

「五十年か」ウェインライトは考え込んだ口調だった。「ずいぶん待たせるな」

「人間にとってはね。でもカレレンにしてみればそうじゃない」ストルムグレンは答えた。いまになってやっと、この〈上主〉たちの解決策の妙味がわかりかけていた。こうして〈上主〉たちは彼らが必要と考える猶予期間を稼ぎ、同時に自由連盟の立場をなくさせたわけだ。連盟が容易にかぶとを脱ぐとは思えないが、連盟の地位はきわめて弱体化するだろう。もちろん、ウェインライトもそれに気づいている。

「五十年たてば、もう取り返しはつかない」ウェインライトは苦々（にがにが）しげに言う。「独立の味を覚えている者は死んでいる。人類はすでに伝統を忘れてしまっているに違いない」

独立だの伝統だのと、要するにただの言葉、うつろな言葉ではないか――ストルムグレンは思う。人はかつてそんな言葉のために戦い、死んでいった。だが二度ともう、そういうことはなくなる。むしろ世界はよくなるのだ。

ウェインライトが帰っていく姿を見送りながら、これから先、自由連盟がどの程度騒動の種（たね）をまくだろうか、とストルムグレンは考える。だがそれは自分の後継者が考えればいい問題だ。そう思うと気分が軽くなった。

時間だけが解決できる物事がある。悪人を倒すことはできるが、誤った考えにとりつかれた善人は、放っておくしかないのだ。

「さあ、きみのブリーフケースを返すぞ。新品同様だ。どこも悪くなってはいない」とデュヴァル。

「ありがとう」そう言いながらも、ストルムグレンは一応念入りに調べてみる。「ではひとつ聞かせてもらうか。いったいこいつはなんの話なのか、それから、次はどうするのか?」

デュヴァルはなにか自分勝手な物思いにふけっているようすだ。

「ぼくに飲みこめないのは」とデュヴァル。「どうも、ことが容易に運びすぎたという点だ。ぼくがカレレンだったら――」

「でも、あんたはカレレンじゃない。さあ、早く要点にはいってくれ。なにを発見できたんだ?」

「お手上げだよ、北欧人には。血気にはやって、いつでもピリピリしてる!」デュヴァルは溜息をついて、「ぼくらがつくったのは低出力レーダーの一種だ。超短波からさらに高周波の赤外線まで使う――つまり、どんなに異常な目を持った生物にも絶対に見えない全電波帯を利用するんだ」

「どうして絶対に見えないとわかるんだ?」技術的問題だったが、ストルムグレンは思わず引き込まれてたずねた。

「ふむ、絶対に、とは断言できないかもしれん」しぶしぶデュヴァルは認め、「でも、カレレンは普通の照明の下できみを見ているわけだろう? ということは、やつの目の可視範囲は、われわれのとほぼ同じということだ。それはさておき、とにかく成功したんだ。その〈テレビスクリーン〉とやらの向こうには、広い部屋が確かにあることがこれで立証された。スクリーンの厚さは約三センチ、向こうの部屋の奥行きは少なくとも十メートル。その部屋の壁からの反射電波は検出されなかったが、この程度の低出力しか使えないわれわれとしては、検出できるとは思っていなかったんだ。でも、こんなものが出た」

一枚の印画紙をストルムグレンに押しやった。印画紙の上には一本の波形にのたくる線が走り、その線の一カ所にまるで地震計の記録を思わせるもつれが見られる。

「そのちっぽけなもつれが見えるな?」

「ああ。なんだ、これは?」

「なんでもない。要するにカレレンだ」

「なんだと! 本当か?」

「まあ、そう思ってさしつかえあるまい。座っているのか立っているのか、それともなにか別の姿勢なのか、とにかくスクリーンの向こう二メートルのあたりにいる。解像度がもっと高ければ、身体の寸法も算定できただろうがね」

かろうじてわかる程度の微細な線の曲折を見つめながら、ストルムグレンは複雑な感情をおぼえていた。これまでは、カレレンに物質的な肉体があるかどうかさえ、実は証拠づけられなかったのだ。今回のも直接的な証拠ではなかったが、ストルムグレンには疑問なく受け入れられた。

「もう一つの仕事は、このスクリーンが普通の光線をどの程度伝達するか、これを算出することだった。これでおおよその見当はついたと思う。一割程度の誤差が出ても、とくに問題はないのでね。きみにももちろんわかるだろうが、そもそも完全に光を片方からしか通さないガラスなどというものはない。要するに光線の案配だけだ。カレレンは暗い部屋に座り、きみには照明が当たっている。それだけのことだ」デュヴァルはくすくす笑って、「そいつを変えてやろうじゃないか！」

デュヴァルは白兎を何匹もとり出す手品師よろしくデスクの中に手をさし入れると、懐中電灯の化けものを取り出した。先端がぐっと広がっていて、昔のラッパ銃を思わせる代物だ。

デュヴァルはにやにやして、

「見かけほど物騒な道具じゃないよ。筒先をスクリーンに押しつけて引き金をひく。それだけだ。十秒間だけ強烈な光線が出るようになってる。十秒あれば部屋の中をひとわたり、たっぷり見ることができるだろう。光線はスクリーンに吸収されずに全部向こうに届くはずだから、カレレン先生の姿もくっきり見えると思う」

「カレレンを傷つけるようなことはないだろうな？」

「まず足もとを照らして、それから筒先を上に振るようにすれば大丈夫。目が馴れるからね。一応カレレンの反射神経はぼくらと同じ働きをすると考えているんだが。やつを盲目にしたくはないからね」

ストルムグレンは、心もとなげにその武器を見て、手で重さを計った。ここ数週間というもの、良心の苛責を感じてきた。カレレンはときどきひどくずけずけした口のきき方をすることはあるが、つねに好意を持って自分に接してくれている。この好意は見あやまりようがないほど明瞭なものだ。カレレンと会う時間もいよいよ残り少なくなってきたいま、この関係を駄目にするようなことはぜひとも避けたかった。しかし、カレレンにはあらかじめ警告しておいたことだし、ストルムグレンには、もしカレレンに決定がゆだねられているとすれば、とっくに彼は自分の姿を見せてくれただろうと思えて仕方がなかった。これで否応なくストルムグレンの心はきまった——最後の会議が終わったとき、カレレンの顔を見よう。

もちろん、カレレンに〈顔〉があるとすればだが……

最初のうちはどうもそわそわしていたが、だいぶ前からそんな気分は失せていた。ほとんどカレレン一人でしゃべっている——例によって手の込んだ表現を自由自在にあやなしてみせるのだ。かつては、この表現能力がカレレンの才能の中で最も意外な、すばらしいものに思えたのだが、いまはそう感激もしない。というのは、カレレンのいろいろな能力の大半がそうであるように、これは特殊な才能というより、むしろ卓抜した知力の当然の結果にすぎないということがわかったからだ。

思考速度を人間の話し言葉程度に落とした場合、カレレンにしてみれば文章を組み立てることなど朝飯前の余裕ができるのだ。

「自由連盟が目下の沈滞から立ちなおったとしても、あまり心配することはないだろう、きみにせよ、きみの後継者にせよ。この一カ月、連盟は鳴りをひそめている。いずれ復活するだろうが、ここ何年間かはまず危険な存在とはならないだろう。本当のところを言えば、自分の敵がなにをしているのか知っておくというのは、どんなときでも貴重なことなので、その意味では自由連盟は実に重宝な存在なのだ。もし財政的に困るような場合は、助成金を出してやらなければならないかもしれないな」

カレレンがいったい冗談を言っているのかどうか判断に困る場合がよくあった。ストルムグレンは表情を動かさないことにして、さらに耳を傾けた。

「じきに自由連盟の論拠の一つがまた消滅する。この数年、きみが占めてきた特殊な地位については、かなりの批判があった。いずれも子供だましのようなものだったがね。ぼくが執政にたずさわって初期のうちは、国連事務総長を通じるというやり方が大いに有用だったわけだが、こうして世の中がぼくの計画した線に沿って動くようになったのだから、もうこのやり方はやめてもいい。将来は、ぼくが地球と折衝する場合はすべて間接的に行なうことにする。国連事務総長の業務は本来のあり方に戻っていいのだ。

これから五十年のうちには、多くの危機が訪れるだろう。しかしすべて無事にやりすごせる。未来のあり方はもうはっきりしている。これらすべての困難が忘れ去られる日もいつか来る――たとえきみたち人類のように長い長い記憶の持ち主だろうと」

最後の一節には奇妙な強調がこもっていた。あまりの奇妙さに、ストルムグレンはたちまち椅子の中で凍りついてしまった。カレレンはけっしてうっかりした失言などしない。不注意に思われる言葉自体、実は小数点以下何桁までも計算しつくされたものなのだ。しかし、相手が話題を変えてしまうまでは、こちらから質問する間は与えられなかったし、またしょせん、質問しても答えてくれるはずがないのだった。

「ぼくらの長期計画がいったい何なのかと、きみは何度もたずねた」カレレンは先をつづけ、「世界連邦の設置は、もちろんその第一段階にすぎない。きみの存命中に世界連邦は完成するだろう。しかし、変化そのものはほとんど目につかないたぐいのものだから、変化が生じても気づく人はほとんどいない。次に、ゆっくりとした地固めの時期だ。この間に人類は、ぼくらに対して心の準備をすることになる。その上で、いよいよ約束した日が到来するのだ。きみがその日に立ち会うことができないのが悲しい」

ストルムグレンは目を見開いている。だが、視線はあいだを隔てる暗いスクリーンのはるか向こうに注がれていた。未来を見ているのだ。自分にはついに見ることができないその日――〈上主〉たちの巨船がついに地上に降り立ち、待ちかねた世界に開放されるその日を、ストルムグレンは心に描く。

「その日」とカレレンの言葉はつづく。「人類は心理的な断絶感――ほかに言いようがない――を味わうだろう。しかしなにも恒久的な害は残らない。そのころの人類は、祖父たちにくらべればはるかに落ちついた人々になっているからだ。ぼくらはつねにこの人々の生活の一部となっているはずであり、いざぼくらに会ったときも、ぼくらの姿をいまのきみたちほどに――異様には思うまい」

カレレンがこれほど物思いにふけるようすは初めての体験だったが、ストルムグレンは驚かなかった。カレレンの性格で自分にのぞき見ることのできた面はほんの一部にすぎないと、かねてから信じていたからだ。真のカレレンはおよそ未知数であり、きっと人間には知ろうとしても知ることができないのだろう。カレレンの関心はどこかほかのところにある――またしてもそんな気がした。地球を治めるなど、彼の頭脳のほんの一部を使えばできることで、立体チェスの名人がただのチェッカーをやっているような、およそ赤子の手をひねる程度のものではないか？

「で、そのあとは？」ストルムグレンはそっとたずねた。

「それから、いよいよぼくらは本当の仕事をはじめられる」

「その本当の仕事というのがなにか、わたしは昔からふしぎに思っていたのだ。わたしたちの世界をきちんと整理し、人類を文明化する——これはあなたがたにとっては単なる手段なのだ。なにか目的もあるに違いない。わたしたち人間も、いつの日か宇宙に進出し、あなたがた自身の宇宙を見ること——そしてあなたがたの仕事に力を貸す——そんなことができるのだろうか？」

「そう、そう言ってもいいだろうな」

いまやカレレンの声には、はっきりとした、だが説明不可能な悲しみが感じられる。これがストルムグレンの心を奇妙にゆさぶった。

「でも、仮にだが、あなたの人類に対するこの試みが結局は失敗に終わったら？　わたしたちも未開民族を相手にして失敗した経験がある。あなたがたにも、もちろんそういうことが？」

「ある」カレレンの声はあまりにも低く、ほとんど聞こえないほどだった。「ぼくらだって失敗したことがあるのだ」

「そういう場合、どうするのです？」

「待つ——そして、もう一度試みる」

沈黙があった。おそらく五秒間はつづいただろうか。次のカレレンの言葉はまったく予想外なもので、ストルムグレンはしばし反応するすべを持たなかった。

「さようなら、リッキー!」

カレレンにしてやられた――もう遅すぎるかもしれない。ストルムグレンの麻痺(まひ)状態は一瞬にとどまり、たちまち素早い、訓練された手つきで照明銃を引き抜いた彼は、ガラスにぐいと銃口を押しつけた。


松林は湖のほとりにまで張り出しており、幅二、三メートルの草地が縁(ふち)どりとなって残っているだけだった。暖かければストルムグレンは必ず夕方の散歩にこの草地沿いに歩く。九十歳とは思えないいきびきびした足どりで船着場まで来ると、入り陽(び)が水に沈むのを見届けてから、冷たい夜風が森から吹いてくる前に家へ戻るのだった。この単純な儀式に、彼は大いに満足している。体力がつづくかぎりはやめないつもりだった。

湖上はるか、西のほうから何かがやってくる。低空を飛んでいるのだ。この附近では飛行機はめったに見られない。もっとも、毎時定期の極間横断便が頭上を飛んでいるはずだったが、たまに成層圏の青一色の中に飛行機雲が高く見えるだけで、ふだんは影も形もない。今度のはヘリコプターらしく、一路ひたすらこちらへ向かって飛んでくる。渚(なぎさ)に視線を走らせたストルムグレンは、逃げようがないと知ると、肩をすくめて栈橋(さんばし)の突端(とったん)にある木のベンチに腰を下ろした。

その記者があまりにうやうやしい態度をとるので、ストルムグレンは驚いてしまった。自分が元老の一人であるばかりか、フィンランド国外でも一種神話的な存在になっていることなど、もう忘れかけていたのだ。

「ストルムグレン先生」と、この飛び入りは切り出した。「お邪魔してまことに心苦しいのですが、〈上主〉についてたったいま耳にしたことがありまして、それについてひとことご意見をいただければありがたいのですが」

ストルムグレンはかすかに顔をしかめた。これだけ時がたっても、カレレンが〈上主〉という言葉を嫌う気持ちに同情しているのだった。

「いままであちこちで書かれているとおりで、わたしにはあまりつけ加えることはないが」

記者は妙にひたむきな目で彼を見守っている。

「それが、そうとも言えない事情でして。どうもふしぎな話をついさっき耳にしたのです。もう三十年近く前のことですが、国連科学局の技術者の一人が、先生のためになにか途方もない装置を製作したというのです。それについてなにかお話し願えないかと思いまして」

心の中で昔を振り返りながら、しばらくストルムグレンは黙っていた。あの秘密が露見したことはとくに驚くに値しない。いや、いままで保たれていたことのほうに驚く。

立ち上がり、桟橋を戻りはじめると、記者は数歩遅れてついてきた。

「その話はある程度本当だ。カレレンの船を最後に訪れたとき、わたしはカレレンの姿を見ようと思って、ある装置をたずさえていったのだ。まあ、ばかなことをしたものだが、若かったからな、あのころのわたしは——たった六十歳」

くすくすとひとり笑いして、先をつづけた。

「わざわざここへ来ていただくほどの話でもなかったよ。結局、失敗に終わったのだからね」

「なにも見えなかったのですか?」

「ああ、まったくなにも。待ってもらうほかないね。だって、もうあと二十年じゃないか!」

あと二十年。そう、カレレンの言うとおりだった。あと二十年たてば、世界は準備ができているだろう。三十年前、デュヴァルにいまと同じ嘘をついたときのあの世界とは正反対に。

カレレンは自分を信頼してくれて、自分はその信頼を裏切らなかった。カレレンはあのときの計画を最初から知っていて、最後の瞬間にストルムグレンがどうするかなど、逐一手にとるように読んでいたらしい。そう思ってまず間違いないのだ。

そうでないとすれば、どうして光の輪がさっと向けられたとき、あの巨大な椅子が空になっていたのか? 手遅れか、とあわてて光を向けたその瞬間のことではないか。人の背の二倍はある大きな金属ドアは、ストルムグレンが初めて見たとき、素早く閉じられようとしていた——が、一瞬の余裕があった。

そう、カレレンは自分を信頼してくれたのだ。ストルムグレンが、永遠に解きえない謎にとりつかれたまま、長い人生の夜へと降りていくのを見るにしのびなかったのだ。カレレン自身、上にある力（果たしてカレレンと同じ種族の生物なのだろうか？）に反抗することはできない。しかし、できる範囲で手をつくしてくれたのだ。あれが反抗的な行為だったにせよ、上の連中には立証できはしない。カレレンの自分に対する愛情の最後の証拠があれだったのだ、とストルムグレンは悟っている。忠実で利口な犬に対する人間の愛情――そんな愛情かもしれないが、こもる真心に変わりはない。おかげでストルムグレンは、人生にも稀な満ち足りた心地を味わいえたのだった。

「ぼくらだって失敗したことがあるのだ」

そうだな、カレレン、そのとおりだったのだね。まだ人類の有史以前の太古のことだ。きみだったのか、そのとき失敗したのは？　とにかく失敗だったことは明白だ――そのときのこだまがあらゆる時代を通じて響きわたり、人類の全民族の幼年期を悩ます亡霊になってきたのだから。果たしてきみは五十年間で克服できるのだろうか、世界の神話伝説のすべてを？

　だが、二度目の失敗はありえない、とストルムグレンはわかっている。今度また二つの種族が出会うとき、〈上主〉たちは人類の信頼と友情をかちえているはずだ。はっと気づいたときのショックも、この信頼と友情をうち壊すことはできない。二つの種族は手に手をとって未来へ歩み、過去に影をさしたあの謎の悲劇は、ほの暗い太古の回廊の中に忘れ去られていくだろう。

そしてストルムグレンはこんなことを願う――カレレンがふたたび自由に地球上を歩けるようになったある日、この北国の森を訪れ、彼の友だちとなった初めての人間の墓のかたわらにたたずんでくれますように、と。

第二部　黄金時代

5

「いよいよ今日！」とラジオは百カ国語でささやく。「いよいよ今日！」と、千種の新聞の見出しが叫ぶ。「いよいよ今日！」と、カレレンの船が着陸する巨大な空き地の周囲に砲列を敷くカメラマンたちは、カメラの点検再点検にあけくれつつ思う。

宇宙船はいまやニューヨーク上空に浮いているただ一隻だけだった。世界はやっといま気づいたばかりだったが、ほかの都会の上空に見えた船は、実に最初からすべて存在していなかったのだ。つい昨日のことだった。〈上主〉たちの大船団は、朝日の前の霞(かすみ)のようにふっと消えてしまった。

はるかかなたの宇宙空間を往復していた物資供給用の連絡船があったことは確かだった。しかし世界の各首都の住民たちが頭上に生涯見馴れた銀色の雲は、実は幻覚にすぎなかった。どんな方法を使ったのか不明だが、一隻残らずカレレンの乗った母船の幻にすぎないのだった。光の細工以上の手段が使われていたらしく、レーダーにも映ったし、船団が地球の空に乗り込んできたときに空気を切る鋭い音がしたのをまざまざと覚えている人々も現に生きている。誓って本当だと言う。

だが、そんなことはどうでもよく、大事なのはカレンがもう力の誇示は必要ないと考えるようになったということだ。カレンはすでに心理的な武器を投げ捨ててしまったのだ。

「船が動いている！」たちまち、地球上のいたるところにこの言葉が伝わる。「西に向かってるぞ！」

時速千キロ以下の低速で、宇宙船は成層圏の虚空をあとにして降下し、北米大平原地帯へ——そして人類の歴史との再会へ。待ちかまえるカメラ陣、ひしめきあう群集の前に、船はしずしずと降り立った。だが、テレビをかこむ何百万何千万の人々は、これら見物人の大部分よりはるかに多くのことを目撃できたのだった。

船の巨大な重さに地面は震えおののき、ひび割れるのが当然かと思われたが、星をかけめぐる動力がどんなものにせよ、それは船をしっかりと支え、舞い降りる雪片（せっぺん）を思わせる軽々とした着陸だった。

すると、船のふくらんだ外壁が地上二十メートルの高さで、かすかな光を発して溶けるように見え、なめらかに光る表面に大きな口が開く。内部のようすは見えない。カメラの鋭い目にもなにも映らず、洞穴の入口さながら暗く陰っているばかりだ。

この口から幅の広い、きらきら輝く渡り板が伸び出して、意図を持った生物のように地面に向かう。全面継ぎ目のない一枚の金属のようで、その両側に手すりがあった。階段はなく、そりのコースのごとくなめらかで、普通の方法ではとても昇り降りできそうにない。

世界の目が、この暗い口を見守っていた。中ではまだ何も動く気配がない。すると、カレンのあのめったに聞けない、しかし忘れられない声が、どこかに隠された音源から静かに流れ出てきた。およそ思いもかけない言葉だった。

「渡り板の下に何人かお子さんがおいでだが、その中から二人だけ来ていただけないか、ぼくを迎えにね」

しばらく沈黙があった。と、男の子と女の子が一人ずつ群集を離れ、まったく気おくれしたようすも見せず、渡り板に向かって歩き出した。歴史に残る歩みだった。さらにあとを追う子供たちが現われたが、船から聞こえるカレンのふくみ笑いがその足を止めさせた。

「二人だけで結構だよ」

冒険に胸はずませて、せいぜい六つになったかならないかのこの二人は、金属の渡り板にぴょんと飛び乗り——そして第一の奇蹟が起こった。

眼下の群集に手を振り、心配そうな親たち——どうやら笛を吹きながら子供たちを連れていってしまったパイド・パイパーの伝説を思い出したらしい——に手を振り、子供たちはあっというまに急勾配の渡り板を昇りはじめたのだ。しかも足はまったく使わず、身体はこの奇妙な渡り板に対して直角になっていることが、じきに誰の目にも明らかになった。地球を無視した独自の重力が働いているのだ。子供たちはこの珍しい経験を楽しみ、いったい何が自分たちを引っぱり上げているのかといぶかりながら船の中に姿を消した。

とてつもない沈黙が全世界を支配した——あとになって考えれば、とてもそんな短い時間とは思えなかったが、二十秒間この沈黙はつづいたのだった。それから、大きな口をあけた暗闇が前に進み出てくるように見え、カレレンが陽光の中に姿を現わした——少年を左腕に、少女を右腕に座らせている。二人ともカレレンの背中の翼をいじりまわすのに夢中で、何百万何千万の人々が見守っていることなど気がつかない。

気絶した人々がわずかしか出なかったことは、〈上主〉たちの心理的なかけひき上手と、長年にわたる慎重な準備のたまものだった。しかし大昔のあの恐怖が一瞬ひやりと心に触れるのを感じなかった人は、世界じゅうにほとんどいなかったはずだ。もっとも、すぐに理性が働いて、そんな恐怖は永遠に追放してしまったが。

まぎれもない悪魔の姿だった——革の翼、短い二本の角、とげの生えた尾——全部揃っている。遠い遠い過去から、最も恐るべき伝説が生き返ってきたのだ。だが、その伝説は黒檀色の堂々たる巨体に陽の光をきらきら光らせながら、微笑を浮かべて立っている。両腕に安心しきった人間の子供たちを乗せて。

6

五十年かければ、世界の人々も見分けがつかなくなるほど変えることができる。必要なのは、社会工学のしっかりした知識、目的に対する明確な見通し――それに力。〈上主〉たちはすべてを兼ね備えていた。目的だけは秘密だったが、知識、力の点ではまぎれもない。

彼らの力は多種多様な形をとる。いまや〈上主〉たちに運命を掌握された人間の諸民族には、およそ気づかれない形をとることが多い。あの巨大な宇宙船が秘めている力は誰の目にもわかる。しかしこの眠れる力の陰には、さらにもっと精妙な武器がいくつもあったのだ。

「あらゆる政治問題は」と、カレレンはかつてストルムグレンに言ったことがある。「力を正しく適用すれば解決できるものだ」

「いささかなげやりな言い方だね、それは」ストルムグレンは不安そうに答えたのだった。

「勝てば官軍という言葉があるが、どうもそれに似すぎている。われわれ人類の過去を見ると、力はけっして何物をも解決しない場合が多いのだ」

「いや、正しくというところが大事なのでね。きみたち人類は、真の意味での力をいまだかって持ったことがないし、その利用に必要な知識を持ったことがないじゃないか。たとえば仮に、地球のどこかの国家が狂信的な指導者に率いられて、ぼくに反抗しようとしたとする。これに対する解答の一つは、何十億馬力というエネルギーを原子爆弾という形に仕立てて応酬すること。だが、これはきわめて非能率的な解答だ。なるほど爆弾をどっさり使えば、絶対にあと腐れのない決定的な解決法にはなる。しかし、仮にほかの面で欠点がなかったにしても、やはりいま言ったように非能率的な解決法であることには違いない」

「で、能率的な解決法というのは？」

「ほんの小型の送信機程度のエネルギーですむ手があるのだ。しかも操作法も小型送信機なみの単純なものだ。肝心なのは力の適用法であって、量ではないのだ。もし、どこに行っても耳もとで低い声がささやきつづけたり、あるいはほかの音を押し殺し、絶対に人を眠らせてくれないような音楽的な音、ドレミファの音符のどれか一つが間断なく四六時中頭の中に響いてきたとする――もしそんなことがあったとすれば、果たしてヒトラーはいつまでドイツの独裁者でありえただろうか？　これがけっしてむごたらしい方法じゃないことは、きみにもわかるだろう。それでいて最終的には、トリチウム爆弾同様、抵抗不可能な効果をもたらすのだ」

「なるほど、しかも絶対に隠れおおすわけにいかない」

「そう。もしぼくが充分に腹を立てたとすれば、この――つまり――装置を送り込めないような場所はないからね。というわけで、ぼくは自分の地位を保持するために、けっして手荒な真似は必要としないのだ」

すなわち、あの巨大な船団はただのシンボルでしかなかったのであり、一隻を除くとすべて幻にすぎなかったことは、いまや全世界の知るところだ。それでいてこのシンボルと幻がただそこに見えただけで、地球の歴史は変わってしまった。彼らの役目はもう終わった。だが、その果たした仕事は永久にこだまを響かせることになる。

カレレンの計算は正確だった。人類の受けた嫌悪のショックはすみやかに消えていったのだ。しかし、迷信になど縁がないと鼻高々でいながら、〈上主〉たちに顔を合わせる勇気はまったくないという人間もかなりたくさんいた。不思議といえば不思議な現象だ。およそ理性や論理では片づかない問題なのだ。中世の人々は悪魔の存在を信じ、恐怖を抱いていた。しかしいまは二十一世紀の世の中。してみると、種族的記憶というものも実際にあるのだろうか？

〈上主〉たち、あるいは彼らと同じ種族の生物が、古代の人類となにか猛烈な戦いを演じたに違いないという想像が、当然世界じゅうに広くなされていたのだった。歴史にその戦いの記録がなに一つ残されていないところを見ると、両者の出会いはよほど太古の出来事だったのだろう。それも一つの謎だったが、カレレンはおよそこの謎を解く手がかりを与えてくれようとしない。

もうこうして人類の目に自らをさらしてしまった〈上主〉たちだったが、残った一隻の宇宙船から出てくることはめったになかった。地球は生理的に居心地がよくないのかもしれない。身体の大きさ、翼が生えているところなどから判断すれば、〈上主〉たちは地球よりずっと重力の小さい世界から来たと考えられた。いつでも複雑な装置のついたベルトをしめているが、このベルトは体重調整と相互通信用の装置らしいというのが通説になっている。直射日光は苦痛らしく、数秒以上、身をさらしたことがない。長時間にわたって戸外に出るときは黒いサングラスをかけているのが、なんともちぐはぐな感じだった。地球上の空気を呼吸することはできるようだ。しかし、ときどき小さな円筒に詰めたガスを持って歩き、これを吸い込んで元気をつけている。

お高くとまっているように思えるのも、実はただ、こうした純粋に生理的な原因からなのかもしれなかった。生身の〈上主〉と実際に会ったことがある人間はごくわずかにすぎず、カレンの宇宙船にいったい何人が乗り組んでいるのか誰にも見当がつかない。一時に五人というのが、人の目に映った最高の数だった。しかし、あの巨大な船のことだ、あと何百何千の〈上主〉が乗っているかわからない。

多くの面において、〈上主〉たちの出現はいろいろな問題を解決したが、逆にもっと多くの問題の種をまいてしまったとも言える。彼らの生まれ故郷は相変わらず不明だったし、その肉体の生理についても甲論乙駁つきるところを知らなかった。自由に情報を提供してくれるかと思えば、反面秘密主義としか形容できないような態度に出ることもある。が、だいたいにおいて気を悪くしたのは科学者連中だけであり、一般人は〈上主〉たちに顔を合わせることは好まないにせよ、自分たちの世界に対して彼らが行なってくれたことをありがたく思っているのだった。

昔の標準からすれば、まさにユートピアの時代が訪れている。無知、疾病、貧困、恐怖は事実上姿を消した。戦争の記憶は、暁が追い払う悪夢のように、過去に没し去ろうとしていた。やがて生きている人間で戦争を体験した者は一人もいなくなるだろう。

人類のエネルギーが建設的な面に集中されるようになったため、世界の様相は一変してしまった。ほぼ文字どおり〈新世界〉となったのだ。前の世代を満足させた都市はすべてつくりなおされるか、役に立たなくなった場合は放棄され、ただ博物館の標本的存在として保存されるだけだった。すでに放棄された都市は数多い。産業、商業の形態が根本的に変わってしまったからだ。生産は大半がオートメーション化され、ロボット工場が消費物資を次々に無限に送り出す。普通の生活必需品は事実上無料で手に入った。人は贅沢をしたいために働くか、さもなければまったく働かなくてもいい。

世界は一つになった。昔の諸国家の名前はまだ温存されていたが、すべて郵便配達の便宜の意味しかない。地球上のあらゆる人間は英語を話すことができ、読み書きのできない者はいなくなり、テレビは万民に普及し、誰でも地球の裏側へ二十四時間以内に旅行できる……

犯罪も消滅したにひとしい。犯罪など不必要であり、また不可能になったのだ。困っている人間がいなくなれば、ものを盗む意味もなくなる。潜在的に犯罪者の素質を持つ連中も、〈上主〉の監視から逃れる方法がないことは一人残らず知っている。統治の初期において、〈上主〉たちは法と秩序の側に立ち、きわめて効果的な介入を行なった。おかげでこの教訓を忘れた者は誰一人いなかった。

激情にかられての犯罪は完全になくなったわけではないが、まずめったに起こったためしがない。心理的問題が大幅に解決されてしまった現在、人類はきわめて冷静で理性的になっていたからだ。昔なら悪徳とされたようなことも、いまではただのつむじ曲がりか、せいぜい無作法という程度にしか見られないのだ。

二十世紀の特徴といえば、狂ったように激しい生活のテンポがその一つだが、それがゆるやかになったことも、最もいちじるしい変化の一つだった。ここ何世代には見られなかったほど、生活はゆったりしたものになった。一部の少数者にとっては、これは生活意欲の減退だったが、大多数の人間にとっては安心平和を意味した。余暇を楽しむのはそれが怠惰に堕しさえしないかぎりけっして罪ではない——このことは西洋を除く全世界がけっして忘れずにいたことだったが、西洋の人間もいまさらのように再認識したのだった。

未来にどんな問題が待ちかまえているかはわからない。しかし人類はまだ時間を持てあますというところまでは来ていなかった。教育は昔よりはるかに徹底的で長期にわたるようになり、二十歳前に大学を出ていく人間はほとんどいなかったし、大学自体ほんの第一歩のようなもので、みなまた二十五歳になると大学に戻ってくる。旅行や経験で幅ができた精神でさらに三年間勉強にいそしむ。それでもあきたらず、たいていの人はとくに関心のある学科を選んで、一生のあいだ、適当な間隔をおいて再教育コースをとるのだった。

こうして人間は、肉体的成熟期の初期をはるかに過ぎても、まだ見習い期間ということになったわけだが、このため多くの社会改革が発生した。中には何世代も前からその必要が痛感されていたものもあるが、前代の人間はその要求に直面しようとしなかったか、あるいは必要ないふりをしていたのだった。とくに大幅に変わった——変わらない一定の形態があったと仮定してだが——のは、性風俗だ。いままでの性風俗を粉砕したのは二つの発明だった。皮肉なことにこの発明は純粋に人間の手になるもので、〈上主〉のおかげはまったくこうむっていない。

第一が完全に信頼できる経口避妊薬、第二が同様に絶対確実な子供の父親の判定法の発明だった。後者は血液を綿密に分析する方式にのっとったものだが、指紋と同じように間違いないものだった。この二種の発明が人間社会に及ぼした影響は、「途方もない」とでも言うほかないもので、清教徒的な異常抑圧はこれで跡形もなく消えてしまった。

もうひとつの大きな変化は、こうしてできた新しい社会の極度の可動性である。空中輸送機関が完成の域に達したため、人はすべて即座に好きなところへ行く自由を得た。道路のスペースをいくら合わせても、空のゆとりにはかなわない。かつてアメリカは全国民を自動車に乗せたが、二十一世紀はそれをもっと大きなスケールでなしとげ、全世界の人々に翼を与えたのだった。

翼を与えるといっても、文字どおりにではない。普通の個人用飛行車、エアカーのたぐいには翼はついていないし、それどころか舵翼のたぐいもいっさい目に見えないのだ。昔ヘリコプターについていた不格好なローター翼も追放された。しかし人類はまだ反重力を発見したわけではなく、この究極の秘密はまだ〈上主〉たちだけが所有していた。人間がエアカーに使った推進装置の原理は、ライト兄弟にも充分理解できたはず——つまりジェット推進だった。直接のジェット推進と、限界層をもっと巧妙にコントロールする方式との二とおりの組み合わせで、前進と空中保持を行なう。たとえ〈上主〉の法律や命令でも、こればかりは達成できないはずの人種の壁を、空中自動車の世界的普及が一挙に解消させてしまったのだった。

もっと深奥（しんおう）な変化も起きている。完全な世俗化、非宗教の時代が来たのだ。〈上主〉たちが来訪する前にあった諸宗教のうち、まだ生き残っていたのは純化された仏教——おそらくすべての宗教の中で最も厳正な宗教だ——の一種だけだった。奇蹟や神の啓示に依存する教義のたぐいは全部瓦解（がかい）してしまった。すでに教育の向上とともに、この瓦解は徐々に進行しつつあったのだが、〈上主〉たちはこの問題についてはいずれの肩も持たなかった。宗教について所信を求められたことはたびたびだったが、カレレンはいつも、他人の自由を侵害しないかぎり、人の信仰は個人の問題だ、としか答えないのだ。

だが、もし人間に好奇心がなかったら、昔の宗教はまだ何世代も余命を保ったかもしれない。〈上主〉たちが過去を知る力を持っていることは周知の事実になっており、古くからの論争に決着をつけてもらいたいと、歴史学者がカレレンに要請したことが一度ならずあった。カレレンはしつこくきかれることにうんざりしたのかもしれないが、それ以上に考えられるのは、こうした要請に気前よく応じる結果がどうなるか、カレレンは先刻承知だったということだ……

とにかく、カレレンが世界史学協会に永久貸与の形で渡してくれたのは、なんのことはない一台のテレビ受像機だった。ただし時間と空間の座標を定める複雑な調節装置がついている。この受像機は、カレレンの母船上にあるもっと複雑な装置——どんな原理で作動するのか誰にも見当がつかなかった——と、なんらかの形で連結されているらしい。受像機を調節するだけで過去への窓が開かれる。五千年の人間の歴史が、ほとんど一瞬にして展望できることになったのだ。もっともこの装置は五千年以上はさかのぼらなかったし、各時代ともどうにも不可思議な空白の期間があちこちに残されているのだった。何か自然な原因によるものか、それとも〈上主〉たちの意識的な「検閲」によるものか……

世界じゅうの宗教関係の文献の全部が全部真実ではないことは、合理精神の持ち主なら誰にでも昔からわかりきったことだった。とはいうものの、ショックは甚大だった。誰にも疑えず、否定できない神の啓示が目の前に――〈上主〉の科学の不思議な魔力のおかげで、世界の偉大な信仰の数々が誕生する姿が目の前にあった。大部分の情景は高貴であり、人の心を励ますに充分だった――が、それだけではたりないのだ。数日のうちに、人類の持つ多くの救世主たちはその神性を失ってしまった。真実の強烈な、だが冷たい光のもと、無数の人人を二千年間にわたって支えてきた信仰が、朝の露のようにはかなく消えたのだ。諸信仰が生んだ善も悪も、すべてたちまち過去に押しやられ、二度と人の精神に訴えることはない。

　そして、古い神々を失った人類は、新しい神々を必要とするほど、もう若くはなかったのである。

　ほとんどの人が気づいていないが、宗教の没落と並行して、科学も斜陽を迎えつつあった。技術者の数こそ多かったが、人間の知識のフロンティアを広めようとする独創的な研究者は、ほとんどいなくなってしまった。好奇心は残っている。好奇心にふける余暇もある。だが基礎科学の研究に捧げる情熱がなくなったのだ。〈上主〉たちが何世代も前に発見してしまったらしい秘密をさぐるために一生をついやすなど、むなしく思えるだけだった。

　そして、この衰退を糊塗するかのように、動物学、植物学、観測天文学のような記述諸科学がめざましく開花していた。楽しみのためにいろいろな事実を集めるアマチュア科学者がこれほどたくさん出現したためしはなかった――しかし集めた事実をまとめ、関連づける理論科学者はほとんどいなかった。

あらゆる種類の葛藤、闘争が消滅したことは、同時に創作芸術に事実上の終止符を打ってしまった。演芸芸術においては、無数のアマ、プロ双方の芸術家がいたが、文学、音楽、絵画、彫刻の分野では、ここ一世代ほど真に傑出した新しい作品は生まれていない。世界は、二度と帰らぬ過去の栄光に頼って生きつづけているのだった。

若干の哲学者を除いて、この事態を憂慮した者はいない。全人類は新しく見出した自由を楽しむのに夢中で、現在の快楽のかなたを見とおす気などなかったのだ。ついにユートピアが到来した――もの珍しさが先に立ち、あらゆるユートピアの敵である倦怠は、まだ攻め寄せてこない。

すべての問題に対する答えを用意している〈上主〉たちのことだ、きっとこの問題に対する答えも用意しているのではないか。〈上主〉たちが来てから、すでに一代が経過していた。彼らの究極の目的が何か、まだ誰にもわからない。人類は彼らを信頼するようになっていた。そしてカレレンとその仲間たちに、故郷を離れてこれほど長期間をすごさせているまさに超人的な愛他主義を、なんの疑問もなく受け入れているのだった。

いや、それが愛他主義だったとしての話である。果たして〈上主〉たちの政策が、人類の真の福祉とつねに合致するものかどうか、疑問に思う人々はまだ一部に残っていた。

7

ルパート・ボイスのパーティの招待状は、その到達距離の範囲からすると、大したものだった。最初の一ダースの客を列挙しただけでよくわかる——すなわち、オーストラリアはアデレイドのフォスター夫妻、ハイチのシェーンバーガー夫妻、スターリングラードのファラン夫妻、シンシナティのモラヴィア夫妻、パリのイヴァンコ夫妻、それにイースター島近辺——ただし海底四キロ——からやってきたサリヴァン夫妻。招待した客は三十人だったが、実際には四十人以上現われたことはルパートの名声を裏書きしていた。期待に反したのはクラウス夫妻だけだったが、これも国際日付変更線を忘れて二十四時間遅刻しただけのことにすぎない。

午(ひる)までには、駐車場は堂々たるエアカーの群れで埋まり、遅れてきた者は着陸場所を見つけたにせよ、かなり歩くことを覚悟しなければならなかった。集まった車は一人用の〈空飛ぶノミ(フリッターバグ)〉から、一家を収容できるキャデラックまで千差万別だった。このキャデラックなどは、実用的な飛行車というより、空を飛ぶ宮殿と言ったほうがいい。とはいうものの、この時代では、客がどんな車で飛んできたからといって、その社会的地位を推定する材料にはならなかった。

「まあ、醜悪な家」〈流星(ミーティア)〉が下降旋回にはいったところで、ジーン・モレルは言った。

「踏みつぶされた箱みたい」

ジョージ・グレグスンは、昔気質(かたぎ)で自動着陸が大きらいだった。下降速度調節を手で調節しなおしてから答えた。

「この角度からあれこれきめつけるのはかわいそうというものだ」なかなか分別のある答えぶりだった。「地面の上から見れば、話が違うかもしれないからね」

ジョージは着陸地点を選び、二人の車はもう一台の〈流星〉と、どうも正体不明の一台の車とのあいだに、ゆっくりと舞いおりた。おそろしくスピードの出そうな車だが乗り心地は最低らしい、とジーンは思った。ルパートの友だちの技術者が自分でつくったのに違いない。でもそんなことは法律で禁止されているはずだが。

車から外に出ると、溶接バーナーの焔(ほのお)を頭から浴びせかけられたかのような熱気だった。身体から水分を吸いとられるようで、ジョージは皮膚にひび割れができるのではないかとさえ思った。自分たちの失敗でもあった。二人は三時間前にアラスカを発(た)ったばかりで、車内の室温を調節して適温にしておくのを忘れていたのだ。

「ひどいところ！」ジーンはあえいでいた。「気候調整をやっているはずなのに」

「ちゃんとやってるさ」とジョージは答えた。「ここらは昔砂漠だったんだ。それがいまはごらんのとおり。さあ行こう、家の中にはいれば大丈夫だよ」

と、二人の耳に、ルパートの楽しそうな声が響いてきた。肉声にしてはいささか大きすぎる感じだ。見ると、いたずら小僧然とした顔で、ルパートが車の横に立って二人を見下ろしている。両手には飲み物のグラスが一つずつ。見下ろしていると言ったが、ほかでもない、ルパートが身長四メートルの巨人になっているのだ。しかも身体がなかば透けて見え、向こう側がまる見えだ。

「おい、お客さんに妙ないたずらをするのはよせ！」

ジョージは文句を言うと、飲み物のグラスをつかもうとした。やっと手が届く高さだが、もちろんその手は空をつかんだだけだった。

「家に着くまでに、ちゃんと中味のはいったのを用意しておいてくれよ！」

「心配ご無用！」ルパートは笑って、「いま注文だけはしておいてくれよ。そうすれば家に着くまでに用意しておこう」

「液体空気で冷やしたビール二杯。大ジョッキだぞ」ジョージの答えは間髪を入れない。

「すぐ行くからな」

ルパートはうなずいて、片方のグラスを見えないテーブルの上に置いた。これまた見えない調整装置をいじったかと思うと、その姿はぱっと消えてしまう。

「まあ、驚いた！」とジーン。「あの機械を実際に使ったのを見たのはいまのが初めて。ルパートはいったいどこから手に入れたのかしら？〈上主〉たちしか持っていないはずでしょう？」

「ルパートが欲しがったものを手に入れなかったことがあるかね？ やつにはうってつけのおもちゃだからな、あれは。あれさえあれば、アトリエにのんきに腰を下ろしたまま、アフリカ大陸の半分は見て歩けるわけだ。暑さ知らず、虫の心配もなきゃ、身体がばてることもない。しかも手を伸ばせば冷蔵庫が待っている。スタンレーやリヴィングストンみたいな昔の偉い探検家が見たら、はてなんと言うか？」

照りつける太陽が二人の話を打ち切らせ、家に着くまで沈黙がつづいた。正面玄関のドア（二人の眼前にある家は全面ガラス壁だったので、このドアは一見見分けがつけにくい）に近づくと自動的に開き、トランペットのファンファーレが鳴り響いた。日が暮れるまでには、きっとこのファンファーレにげんなりするだろうとジーンは思ったが、結局そのとおりになった。

涼しさが身にしみ入るような玄関の間で二人を迎えたのが、現在のボイス夫人だった。本当のところは、これだけ客が出揃った最大の理由がこのボイス夫人なのだ。客の半数はいずれにせよ、ルパートの新居を見に出かけてきただろうが、いささかためらった連中は、ルパートの新妻の噂（うわさ）を聞きつけて心をきめたのだ。

ルパートの新妻にふさわしい形容詞はたった一つしかない。「目を奪うような」だ。昨今の世界では、美などはありふれたものでしかなかったが、彼女が部屋にはいってくると、男性は振り返らずにはいられなかった。四分の一は黒人だな、とジョージは思った。目鼻立ちはまさにギリシャ的で、髪はつやつやと長い。浅黒いすべすべの肌――「チョコレート色」というのもいささかありふれているが、ほかに呼びようがない――が彼女の混血を物語る唯一の証拠だった。

「ジーンにジョージね？」そう言って手をさし出した。「初めまして。いまルパートは、なにか手の込んだお酒を調合中です。さあ、どうぞこちらに。みなさんとお近づきになってくださいね」

声は豊かなコントラルトで、聞いているジョージの背中に戦慄（せんりつ）が走る――まるで誰かが背骨を横笛に見立てて音楽を奏でているようだった。落ちつかない思いでジーンを見ると、無理なつくり笑いを浮かべている。やっと声をとり戻して、

「ええと、その、お目にかかれて実に――」どうもたどたどしい。「ぼくら二人とも、今日を楽しみにしてまして」

「ルパートって人は、いつもとってもすてきなパーティを」

そうジーンが口をはさんだ。いつもに力をこめた意味は明らかだ。「結婚するたびに」ということだ。ジョージはかすかに顔を赤らめて、とがめる視線をジーンに送ったが、女主人のほうはいまの言葉のとげには気づかない顔だった。中央の広間に二人を案内した彼女のそ

ぶりは、好意的そのものだった。広間はルパートの交遊関係を典型的に示す客たちで、もうなかば埋まっていた。ルパート自身は、テレビ放送技師が使いそうなコントロール・パネルの前に腰を下ろしていたが、どうやらジョージの見るところでは、これがさっきルパートの幻を投影した装置らしい。ルパートはたったいま駐車場に降り立った二組の客を驚かすのに懸命だったが、少し手を休めてジーンとジョージに挨拶すると、二人の飲み物をほかの客にまわしてしまったことを謝るのだった。

「あそこにまだいくらでもあるからね」そう言うと、片手で漠然と背後のほうをさし示し、片手で装置をいじっている。「まあ、くつろいでくれ。ほかの人たちは、もうだいたいおなじみだろう。ご存知ない人は、マイアに紹介してもらうから。とにかくよく来てくれた」

「こちらこそ」

ジーンは答えたが、どうも釈然としない口ぶりだ。ジョージはとっくにバーのほうに向かっており、ジーンも知った顔にときどき挨拶しながらそのあとを追った。客の四分の三は知らない人だったが、ルパートのパーティではこれがあたりまえだった。

「少し探検してみない？」喉をうるおし、知り合いにひととおり手を振ったところで、ジーンはジョージに言った。「家の中を見物したいの」

ジョージは彼女の言葉にしたがったが、ボイス夫人のほうを振り向く視線を隠すことはできなかった。その目がどうもぼうっと夢見心地なのが、ジーンにはおよそ面白くなかった。

男はどうしてこう根が一夫多妻主義にできているのか、不快だと思うのだが、もしそうでなかったとすれば……まあ、結局はそれでいいのかもしれない。

ルパートの新居を見てまわり、あれこれ目を見張らされているうちに、ジョージはすぐふだんのようすに戻った。二人住まいにはだいぶ広い感じだが、しょっちゅう客がつめかけることを考えればこのくらいが適当なのだろう。二階建てで、二階のほうがかなり広く、一階の上に張り出し、日陰で包んでいる。かなり自動化されていて、キッチンなどは旅客機のコックピットさながらだった。

「ルビーがかわいそうだな！　この家、きっと気に入ったわよ、あの人」とジーン。

「ぼくの聞いた話じゃ、ルビーはオーストラリアのボーイフレンドとけっこう楽しくやってるそうだがね」前のボイス夫人にさして同情していないジョージは答える。

これは周知の事実だったから、ジーンも反対するわけにいかず、話題を転じた。

「美人ね、今度の人」

ジョージも気をつかっていたので、この罠にはかからない。

「まあそうだろうな」と、なげやりに答えておいて、「ブルネットが好きならね」

「あなたは嫌いなの？」ジーンはひどくおとなしく出た。

「やくなやくな」ジョージはくすくす笑って、ジーンのプラチナブロンドの髪を撫でてやり、「さあ、図書室に行ってみよう。二階かな、下かな？」

「二階でしょ。下にはもう部屋はないはずだから。そのほうが家全体の設計に添ってるし――食べたり寝たり、生活面は全部一階に押し込めてしまって、この二階が楽しみや遊ぶための場所になっている。でも、二階にプールを持ってきたのは、どう考えても奇想天外ね」

「なにかわけがあるんだよ、どうせ」ジョージは、ためしにドアの一つを開けてみながら、「ルパートのやつ、建てるときに専門家の意見を求めているはずだ。やつ一人じゃ、とてもできるわけがない」

「かもしれないわね。あの人一人でやったとすれば、ドアのない部屋や、どこへ通じるかわからない階段をつくるにきまってるわ。ルパートが自分で設計した家なんて、とても足を踏み入れる勇気がないな」

「そら、ここだ」ジョージの声は、陸地を発見した海の探検家のように得意げだった。「あのとてつもないボイス蔵書の新居だ。ルパートのやつ、いったいどれくらい本当に読んだのかね」

図書室は家の幅全部に広がっているが、巨大な書棚によって事実上は六つの小部屋に仕切られていた。ジョージの記憶にあやまりがなければ、約一万五千冊――魔術、心霊術研究、占いに精神感応と、雲をつかむようなテーマに関するもの、さらに超物理学の名前でまとめて片づけられている不思議な現象を論じたもの一切と、過去現在の重要文献はすべて収集されているはずだ。この理性の時代に生きる人間の趣味としては実に妙なものだったが、これがルパート独特の逃避主義の発現なのだろう。

部屋にはいったとたん、ジョージは臭いに気づいた。かすかだが刺すように鼻をつく、不快というよりは不可思議な臭いだ。ジーンもそれに気づいたようで、額にしわを寄せ、その正体を思案している面持ちだった。酢酸の臭いにいちばん近いだろうか、とジョージは思う。だが、ほかにもなにかの……

図書室の端にごく狭いスペースがあり、テーブルが一つ、椅子が二つ、それにクッションがいくつか、やっと収まっている。どうやらここでルパートは、ふだん本を読んでいるらしい。不自然に薄暗くした照明の下で、誰か先客が書見中だった。

あっとあえいだジーンが、ジョージの手をつかんだ。無理もない反応だった。テレビのスクリーンで見るのと、実物に対面するのとは、まったく話が違うからだ。が、あまりものに驚かないジョージは、ただちに本領を発揮してみせ、

「お邪魔して申しわけありません」礼儀正しかった。「どなたかおいでになるとは存じなかったもので。ルパート君は、ぼくらになにも言ってくれなくて……」

〈上主〉は本を下に置くと二人をしげしげと見つめ、あげく、また本に戻った。とくに失礼な態度というわけではない。〈上主〉たちは、読み、話し、その他数種のことを同時にやってのけられる生物なのだ。とはいうものの、人間の目からすればこの情景は分裂病的で、いささかぎょっとさせられる。

「わたしはラシャヴェラクと申します」〈上主〉は愛想がよかった。「どうもつきあいが悪いと思われるかもしれませんが、ルパート君の図書室は一度はいってしまうと、なかなか去りがたい場所でしてね」

ジーンはくすくすとうわついた笑いが出そうになるのを、なんとかこらえた。この思いがけない珍客は、なんと一ページあたりたった二秒で読んでしまうのだ。しかし一字一句すべて胸にしまいながら読んでいることは明らかで、ひょっとすると、片目で一冊ずつ読むこともできるのではないか？　この調子ならきっと、次は点字をマスターして、指まで使って読みはじめるのではないだろうか……その結果を頭に描いてみると、どうも滑稽すぎてそわそわしてしまう。そこでジーンは、口をきくことで気を落ちつかせることにした。とやかく言っても、地球の支配者の一人と口をきけるなど、日常茶飯の出来事ではないのだから。

ジョージは紹介だけして、あとはジーンのおしゃべりを傍観していた。なにか不躾なことを言ってくれなければいいが、と思う。ジーン同様、生身の〈上主〉を見るのはこれが初めてだった。もちろん〈上主〉たちは、政府当局者や科学者、仕事での関係者たちとはつきあうのだが、普通の人間の私的なパーティに顔を出したというのは、いままで聞いたことがない。考えられるのは、ルパートのこのパーティが実はそれほど私的なものではないということだった。ルパートが〈上主〉たちの機械を持っているのも、何かこのへんの事情を暗示しているようだ。さて、いったいなにが起こっているのだろう？——ジョージの心にはこの疑問が大文字でクローズアップされた。ルパートをつかまえる機会がありしだい、問いただしてみる必要がある。

椅子が小さすぎるので、ラシャヴェラクは床の上にぺったりと座っていたが、ほんの一メートル向こうに並んでいるクッションには目もくれないところからすると、座り心地はけっこういいのだろう。そのおかげで、彼の頭は地上二メートルそこそこの高さにあり、ジョージは地球外生物学研究の無二の機会に恵まれたのだったが、残念ながら地球上の生物学にもうといので、すでに知っていること以上には大して学ぶこともなかった。例の奇妙な、しかしけっして不快ではない臭いだけが新発見だった。さて、〈上主〉たちにとっては、人間はどんな臭いがするのだろうと思うのだが、芳香であれと願うばかりだ。

ラシャヴェラクは、およそ人間とは異形だった。なるほど無知な、おびえた古代人たちが遠くから見て〈上主〉たちを翼の生えた人間ととり違え、ありきたりの悪魔の図を作り出してしまったのも無理ないようにも思える。しかしこれだけ近くで見ると、錯覚の若干は打破されるのだった。小さな角（いったいなんの役割を果たしているのだろう、とジョージは考え込んだ）は、一応型どおりだ。だが、身体は人間にも似ていないし、およそ古今を通じての地上のいかなる動物にも似ていない。進化の枝をまったく異にする〈上主〉たちは哺乳類でも昆虫でも爬虫類でもなく、果たして脊椎動物なのかどうかさえ定かではなかった。ひょっとすると、身体をおおっている硬い外皮だけが骨格だということも考えられるのだ。

ラシャヴェラクは翼をたたんでいるので、ジョージにはよく見えない。しかし補強した管のような尾が、きちんと巻かれて身体の下に見えている。悪魔の尾の先端には矢じり状のとげがあるのは有名だが、見たところではむしろ平たいダイヤモンドのようであり、鳥の尾羽同様、飛行中の安定装置の働きをするというのが通説だった。こういうわずかな手がかりや推測から、科学者たちは〈上主〉の故郷は重力が低く、大気の密度が高いという結論を下していた。

そこにふいにルパートの声がとどろいてきた。隠れたスピーカーからだった。

「ジーン、ジョージ！　どこにもぐり込んでるんだ？　出てきて、みんなと一緒につきあえよ。そろそろ盛り上がりはじめてるぞ」

「わたしも行ったほうがいいでしょう」

ラシャヴェラクはそう言って、本を棚に戻した。床に座ったまま楽々とやってのけたが、そのとき初めてジョージは、彼の手には両端に親指が二本さし向かいについており、そのあいだに五本の指がついていることに気づいた。十四進法で算数をやらされたらかなわないな、とジョージは思う。

ラシャヴェラクがすっくと立つ姿は壮観だった。腰をかがめて、天井に頭がぶつからないようにしているが、なるほどこれでは人間とつきあいたいと思っても、実際上かなり困難だな、と納得させられた。

ここ三十分のあいだに、さらに数組の客が到着し、広間は相当混みあっていた。ラシャヴェラクのご入来で、いっそうひどい混雑ぶりとなった。そばの部屋にいた連中が、彼を見ようと飛んできたのだ。ルパートはこのセンセーションぶりにご満悦のようだったが、ジーンとジョージは自分たちが無視されて、かなり気に入らない。無視というより、二人はラシャヴェラクの陰に立っているので、実際にほとんど見えないのだった。

「ラッシー、こっちへおいで。みんなに紹介するから」とルパートは叫ぶ。「このソファに腰かけたまえ。天井が傷まなくてすむ」

ラシャヴェラクは尾を肩にかけると、浮氷の群れを押し分けかき分け進む砕氷船よろしく部屋を横切っていく。彼がルパートの隣に座ると、部屋がまたもとどおり広くなった感じで、ジョージはほっと安堵（あんど）の溜息をついた。

「やつがつっ立ってると、ぼくは閉所恐怖症になっちまう。しかしルパートめ、どうやってやつを引っ張ってきたのかな？　今日のパーティは面白くなりそうだ」

「ルパートの口のきき方をごらんなさい、しかも人前でよ。それでいて、ラシャヴェラクのほうも別に気にしてないみたい。不思議ね」

「いや、ラシャヴェラク先生、絶対気にしてるさ。ルパートというやつのいけないところは、なんでも見せびらかしたがることだ。それに万事不躾でね。あ、それで思い出したが、きみのあいつへの質問もふるってたな！」

「たとえば？」

「つまり、『地球に来てからどのくらいになりますか？』だとか『カレン総督とごたごたを起こすようなことはないですか？』とか『いかがです？　地球はお気に召しましたか？』──おそれいったよ、まったく！　あれは〈上主〉たちに対する口のきき方じゃない」

「いいじゃないの。誰かがそんな口をきいてもいいころよ、もう」

風雲急を告げる前に、シェーンバーガー夫妻に呼びとめられ、たちまち二人はあいだを割かれてしまった。女性は女性同士であっちに行ってボイス夫人の話になり、男は男同士こっちに来て──話題は同じ、ボイス夫人である。ただしいささか目のつけどころが違う。ジョージの最も古くからの友人の一人であるベニー・シェーンバーガー博士は、この問題に関してはかなりの消息通で、

「きみ、これは絶対に内緒だぞ。妻も知らないことだが、実はルパートに彼女を引きあわせたのは、ほかならぬぼくなんだ」

ジョージはうらやましそうな声で、「ルパートには過ぎた女だぞ、あれは。でも長つづきするわけがない。女のほうが、じきに愛想をつかすだろう」そう思うとジョージはかなり心がはずんだ。

「いやいや、そう思うのは間違いだ！　あの女は美人の上に人柄もいい。そろそろ誰か、ルパートの面倒をみてやるときだ。ぴったりだよ、あの女なら」

見ると、ルパートとマイアは揃ってラシャヴェラクの横に座り、威儀を正して客を迎えている。ルパートのパーティといえば、およそまとまりがなく、五、六組のグループに分かれてめいめい勝手なことをやっているのが普通だったが、今度ばかりは全体の注目が一点に集まっている。ジョージはマイアが気の毒になった。今日はマイアの日だったはずなのに、ラシャヴェラクのおかげで若干影が薄くなってしまったのだ。

「なあ、きみ」サンドイッチをちびちびと齧りながらジョージは言う。「ルパートのやつ、どうやって〈上主〉をつかまえてきたのかね？ 前代未聞のことだぞ、これは。それでいてルパートめ、当然という顔つきだ。ぼくらによこした招待状にも、ひとことも書いてなかったしな」

ベニーはくすくす笑って、

「例によって、人をあっと言わせる趣向だよ。やつ自身にきくことだな。しかし前代未聞とも言えない。ホワイトハウスやバッキンガム宮殿での会にはカレレンが顔を出してるし、ほかにも——」

「冗談じゃない、ルパートはごくあたりまえな民間人じゃないか」

「ラシャヴェラクだって、〈上主〉の中じゃ身分が低いほうかもしれない。だが、とにかくやつらにきいてみることだ」

「よし。ルパートが一人になったところで、ぜひきいてみよう」とジョージ。

「それはだいぶ待たされるぞ」

ベニーの言うとおり待たされたが、パーティもそろそろたけなわで、待つのはさほど苦痛ではなかった。ラシャヴェラクの出現で一座は少し麻痺状態になったが、もうそれも消え、彼をかこむ小さなグループが一つあるだけで、残りはいつものとおり細かく分かれて、みなごく普通にふるまうようになっている。

とくに振り向いて見もしなかったが、ジョージの目にはいっただけで、有名な映画のプロデューサーが一人、それほど有名でもない詩人が一人、数学者が一人、俳優が二人、原子力技術者一人、狩猟管理官一人、週刊誌編集者が一人、世界銀行の統計学者一人、バイオリンの名演奏家一人、考古学者に天体物理学者が一人。ジョージの同業者であるテレビ番組美術家は誰もいない。これはありがたかった。商売の話からなんとか逃れたいと思っていたのだから。ジョージは自分の職業に愛情を持っている。人間の歴史がはじまって以来初めて、好まない仕事はやらなくていい時代が訪れたのだ。しかしジョージは、一日の仕事が終わると、テレビ・スタジオのことなど鍵をかけて忘れてしまえるタイプの人間だった。

キッチンであれこれカクテル調合の実験をやっているルパートを、やっとのことでつかまえた。ルパートは夢見心地の目をしていて、地上に引きずりおろすのは気の毒な気がしたが、ジョージは必要とあれば情無用になれた。

手近のテーブルの上に腰を乗せ、「おい、ルパート。あんた、ぼくらみんなにひとこと説明する義務があるぞ」

「ふむ」ルパートは口の中で舌を転がしながら考え込んでいる。「ちょっとジンが多すぎたかな、こいつは」

「はぐらかすな。それから酔っ払ったふりも通用しないぞ。きみがしらふなのはちゃんとわかってる。あのあんたの友だちとかいう〈上主〉は、どこから引っぱってきたんだ？　ここで何をしてるんだ、あの先生？」

「きみに言わなかったかな？　みんなに説明したつもりでいたが。そうか、いなかったんだな、きみは――図書室に隠れていたからな」ルパートがくすくす笑うのが、ジョージには小癪だった。「ラッシーが来たのは、あの図書室のためなんだよ」

「そいつはまたふるってる！」

「なぜ？」

ジョージは口をつぐんだ。慎重に扱わなければと気づいたからだ。ルパートはあの妙な蔵書が大の自慢なのだ。

「ああ、でも〈上主〉の科学知識の深さから考えれば、心霊現象なんて馬鹿なものに興味を持つとも思えないんだ」

「馬鹿だろうとどうだろうと、先生たちは人間心理に興味を持ってる。ぼくの蔵書から学ぶべきことはどっさりあるんだ。ここに引っ越してくる直前のことだったが、〈上主〉の副長官のそのまた補佐だか、〈上主〉の長官待遇だかなんだか知らんが、連絡をとってきて、よりすぐりの稀覯本を五十冊ほど貸してもらえないかと言う。大英博物館の図書館員が智恵をつけたらしい。もちろん、ぼくの返事はきみにも想像がつくだろう」

「いや、いっこうに」

「丁寧にこう言ってやったよ――このコレクションをつくるには二十年もかかった、もちろん喜んでお役に立ちましょう、ですがぼくの家でご覧になること。というわけでラッシーがやってきた。一日二十冊の割合でペロペロたいらげてる。果たしてなにを学んだか、ぼくとしても大いに知りたいところだ」

ジョージはこの答えをひとしきり考えてみてから肩をすくめた。うんざり顔だった。

「正直なところ、〈上主〉株暴落だな。もっとうまい時間の使いみちがありそうなものだが」

「きみというやつは、手のつけられない唯物主義者だ。ジーンだってきみの考え方には賛成しないだろう。だが、仮にきみの実用オンリーの見地に立ったとしても、こいつはちゃんと筋が通ってるんだ。原始的な民族を相手にする場合は、必ずその民族の迷信を研究するだろう、きみだって!」

「なるほどな」

ジョージはそう言ったものの半信半疑だった。テーブルに乗せた尻が痛くなってきて、彼は立ち上がった。ルパートはやっと気に入ったカクテルをつくれたらしく、客たちのほうに戻っていく。「ルパート、早くしろ」とわめく声が、すでにここまで聞こえている。

「ちょっと待ってくれ！」ジョージは釘を刺した。「あっちに行く前に、もう一つききたいことがある。あのテレビの送受装置はどうやって手に入れた？　ぼくらをおどかすために使ったあのおもちゃだよ」

「取り引きだよ、ちょっとした。ぼくのような仕事をやっていると、ああいう機械は実に重宝なんだ、と言ってやったら、ラッシーがしかるべき筋に話を通してくれたんだ」

「まぬけなことを言ってすまないがね、きみの新しい仕事というのはいったいなんなんだ？もちろん、なにか動物に関係あるんだろう？」

「そうだ。いわば高級獣医というわけだ。ぼくの診療区は一万平方キロのジャングル。患者のほうから来てはくれないから、ぼくのほうから注意して見張ってやらざるをえない」

「だいぶ時間をとられる仕事だな」

「そりゃそうだが、小物(こもの)までいちいち面倒を見ても仕方がない。ライオン、象、犀(さい)といったところだね、相手は。毎朝計器高度を百メートルにセットして、スクリーンの前に腰かけたまま、ひとわたりゆっくり偵察する。患者が見つかると飛行車に飛び乗ってお出ましだ。ぼくの診察態度を患者が気に入ってくれればいいと内心祈るだけだ。ときにはなかなか面倒なのがあるからね。ライオンのたぐいは世話が焼けないが、空中から犀の皮膚に麻酔用の矢を射ち込むのは大仕事だ」

「ルパート！ ルパート！」隣の部屋で誰かがわめいている。

「しまった！ きみのせいだぞ、ついついお客さんを忘れちまった。さて――あのトレイを運んでくれ。そっちのカクテルは全部ベルモットがはいっている。こんがらかると困るからな」

日が沈む直前に、ジョージは屋上へ出た。少し頭痛がしているが、これはまず当然と言えた。いろいろな理由が重なっているのだ。階下の雑音と混乱から逃げ出したくなっていた。ダンスにかけてはジョージなど足もとにもおよばないジーンは、逃げ出すのを拒んで、まだ下で大いに楽しんでいる最中だ。酔いのせいで気分が高まっていたジョージはこれが面白くなく、星空の下、一人静かにすねてやろうと心をきめた。

屋上に出るには、まず二階までエスカレーターで昇り、そこから空調装置の採気筒のまわりに設置された螺旋階段を昇っていく。ハッチをくぐると、広く平たい屋根の上に出る。向こう端にルパートの飛行車があり、中央部は庭園だが、もう野放しの様相を呈しはじめていた。残る部分が、あちこちに数脚のデッキチェアを置いただけの展望台というわけだ。ジョージはその一つにどかりと腰をおろし、尊大な目つきであたりを見まわした。見わたすかぎり、自分の王国のような気がする。

ひかえめに言っても、とにかく大した眺めだった。ルパートの家は広大な盆地の縁に建っており、盆地のスロープが東に五キロ下ったところで、沼地、湖水群となる。西は平地、ジャングルがすぐ家の裏まで来ている。だがジャングルの向こう、少なくとも五十キロ離れたかなたには南北に延びる山脈が巨大な壁のようにそそり立ち、その果ては視野から没する。山脈の頂上には雪渓の筋が走り、上にかかる雲塊は、日々の旅を終えて沈みかかる入り陽の、数分のはかない残光を俗びて燃え上がっていた。城壁を思わせる遠い山なみを見守るうちに、ジョージはふとしらふに戻り、うやうやしささえ感じていた。

陽が沈んだとたん、みっともないほどのあわて方で、星が満天に湧き上がる。およそ見馴れない星ばかりだった。南十字星を捜してみたが見つからない。天文にはうといジョージにとって、見わけがつく星座などごくわずかだが、見馴れた星座がないというのはどうも不安な感じだ。そういえば、気味が悪いほど身近に迫ったジャングルから漂ってくる音も、どうも心をかき乱す。もう「新鮮な空気」はたくさんだ、吸血蝙蝠とかなんとかの、ぞっとしない連中が嗅ぎまわりにこないうちに、さっさとパーティに戻ろう。

歩いて帰りかけたとき、ハッチからもう一人の客が姿を現わした。暗くて誰だかわからない。

「やあ、あなたもパーティにうんざりしたんですか?」と呼びかけてみると、この見えない相手は笑い声を立てた。

「ルパートはいま映画をみんなに観せてるところだが、ぼくは全部前に観てるんでね」

「煙草でもどうです?」

「ありがとう」

ライターの焔に——ジョージはライターなどという骨董品が好きだった——照らし出された顔に見覚えがあった。客の一人で、はっとするほどの美男の黒人——名前も教わったのだが、このパーティで初めて紹介された二十人ほどの客と同様、ご多分にもれず、たちまち忘れてしまっている。だがこの男、どこかで見た顔だ、とそこでふいに真相を悟った。

「正式にお目にかかったわけじゃないが、あなた、ルパートの新しい奥さんのご兄弟では?」

「そうです。ジャン・ロドリクスと申します。マイアに生き写しだと、みなさんに言われていまして」

さてこの男、ルパートみたいなやつを身内にしょい込んだわけだが、果たしてなにか同情の言葉を口にしておくべきだろうか? いや、自分でそうとわかるまでは、そっとしておいてやろう。今度こそルパートが腰を落ちつける可能性がなきにしもあらずだから。

「ぼくはジョージ・グレグスン。ルパートの天下に名高いパーティにいらっしゃったのは、これが最初、というわけですね?」

「ええ。なるほどだいぶいろんな人に会えますね、ここに顔を出すと」

「いや、人ばかりじゃない、ぼくも社交の席で〈上主〉に会ったのはこれが最初だ」

相手は答えようとして少しためらっているので、なにか気にさわることを言ってしまったかと思ったが、ジャンの答えからは何もわからない。

「ぼくも初めてだ――テレビでは見ていますが」

そこで会話は停滞してしまい、やがてジョージは、相手が一人になりたいのだと悟った。少し寒くなってもいたし、ジョージは失礼しますと言いおいて、ふたたびパーティに合流した。

ジャングルは静かになっている。採気筒の湾曲した壁面に背をあずけたジャンの耳に届くのは、この家の呼吸をつかさどる換気装置のかすかなささやきだけだった。ひしひしとした孤独感があった。これはジャンの望みどおりだったが、同時にどうにもやりきれない気がしている――こっちのほうはまったく求めていない感情だった。

8

どんな時代だろうと、ユートピアは万人（ばんにん）を満足させるわけにはいかない。物質面で生活が向上すれば、昔なら思いも寄らなかったような力や物を手中にしていてもなお不平不満が生じる。また外的条件がとことんまで満たされたにせよ、知的な探究心や胸の焦（こ）がれは相変わらず残るものだ。

ジャン・ロドリクスは自分が幸運の星の下にあるとは思っていない。しかし、もっと前に生まれていたら、彼の不満はいまよりもっと強かったはずだ。一世紀前だったらジャンの肌の色は大きな――いや、圧倒的なハンディキャップとなっていたろう。今日（こんにち）、そんなものはまったく意味を失っている。二十一世紀初期には、当然の反動として、黒人がささやかながら優越感を抱いた時期があったが、これもとっくになくなっていた。「黒んぼ」という言葉も、しかるべき席上では禁句となっていたのだが、これも解除され、いまでは誰はばからず使えるようになっている。共和主義者、メソジスト、保守主義者、自由主義者等各種のレッテルと同じく、なんの感情的色彩も帯びないのだ。

ジャンの父はスコットランド人、人好きのする、だがあまり甲斐性のない男だった。職業的なマジシャンで、かなり名の知れた存在だった。四十五歳で早逝しているが、これはスコッチという故国ナンバーワンの名産品をきこしめしすぎたためだった。ジャンは父が酔っ払った姿を見たことがないが、しかししらふだったところも見たことがない気がしている。

母のロドリクス未亡人は健在だった。エディンバラ大学で高等確率論を教えている。肌が真っ黒なロドリクス夫人がスコットランド生まれで、金髪で肌は白い食いつめ者のロドリクス氏が一生の大半をハイチですごしたところに、二十一世紀人の極度の流動性がよく示されている。マイアとジャンは家庭らしい家庭に落ちついたことは一度もなく、父と母との家庭のあいだを、バドミントンの羽根よろしく往復していた。なかなか楽しい体験ではあったが、二人ともが持つ父親ゆずりの移り気な性格を治す役には立たなかった。

ジャンは二十七歳。大学であと数年をすごしてから、人生設計に真剣にとりくめばいい。学士号はおよそすらすらととってしまっていたが、このカリキュラムも一世紀前であればきわめて異様なものに思えただろう。専門課目は数学と物理だが、補助課目として哲学と音楽鑑賞をとっている。しかもこの時代の万事高い水準からしても、アマチュア・ピアニストとしては一流の腕前の持ち主だ。

三年後には工学物理学を専門課目に副課目を天文学として博士号をとる予定だった。かなり猛勉強をさせられそうだが、ジャンはむしろ歓迎だった。世界の高等教育機関としては、おそらく最も美しい場所におかれているケープタウン大学――テーブル・マウンテンの麓に抱かれた大学で彼は学んでいたのだった。

物質的な悩みはない。しかしジャンは不満であり、この不満から救われる道はなさそうだった。しかもマイアの幸福が、ジャン自身の悩みにいっそう拍車をかけている――もちろん姉の幸福に渋い顔をする気は毛頭なかったが。

実のところジャンは、すでに人をさんざん嘆かせ、また詩の素材にもなっているロマンチックな幻想――一生一度の真の恋という悩みを抱えていた。世にも珍しいほど年をとってから初めて愛に心を奪われたのだ――しかも相手は、美人だが貞淑とはけっして言えない、評判の女性。ロジータ・チェンというこの女、満洲皇帝の血筋と称しているが、これはある意味事実であり、ケープタウン大学の理学部はこの皇女の家臣だらけになっている。その花にも似た華奢な美は、ジャンをすっかりとりこにしてしまった。二人の関係はかなりのところまで進み、だからこそ別離の惨めさはいっそう恐ろしいものだった。いったいどこで気まずくなったのか、ジャンには見当もつかないのだ……

もちろん、やがては乗り越えられるだろう。同様の破局を切り抜け、大した傷を受けなかった男はほかにいくらでもいる。「いや、あんな女に本気で夢中になったわけがない！」などと言えるようになれるはずだが、ジャンがそこまでたどり着くのは遠い先の話で、目下のところは人生悩み多しが本音だった。

もう一つの悩みは、もっと手に負えないものだった。自分の野望に〈上主〉の出現が与えた衝撃にからんでいたからだ。ジャンはロマンチックなタイプだが、その夢想は情緒的であると同時に理性的でもあった。空の征服が確実なものとなってから、多くの青年は未知の宇宙の果てしない海原に夢と想像力をさまよわすようになったが、ジャンもその一人だった。一世紀前、人類は星へ通じる梯子に足をかけた。その瞬間に、太陽系諸惑星への扉はぴたりと閉ざされてしまった——果たして偶然の出来事だったのだろうか？　〈上主〉たちは人類の行動に積極的に掣肘を加えたことはほとんどない（戦争の禁止が大きな例外だろう）。それでいて宇宙飛行の研究は事実上消滅してしまった。〈上主〉の科学力とはとても張りあえそうになかったからだ。少なくとも目下のところ、人間は情熱を失って、ほかの活動分野に目を向けてしまっている。〈上主〉たちは人間にはけっして明かしてくれないなにか特別な原理を用いた推進力を使っている。途方もなく優れたものだ。それを目の前にして、いまさらどうしてロケットなど開発する意味があるだろうか?

天体観測所をつくるために月に出かけた人間は何百人かいた。〈上主〉たちが貸してくれた小宇宙艇――しかもロケット動力――に乗っていったのだ。〈上主〉は好奇心に燃える地球の科学者たちに無条件でこの艇を提供したが、こんな原始的なものからはいくら研究してもほとんど学ぶことがないのは明らかだった。

というわけで人類は相変わらず自らの惑星の虜になっていた。一世紀前とくらべればずっと美しいが、狭苦しい地球に。〈上主〉は戦争と飢餓と疾病を絶滅させたとき、ついでに冒険心までも根絶やしにしてしまったのだ。

東の空が、月の出で青白いミルク色にぼうっと染められつつあった。月面上、プラトン・クレーターの堡塁の中に〈上主〉の中央基地があるのだ。物資供給の輸送船が地球と往復をはじめたのは七十年以上前のことに違いないのだが、秘密のベールをすべてかなぐり捨て、地球からはっきり見える地点で発着をはじめたのは、ジャンが生まれてからのことだ。朝陽夕陽を浴びて、巨大な船が月平面上に何マイルもの影を投じるのが、二百インチの大望遠鏡ではっきり見える。〈上主〉たちの一挙一動はすべて人類にとって大きな関心事であり、輸送船の往来も入念に監視されているので、おぼろげながらその活動情況に一定の順序があることもわかりはじめていた（ただし、なぜそういう手はずになっているのかはわからない）。数時間前、巨大な船影の一つが姿を消している。ということは目下、月を少し離れた宇宙空間のどこかに〈上主〉の宇宙船が一隻浮かび、遠い謎の故郷めざして旅立つ準備にいそがしいということだ。ジャンにもその程度のことはわかっていた。

しかしジャンはまだ、そうした船が星めがけて帰る旅に飛び立つところを一度も見たことがない。状態さえよければ地球上の半球から目撃できるのだが、ジャンはいままで運が悪くて、一度もお目にかかっていなかった。発進がいつ行なわれるかは見当がつかないし、〈上主〉もそれを公表しようとしない。もう十分待ってみよう。だめならまたパーティに合流するだけだ。

なんだ、あれは？　いや、ただの流星だ。南天、エリダヌス座をつらぬいて落下する流星が一つ。ほっとしたジャンは、煙草（たばこ）が消えているのに気づき、新しいのに火をつけた。半分吸い終えたとき、五十万キロのかなたで恒星間駆動が作動しはじめた。ぼうっと広がる月光の中心から、小さな光点が天頂めがけて昇っていく。初めこそ目にとまらないほどゆっくりした動きだったが、一秒一秒と速度を増し、昇るにつれて輝きも強くなる。ふっと消えたかと思うと瞬時にしてふたたび姿を現わし、スピードを速め、輝きを増す。独特のリズムで強く弱く光りながら、どんどん速度を高めつつ空を昇りつめていくのだ。ゆらゆらと揺れる光の線を星のあいだに描いている。実際の距離がわからなくとも、そのスピード感は息もつかせぬ印象なのだ。去っていく船が月の向こう側にいることを思えば、その速度とエネルギーはめまいがするほどの巨大さだった。

いま目に映っているのは、そのエネルギーの産んだ、とるにたらない副産物にすぎない。ジャンにはそれがわかっている。宇宙船自体は目には見えないのだ。すでに昇る光のはるかかなたにいるはずだった。高空を飛行するジェット機が水蒸気の尾を引いていくように、〈上主〉の去っていく船も独特の航跡を残していく。おそらくその理論の正しさは間違いないと思われるが、一般になされている説明は、恒星間駆動の猛烈な加速のために局所的な空間歪曲が生じるというものだった。ジャンの目に映じているのは、実は遠い星々の光が、船の針路に当たって一定の条件下で集光され、像を結んだものにほかならない。いわば相対性原理を視覚的に実証しているのだ——巨大な重力場が近くにあると光は湾曲する。

途方もなく大きな、だが鉛筆のように細いレンズ——いまやその先端の点は速度を落としているようだ。しかしこれは単に遠近による目の錯覚で、実際には宇宙船は加速をつづけているのだ。星めがけて遠ざかっていく航跡が、先細りになって見えているにすぎない。地球の科学者たちは、その駆動力の秘密を究明しようと懸命であり、いまも多くの望遠鏡があの船を追っているはずだった。すでに何十という論文がこの問題をとりあげている。〈上主〉たちも興味津々(しんしん)で読んでいるに違いなかった。

幻の光は弱まりつつあった。いまや消えゆく光の筋となって、竜骨座の中央めがけて進んでいる。これは予想どおりで、〈上主〉たちの故郷はその方角にあるはずなのだが、その何千という恒星のいずれかのまわりを迂回(うかい)することも考えられた。太陽系からの距離は測定しようがないのだった。

すっかり終わった。あの宇宙船にとっては旅はまだはじまったばかりだったが、人の目にはもうなにも見えない。しかしジャンの脳裡には、あの光る航跡が焼きついている。ジャンの野心と欲望が消えないかぎり、その光は燃えつづけ、彼を招くのだ。

パーティもおひらきだった。ほとんどの客はふたたび空の人となり、地球全域へ散りつつある。だが、何人かの例外があった。

一人は詩人のノーマン・ドズワースで、酔ったあげくにだいぶ人に迷惑をかけたが、腕ずくで始末される前に酔いつぶれてしまったところだけは賢明だった。かなり手荒に芝生の上に連れ出されたままで、いずれハイエナが叩き起こしてくれるだろうと、一同ひそかに願っていた。つまり彼に関するかぎり、事実上はいないも同然なのだ。

ほかに客で残っているのは、ジョージとジーンだった。ジョージとしては実は残る気など毛頭なかった。帰りたかった。ルパートとジーンが親しくするのが気に入らないのだ――といってもその理由はやきもちなどという月並みなものではない。ジョージは自らを実際的で分別のある人間だと誇りに思っているので、ジーンとルパートが意気投合しつつある原因となっているものを、この科学時代にはいささか子供だまし、いや不健全だとさえ思う。そこが気に入らないのだ。超自然現象などというものをほんの少しでも信じるなど、まことに常軌を逸している。しかもラシャヴェラクがここに来ているにいたっては、ジョージの〈上主〉に対する信頼もすっかり揺らいでしまった。

ルパートめ、なにか人をあっと言わせる趣向を用意していることは明らかだ。しかも、ジーンが片棒をかついでいるらしい。どんな子供だましを見せつけられることか――ジョージは晴れぬ心地で諦観することにした。

「ありとあらゆるものを試したあげく、やっとこれに落ちついたんだ」とルパートは鼻高々だ。「なにより手こずったのは、完全に動きを自由にするために摩擦を減らすことだ。昔ふうに、磨いたテーブルにタンブラーを使うのも悪くはないが、もう何世紀となく使い古された手だし、現代科学をもってすれば、もっと効果的な方法があるはずだと思ったわけだ。その結果がこいつだよ。さあ、椅子をもっとテーブルに寄せてくれ。どうだいラッシー、本当にやってみる気はないか？」

ラシャヴェラクはほんの一瞬ためらったようだったが、首を横に振った（首を横に振るというのは、連中が地球に来てから覚えたしぐさなのだろうか？　とジョージは疑った）。

「いや、ありがたいがやめておこう。見物させていただくほうがいい。またの機会にぜひ」

とラシャヴェラクは答えた。

「ならよかろう――気が変わったらいつでも。まだ時間はたっぷりあるから」

たっぷり、とはかなわないな、とジョージは腕時計に目をやりながら冴えない表情だった。ルパートは友人たちをテーブルのまわりに集まらせた。小さいがどっしりしたテーブルで、完全な円形だ。平たいプラスチックのカバーがしてあり、それをルパートがとりはずすと、ぎっしりとボール・ベアリングが詰まっていて、きらきら光った。テーブルの縁がわずかに盛り上がっているので転げ出さない仕組みだ。ジョージにはおよそなんの目的を持ったものか見当もつかなかった。何百という球が光を反射して、一種催眠的な模様をあやなし、人の目を吸いつけて放さない。ジョージもいささか目がまわる感じがした。

一同が椅子をテーブルに寄せて座ると、ルパートはテーブルの下に手をさし込んで、直径十センチほどの円盤をとり出し、並んだボール・ベアリングの上に置いた。

「さて、これでいい。この円盤の上に指を乗せるだけで、盤は自由自在に動く」

ジョージはこの仕掛けを極度の不信の目でじろじろ眺めた。テーブルの周囲には一定の間隔でアルファベットの文字が記されているが、順序はでたらめだ。さらに、文字に混じって1から9までの数字、これもでたらめな配列だった。テーブルの縁の相対する位置に「イエス」と「ノー」と記したカードが一枚ずつある。

「ちんぷんかんぷんだね、こいつは」ジョージはぶつぶつ言った。「いまどきこんなものをまじめに考えるなんて、いやはや驚きだ」

手ぬるい抗議だったが、こうして一応文句をつけてみると、ジョージは少し溜飲が下がる心地だった。ただしこの文句はルパートだけでなくジーンにもあてつけたものだった。ルパートはこうした心霊現象に対して、冷静な科学的関心以上のものは持っていない。それ以上のものがあるなどとは、おくびにも出していないのだ。偏見を持たずになんでも受け入れる男だが、けっして盲信型ではない。だがジーンのほうは――どうもときどき心配になることがある。本気でテレパシーだの予知能力だのを信用しているらしいのだ。

因縁をつけてしまってから、ジョージははっと気がついた。いまの言葉はラシャヴェラクをもあてこすったのではないか。はらはらして、ちらっと見やると、ラシャヴェラクのほうはおよそなんの反応も示していない。とはいえ、相手が相手だから、これはなんの証拠にもならないが。

全員が所定の位置についていた。時計まわりに、ルパート、マイア、ジャン、ジーン、ジョージ、ベニー・シェーンバーガーの順だ。シェーンバーガー夫人のルースは、一同の外でノートを手にして腰かけている。加わることになにか異議を唱えたらしく、ベニーはいまごろになってユダヤ経典がどうのこうの真剣に考える手合いがいるとは、と遠まわしないやみを言っていた。しかしルースは、記録係なら喜んでつとめるつもりらしい。

「さあみなさん、ジョージ君のようにすなおに信用しない輩がいますから、ひとつ誤解がないように申し上げておこう。これが果たして超自然現象かどうかはさておき、とにかくこいつはうまくいくことはいくのです。ぼく個人の考えでは、ただ機械的な理由づけで説明しようと思えば説明できる。われわれが円盤に手をかける——そして円盤の動きに影響を与えないように努力しても、われわれの潜在意識がそれを裏切ってしまうというわけです。いままでこの種の降霊術の会をいろいろ研究してみたんだが、参加者の問いに対して出てくる答えは、必ず参加者の誰かが知っているか、あるいは見当がつくようなものばかりだ。もちろん参加者自身はそうだと意識していない場合もあるだろうが。しかし今夜はいささか——その、つまり、条件が特殊なので、あえて実験してみたいと思ったんだ」

この「特殊条件」氏は黙って一同を見つめて座っていたが、無関心ではないことは明らかだった。さて、ラシャヴェラク先生、このどたばたをどう思っていることやら、とジョージは考えた。原始的な宗教儀式を見守る人類学者の心境か？　とにかく突拍子もないお膳立てだ。こんなまぬけな思いをさせられたことは、生まれてこのかためったにありはしなかった。ほかの面々もまぬけな思いをしていただろうか？　とにかくみな、なにくわぬ顔をしている。顔を紅潮させて興奮の表情をしているのはジーンだけだったが、それは酒のせいかもしれなかった。

「用意はいいか？」とルパート。「じゃあはじめよう」もったいぶって一度口をつぐんでから、誰に語りかけるでもなく大声で、「誰かいるかね？」

ジョージは指の下の円盤がかすかに震えるのを感じた。だが、とくに驚くには値（あたい）しない。

輪になった六人の人間の指の圧力がかかっているのだから。円盤は小さな8の字を描いてするすると動きまわり、また中央に戻って静止する。

「誰かいるかね?」ルパートはくり返してから、もっとうちとけた口調でつけ加えた。「ときには、反応が出るまで十分か十五分かかることもあるが、うまくいけば――」

「シーッ!」ささやいたのはジーンである。

盤が動いている。「イエス」と「ノー」のカードのあいだを大きく弧を描いて揺れるのだ。くすくす笑いしたくなるのをジョージは懸命にこらえた。答えが「ノー」だったらいったいどうなるのだ? なにが立証されるのか? 「旦那、いまあたしたちゃ留守でして。あたしですか? あたしゃ留守番のニワトリですよ」とかいう古い冗談を思い出す。

だが、答えは「イエス」だった。円盤はさっとまたテーブルの中央に戻る。なぜか生物のように思われる――次の質問はなに? と言いたげだ。ジョージも思わず感心してしまった。

「あなたは誰?」とルパート。

今度はためらわずに、円盤はアルファベットを綴ってゆく。感覚のある生物を思わせ、テーブルを横切って走りまわるではないか。動きが早いので、指を乗せているのに苦労するほどだった。絶対にこのおれは、盤の動きに力を貸していないぞ――そう思ってジョージは一同を見まわしたが、誰にもあやしげな気配はなく、みなジョージ同様に夢中で、期待するような表情だ。

「ワ・タ・シ・ハ・ス・ベ・テ」と綴った円盤は、ふたたびもとの静止地点に戻った。

「わたしはすべてか」とルパートはくり返して、「こいつは典型的な答えでね。はぐらかすようで、しかも気をもたせる。おそらく、ここにはぼくらの寄せ集まった意識以外には何もないという意味だろう」

ルパートはしばらく黙り、次の質問を考えているようだったが、それからまた空中に向かって問いかけた。

「ここにいる誰かに言いたいことはないか?」

「ノー」今度は間髪を入れない答えだった。

ルパートは一座を見まわし、

「つまり、ぼくらしだいということだ。ときには、向こうから自発的になにか言ってくれることもあるが、今度は、こっちからはっきりした質問が欲しいと言うのだろう。誰か口火を切りたい人は?」

「雨が降るかな、あした?」ジョージはからかい半分だ。

ただちに円盤は、「イエス」と「ノー」のあいだを行きつ戻りつしはじめた。

「ばかな質問はよせ」とルパートはとがめる口調で、「雨が降るところもあれば降らないところもある。あたりまえじゃないか。あいまいな答えの出る質問はいかんよ」

一本とられてジョージは腐ってしまい、ほかの者に番をゆずることにした。

「わたしの好きな色は？」これはマイアだった。

「ア・オ」またすぐ返事が来た。

「当たったわ」

「いや、なんの証明にもならない。ここにいるうち、それを知ってるのは少なくとも三人いる」ジョージは突っ込む。

「ルースの好きな色は？」ベニーの質問だった。

「ア・カ」

「そうかね、ルース？」

記録係のルースはノートから顔を上げ、

「ええ。でもベニーが知ってることだし、そのベニーが混ざってるんだから」

「いや、わたしは知らなかったぞ」ベニーがやり返す。

「知らないわけないでしょ、あんなに何度も言ってるのに」

「潜在意識下の記憶というやつだな」ルパートがつぶやいた。「よくあることだ。だが、何かもっと気のきいた質問はないのか？　せっかく好調のスタートを切ったんだ。このままうやむやは面白くない」

　ふしぎなことに、現象がいたって他愛ない形をとっているところに、ジョージはしだいに感心させられはじめていた。もちろん超自然的な説明などあるわけがない。ルパートの言葉どおり、円盤はただ、一座の人間の無意識な筋肉の運動に反応しているだけなのだろう。しかしその事実自体、驚くべきことだし感心させられる。こんなに的確で素早い答えが出てくるなど、とても信じられないことだ。一度ジョージは、自分の名前を盤に綴って、影響力をためそうとしてみた。だがGが出ただけで、あとはでたらめという結果に終わってしまった。残りの連中に悟られずに、一人だけで盤を操る(あやつ)のは事実上不可能らしい。

三十分経過し、ルースのノートには十いくつかの言葉が記録された。かなり長いものもある。綴りの誤りや文法的に妙なものもたまにはあるが、ごくわずかだ。どう説明がつくのかわからないが、とにかく意識的に自分が答えに影響を与えていることはありえない、とジョージも納得した。単語が綴られていくうちに、次の字、さらには出来上がりの言葉の見当がついたと思ったことが何度かあった。ところがそのたびごとに円盤は思いがけない方角に走っていき、およそ予測外の言葉をつくり出すのだ。一語の終わりと次の語のはじまりとのあいだに切れめがないので、全体の文句が完成し、ルースが読み返すまではまったく意味がわからなかったこともある。

なにかはっきりした目的を持ち、独立した意識とふれあっているのではないか――ジョージには薄気味悪くさえ思える体験だった。それでいて、なにも決定的な証拠はない。どうこうと判断がつきかねるのだ。答えはおよそ他愛なく、あいまいなものばかり――たとえば次のようなものは、いったいどう理解したらいいのか？――

「シ・ン・ラ・イ・セ・ヨ・ヒ・ト・シ・ゼ・ン・ハ・キ・ミ・ラ・ト・ト・モ・ニ・ア・リ」(「信頼せよ人自然はきみらと共にあり」)

　しかし、ときには深遠な、人を不安にさせるような真実が述べられることもある――「ワ・ス・レ・ル・ナ・ヒ・ト・ハ・ヒ・ト・リ・デ・ハ・ナ・イ・ヒ・ト・ノ・チ・カ・ク・ニ・ハ・ホ・カ・ノ・モ・ノ・ノ・ク・ニ・ガ・ア・ル」(「忘れるな人は一人ではない人の近くにはほかの者の国がある」)

　もちろん、これは誰もが知っていることではある――だが、「ほかの者」とは〈上主〉だけをさしているのだろうか?

　ジョージはひどく眠くなっていた。もう家路につく時間だ。なるほど大いに心そそられる経験だったが、だからどうなるということでもない。面白さというものは食傷の危険を持つ。テーブルを見まわすと、ベニーも同じ心境らしい。マイアとルパートはそろって目つきがぼんやりしかけているし、ジーンは――いや、ジーンは一部始終でむきになりすぎたのだ。だが、どうもあの表情は心配だ。やめるのが怖い、しかし先をつづけるのも怖いという顔ではないか。

　残るはジャンだけだが、果たしてルパートはこの義弟の変わったふるまいをどう思っているのだろう? 一度も質問しようとせず、どんな答えが出ても驚いたようすを見せない。円盤の動きを単なる科学現象の一つだという顔で、この若い技術者は見守っているのだった。

一度落ち込んだ無気力状態から目を覚ましたように、ルパートが言った。

「さあ、あと一問でおひらきにしよう。きみはどうだ、ジャン？　まだなにも質問してないじゃないか」

驚いたことに、ジャンはまったくためらわなかった。とっくになにをたずねるか心にきめており、機会を待ちかまえていたという顔で、一度だけラシャヴェラクの巨大な姿に目をやると、澄んで落ちつきはらった声で、

「〈上主〉の棲む星の太陽は、どの恒星？」

ルパートは驚嘆の口笛を吹きそうになり、やっとこらえた。マイアとベニーはなんの反応も見せない。ジーンはさっきから目を閉じており、眠っているらしい。ラシャヴェラクは身を乗り出し、ルパートの肩ごしに中を覗き込もうとしている。

円盤が動き出した。

盤が止まり、しばらくの沈黙――と、ルースのいぶかしげな声が、

「NGS－五四九六七二。いったいなんのこと、これ？」

返事はなかった。その瞬間にジョージがおびえたように叫んだからだ。

「ちょっと手を貸してくれ。ジーンは気絶してる」

「このボイスという男だが」とカレレン。「この男のことを、ひととおり聞かせてくれたまえ」

9

もちろんカレレンは実際にこういう言葉を使ったのではなかったし、表現された内容ももっと複雑で微妙なものだった。人間が聞いていたとすれば、モールス符号を高速送信しているような、急ピッチで変調するごく短い断続音に聞こえたはずだ。〈上主〉の言語はすでに数多く録音されているが、極度に複雑なため、まったく分析不可能だった。たとえ通訳が〈上主〉の言葉の要素をマスターしたとしても、日常会話についていくことさえできなかっただろう。話のテンポが早すぎるのだ。

地球総督はラシャヴェラクに背を向け、グランド・キャニオンの多彩な峡谷の深淵を前にして立っていた。十キロ向こうだが目と鼻の先のようにくっきりと見えているのは、層をなした岸壁だった。日光がこの岸壁を燦々と直射していた。カレレンの足もとには暗い斜面があんぐりと口をあけ、何百メートルか下のほうでは一列になった騾馬隊の行列が、のろのろとくねりながら谷底めざして降りていく。機会をとらえては原始的な生き方をしてみたがる人間がどうしてこうもたくさんいるのか、カレレンにはふしぎでならない。谷底に降りたいのなら、もっと楽に、あっというまに降りられる方法があるというのに、人間たちは一見危なっかしい——実際、見たとおり危険に違いない——山道を、がたぴし揺られながら降りたがるのだ。

カレレンが手をかすかに動かすと、壮大な景観はかき消すように見えなくなり、薄暗い、底知れない感じのする空白だけがぽっかりと残る。総督室のたたずまいと、職務の現実とが、ふたたびカレレンを押しつつんだ。

「ルパート・ボイスというのは変わった人物です」ラシャヴェラクは答えた。「職業は動物保護官。アフリカの代表的な動物保護区域の、とくに重要な地区を担当しています。有能で仕事に情熱を持っている。数千平方キロの監視をしなければいけないので、現在貸出中の十五台の展望装置のうち一台は彼のもとにあります——もちろん全部に、いつもどおり予防措置は施してありますが。ルパートの手もとにある機械だけが完全投影装置つきで、なかなか筋の通った申請理由でしたから、渡してやったわけです」

「どんなことを言ってきたのかね？」

「野生の動物たちに自分の姿を見せてやり、馴れさせておいて、いざ実際に近寄ったときに襲われないようにするのだと言うのです。嗅覚よりも視覚に頼っている動物たちには、この理屈はうまく作用しているということですが、結局は動物に殺される危険性がかなりあります。もちろん、装置を彼に渡した理由はもう一つあります」

「彼を協力的にさせるためだね？」

「そのとおり。わたしがそもそも彼と接触したのは、彼が世界最高の超心理学と諸関連分野に関する蔵書を持っているからです。貸出を求めたところ、丁寧にではありますが、きっぱりと断ってきたので、仕方なくこちらから出かけていったわけで。半分ほど読了しましたが、だいぶつらい思いでした」

「それはそうだろう」と、カレンはそっけない。「で、そのくだらない蔵書の山から、少しでも得るものはあったのかね？」

「ありました。〈部分的突破〉成功例が十一、これはすべて明白な例で、ほかにたぶんそうだと思われる例が二十七。しかしなにせ資料が片寄っていますので、代表的サンプルとして用いるわけにはいきません。しかも、実際証拠が神秘主義的幻想とごっちゃになっています。この神秘主義というやつは人間精神最大の病的逸脱と思われますが」

「で、ボイス自身はこういうことにどんな態度をとっているんだ？」

「寛大ではあるが懐疑的というところです。しかし潜在意識下では信じているんです。でなければ、あれほど時間と精力をついやして熱中するはずがない。突っ込んできいてみたんですが、彼もきっとそうなのだろうと言っていました。なにか確信の持てる証拠が欲しい、だからああいう実験をくり返してやってみるんだそうです。表面上は、単なる遊びということにはしてありますが」

「彼はきみの興味が、科学的興味以上のものだと勘づいてはいないんだろうな？」

「それは確実です。いろいろな意味で、このボイスという人物はにぶく、頭が切れるとは言えません。その彼が、よりによってこんな分野の研究に精出しているのですから、哀れでさえあります。彼に関しては特別措置は要しますまい」

「なるほど。で、気絶した女性のほうはどうだ？」

「今度のことで一番の興味はこの女性です。あの情報の媒介経路は、まず疑いなくこのジーン・モレルという女性でしょう。ですが彼女はもう二十六歳、〈一次接触者〉としては、いままでの経験から考えて年をとりすぎています。つまり彼女に密接なつながりのある誰かがいるのです。結論は明白です。われわれはもうあまり長く待ってはいられません。彼女を〈紫〉の項目に移すことです。現存人類のうち最も重要なのは彼女かもしれませんからね」

「それはぼくが処理しておく。質問した青年はどうだね？　ただの好奇心で、あてずっぽうにきいたのか？　それともなにかほかに動機があって？」

「青年がそこに来あわせたのは偶然にすぎません。姉がルパート・ボイスと結婚したからです。ほかの客ともそれまで会ったことはない。あの質問は、前もって計画したものではないと思ってさしつかえないでしょう。異常な環境、それにおそらくは、わたしが居合わせたことで、ふと思いついたのではないでしょうか？　あの場のいろいろな条件を考えに入れれば、青年の行動はけっして驚くに値しませんから。彼が強い関心を持っているのは宇宙航空学です。ケープタウン大学の宇宙旅行クラブの幹事で、宇宙航空学を一生の専攻分野にするつもりらしい」

「今後の生き方には興味があるね、その青年。で、当座のところはどんな動きをすると思うかね？　それに、ぼくらは彼に対してどんな手を打てばいい？」

「たぶん、できるだけ早く確かめてみようとするでしょう。しかし、あの情報が正確なものかどうか証明しようがないし、しかも出所が変わっていますから公表するわけにもいかない。仮に公表したとして、事態にわずかでも影響があるでしょうか？」

「公表するかしないか、両方の場合から情勢を算定させるようにしよう」とカレレンは答え、「ぼくらの受けた指令によれば、基地の所在は明らかにしてはならないことになっているが、しかし知れたところで、ぼくらが不利になるようにその知識を利用する方法はまず考えられないからね」

「おっしゃるとおりです。ロドリクス青年は、疑わしげな、しかも実際には役に立たない情報を手に入れた――ただそれだけのことです」

「ということだろうね」とカレレンは言う。「しかし安心は禁物だ。人間という連中、実に抜けめのないところがあるし、また大いに粘り強さを発揮することが多い。過小評価は危険だ。このロドリクス君のこれからの人生を追ってみるのは面白かろう。とにかくぼくはもう少しじっくり考えてみるよ」

ルパート・ボイスは、ついに事の真相に気づかなかった。いつもより心持ちおとなしい感じで客たちは帰っていき、残ったルパートは思案顔でテーブルを部屋の隅に押しやったのだが、アルコールのせいで頭がほどほどに霞(かす)んでいるため、いまの出来事を深く突っ込んで考えられない。いや、なにが起こったのかさえ、もういくぶんぼやけてしまっている。確かになにか非常な重大事件があったらしいが、どうして重大なのか、とらえどころがないのだ。ラシャヴェラクに相談してみようか？　いや待て、それは不躾(ぶしつけ)というものだ。とにかく騒動の火をつけたのは自分の義弟なのだから。青二才のジャンめ、なんとなく腹が立つ。だが、本当に悪かったのはジャンなのだろうか？　そもそも誰が悪い彼が悪いなどと言えるのか？そこまできてルパートは、実はあの実験は彼自身がはじめたのだと思い出し、気がとがめてしまう。ままよ、みんな忘れてしまえ、ルパートはやっとの思いでその気になった。

ルースのノートの最後のページが見つかりさえすれば、なにか打つ手があったかもしれないが、どさくさにまぎれてどこかに消えてしまっていた。ジャンは例によってなにくわぬ顔だし――まさかラシャヴェラクをとがめるわけには……どのみち、円盤が何を綴ったのかはっきり思い出せる者は一人もいなかった。要するにちんぷんかんぷんなものだったと言うのが精一杯……

この夜の事件で最も直接的影響をこうむったのはジョージ・グレグスンだった。ジーンが彼の腕の中にがっくりと倒れ込んできたときの恐怖感は、とても忘れることができない。突然、手も足も出ないか弱い存在になったジーンは、ジョージにとってそれまでの単なる遊び相手から一変して、優しい情愛の対象となったのだ。女性が卒倒(そっとう)するというのは太古の時代からずっと行なわれてきたこと――往々にして計算ずくのものだ。が、それにこたえる男性の態度は判で押したように一定不変だった。つまり注文どおりの反応なのだ。ジーンの卒倒は自然のなりゆきだったが、計算ずくだったとしても、これほどの効果は上げようがないほどのものだった。つまり、その瞬間に――これはあとになって気づいたことだが――ジョージは一世一代の大決心をしてしまったのだった。なるほど、妙な友だちがいたり、妙な考え方をしたりする娘だが、ジーンこそわが愛し(いとし)の女性。別にナオミやジョイやエルザ、それに――なんと言ったっけ？――そう、ドニーズ、あの娘たちと完全に手を切るつもりはないけれども、そろそろもう少し恒久的な相手ができてもいいころだ。ジーンのほうも承知してくれるだろう。最初から彼女の気持ちは一目瞭然だったのだから。

ジョージのこの決意の裏には、彼自身も気づいていない、もう一つの要素があった。今夜の経験は、ジーンの妙な趣味に対して彼が抱いていた軽蔑感や懐疑心を弱めてしまったのだった。ジョージ自身はけっしてこの心境の変化を認めないだろうが、事実は事実――というわけで二人のあいだの最後の障壁はとり除かれたのだ。

青ざめ、だがとり乱したりせずに、ジーンは飛行車のリクライニング・チェアにもたれかかっている。ジョージはその姿を見つめた。眼下は暗黒、頭上には星空。いまどこを飛んでいるのか、彼にわかるのはせいぜいあと千キロという程度だったが、そんなことはどうでもいい。ロボットのやる仕事だ。ロボットが二人を家まで導いてくれ、着陸もやってくれる。計器盤によればあと五十七分。

ジーンはほほ笑み返すと、そっと自分の手を彼の手からはずし、

「血が止まってしまうわ、そんな」指をもみながら、哀願する口調で、「もう大丈夫だと言ってるのよ。信用してくれないかな」

「いったいどういうことになったんだ？　なにか覚えててもいいはずだけど？」

「いいえ——完全に空白。ジャンが質問するのが聞こえたと思ったら——次の瞬間には、あなたがわたしの上に身を乗り出して大騒ぎしてたの。一種の失神状態ね、降霊術の。だってわたし——」

口をつぐんだジーンは、以前にも同様の経験があったことを、ジョージには教えまいと決心した。彼がこの種のことをどう思うかよくわかっていたので、これ以上動揺させる気にはならなかったし——それにおびえて逃げ出されたりしては……

「だってとはどういうことだ？」

「いえ、なんでも。ねえ、あそこにいた〈上主〉、あれをどう思ったかしら？　予想外の収穫だったかな？」

　ジーンはかすかに身震いすると、目をくもらせた。

「わたし、〈上主〉たちが怖いの。そりゃ、あの連中が悪の化身だとか何とか、ばかげたことを言うつもりはないけれど。善いことをしよう、人間のためになるように、そういうつもりでしょうけど、わたしただ、〈上主〉たちの本当の計画が何なのか、それが気になって」

　ジョージはそわそわと身体を動かして、

「やつらが地球に来てからこのかた、人間はずっとそのことを考えつづけてるんだよ。準備ができたら教える、そういうつもりなんだろうな、やつらは。それに正直言って、ぼくは大して知りたくもない。おまけにもっと大事な考えごとがあってね」

　ジーンに向きなおって、両手を握りしめた。

「あした文書局に行って、結婚契約書に署名しないか？　そう――五年ぐらいでどうだろう？」

　ジーンは彼をじっと見つめていたが、これならまずまずと心にきめた。

「十年にして」

　ジャンはひたすら時を待っていた。急ぐ必要もないし、じっくりと考えてみたかったのだ。

調べて確かめるのが怖い、心の中にむらむらと湧きあがった途方もない希望が一瞬にしてついえ去ってはやりきれない、そんな気がしていた。まだ不確かなうちは、少なくとも夢を見ていられる。

しかも、これ以上の行動に出るとなると、どうしても会わなければならない人間が出てくる。天文台の附属図書館員だ。この女性はジャンの顔なじみで、彼が何に興味をひかれているのか知りすぎていた。とくにどうということはないかもしれないが、ジャンは万が一の危険は避けたかった。一週間するともっといいチャンスが訪れるのだから。慎重すぎるかもしれない。しかし、慎重には慎重を期することが、かえって何か小学生じみた情熱をかきたててくれるのだ。それに、ジャンは人の笑いぐさになるのが怖い。〈上主〉たちが彼の計画をくじこうと手を打ってくるのも恐れていたが、同様に人に笑われることも怖かった。破天荒なことをしでかすなら、人知れずそっとやるにかぎる。

ロンドンに出かける理由は十二分にある。すでに何週間も前にきめてあった話で、手はずも整っていた。国際天文学会が開催されることになっており、ジャンはその代表団に加わるには若すぎたが、随行する三人の学生の一人として割り込ませてもらったのだ。欠員が生じたので、子供のころに行ってからすっかりご無沙汰のロンドンに出るせっかくの機会をみすみす逃すのも、と思ったのだった。学会では何十という研究発表があるが、その中でジャンの興味を引きそうな発表は数えるほどしかないだろう。おまけに、興味があったにせよ自分に理解できるかどうか、そもそも疑問だった。学会の参加者などどこでもそういうものだが、面白そうな講演だけ聴き、あとは同好の士と語りあうか、ただ観光でもやるか、せいぜいその程度のつもりでいる。

ここ五十年でロンドンは大幅に変わってしまっていた。人口は二百万に満たないほどに減り、逆にその何百倍というおびただしい機械が充満している。偉大な港としての面影はもうない。すべての国家がほとんど自給自足している今日、世界の貿易制度は根本から変わってしまったのだ。確かになにはどこの国の十八番という産物はまだあるが、それもじかに目的地に空輸されてしまうので、かつては世界の主要港、のちには主要空港に集中していた貿易ルートが、ついには細分化されて全世界を押し包む複雑な網の目となり、中心点というものを失ってしまったのだった。

しかし変わらないものも残っている。ロンドンは昔どおり、行政、芸術、学問の中心地として栄えており、そうした面ではヨーロッパの首都数多しといえども肩を並べるものはない。しきりに向こうを張りたがるパリでさえも、ロンドンにはかなわなかった。一世紀前のロンドン人士が今日のロンドンに出てきても、おそらく市の中心部では、昔どおり道に迷わず歩けるはずだ。テムズ河には新しい橋がかかっているが、位置はもとのまま。図体こそでかいが、垢にまみれた汽車の駅はなくなり、郊外に追放されてしまった。しかし国会議事堂は昔のままだ。ネルソン提督像は相変わらず片目で官庁街を見下ろしている。セントポール寺院のドームが、ラドゲート・ヒルの上にそびえる姿も変わらない。ただし、新築の摩天楼が寺院の影を薄くしてしまっていた。

そしてバッキンガム宮殿の前では、いまも衛兵が行きつ戻りつをつづけている。

まあそんな名所旧跡はあとまわしにして、とジャンは考えた。折から休暇シーズンで、ジャンは仲間の学生二人と一緒にロンドン大学の寄宿寮に泊めてもらっている。寮があるブルームズベリー界隈は、前世紀の性格をそのまま温存しており、ホテルや下宿屋が群がる離れ小島の様相を呈していたが、昔のように同じ形のすすけた煉瓦づくりがめじろ押しに、見わたすかぎりひしめきあうという眺めはもう見られない。

チャンスが到来したのは学会の二日目だった。科学センターの大会議室では重要な発表が行なわれていて、ロンドンを世界の音楽の中心地にしている大コンサートホールからさほど遠くない。ジャンはその日幕開けの講演を聴いてみたかった。下馬評では、この発表は惑星の誕生に関する現行理論を完全にくつがえすものと言われていた。

事実そのとおりの内容だったかもしれないが、休憩時間に会場を抜け出したジャンは、とくになにかを学んだとも思わなかった。案内図のあるところまで急いで降りていって、目的の部屋を捜した。

ユーモアを解する役人がどこかにいたらしく、王立天文協会はこの科学センターの巨大なビルの天辺に置かれている。しかし協会役員もこれを大いに恩に着ているのは、テムズ河からさらに市の北部にかけての眺望がすばらしいからだった。あたりには人気がなかったが、万一呼びとめられたときの用心にと、ジャンは会員証を後生大事に握りしめていた。だが、図書室はぞうさなく見つかった。

目当ての恒星一覧カタログを見つけ、さらに何百万の項目別記入があるカタログの扱い方を覚えるのには小一時間を要した。いよいよ彼の探索も終わりに近づいている。ジャンは自分がかすかに震えていることに気づいたが、あたりには誰もいないので、その緊張ぶりを見られずにすんだことが嬉しかった。

手にしていたカタログを棚に戻し、ジャンは長いこと身動きもせずに座っていた。目は万巻の書の並んだ前方の壁にじっと向けられているが、なにも目にはいらない。それから静まりかえる廊下にゆっくりと歩み出て、係員室（さっきは誰もいなかったが、いまは誰かがせっせと本の荷ほどきをしているようだ）の前を過ぎ、階段を降りていく。エレベーターは使わなかった。閉じこめられずに自由にしていたかったのだ。もう一つ聴いてみたい講演があったけれども、いまとなってはもうどうでもいい。

ジャンは堤防に歩み寄り、海に向かってゆったりと流れるテムズ河を目で追った。心の中はまだ乱れに乱れている。自分ほどの正統的な科学教育を受けてしまっていては、とても信じられない。だが、証拠は現に手中にあるのだ。これが真実かどうか確かめようはないが、真実である確率は圧倒的に高い。堤に沿ってゆっくり歩きながら、ジャンは心の中で事実を一つ一つ検討してみた。
第一の事実――あの席上に居合わせた人間が、ジャンの質問をあらかじめ知っていたはずはない。ジャン自身、ただなりゆきまかせに思いついたのであり、それまでは思ってもみなかったのだ。したがって、答えを用意していた人間がいるわけがないし、用意できるわけもない。
第二の事実――ＮＧＳ‐五四九六七二という言葉の意味は、おそらく天文学者以外にわかるはずがない。国営地理学調査(ＮＧＳ)の大事業が完成したのはもう半世紀も前だが、調査が行なわれたことを知っているのは数千名の専門家だけだ。しかも、このデータからランダムに数字を拾ってきて、この番号を持った恒星が天球のどこにあるかときかれ、答えられる人間がいるわけがない。
しかし――たったいま気づいた第三の事実がこれだ――ＮＧＳ‐五四九六七二と呼ばれる小さな、吹けば飛ぶような恒星は、まさにぴったりの位置にあった。竜骨座の中心部だ。わずか二晩か三晩前にジャンの目撃した輝く航跡が、太陽系を離れ、宇宙空間の深淵(しんえん)を横切って消えていった方角ではないか。
偶然としてはありえないことだ。ＮＧＳ‐五四九六七二は、〈上主〉の故郷に間違いないのだ。だが、これを受け入れるとすれば、いままでジャンが金科玉条(きんかぎょくじょう)としてきた科学的思考法を踏みにじらなければならない。よし、それなら踏みにじれ。この事実は認めなければならない——ルパートの荒唐無稽な実験は、ふしぎなことに未知の知識源に突破口を開いてしまったのだ。

あの情報の出所は？　ラシャヴェラクだろうか？　おそらくそれがいちばん妥当な説明だろう。ラシャヴェラクはあのテーブルをかこんだ中にはいなかったが、そんなことは重要ではない。とはいうものの、ジャンは超物理学のからくりになど関心はなかった。要は、結果をどう利用するかだ。

ＮＧＳ－五四九六七二については大したことは知られていない。ほかの何百万の恒星とくらべて特別変わった点はないようだ。しかしあの恒星カタログにはこの星の光度と座標とスペクトル型が記載してあった。少し調査した上で若干、ごく単純な計算をする必要がある。そうすれば、だいたいのところとはいえ、〈上主〉の世界が地球からどれぐらい隔たった場所にあるかわかるはずだ。

テムズ河に背を向け、ジャンは科学センターの白く輝くファサードへ戻っていった。その顔にゆっくりと微笑が広がっていく。知識は力——自分は地球上で〈上主〉の故郷を知っている唯一の人間なのだ。この知識をどう活用するかはまだ見当もつかない。運命の瞬間が来るまで、胸の中にそっとしまっておくことになるだろう。

10

人類はひきつづき、平和と繁栄の中にぬくぬくと横たわっていた――長い、雲一つなく晴れた夏の午後に喩えればいいだろうか。ふたたび冬が来ることがあるだろうか？　とても考えられなかった。二世紀半前、フランス革命の指導者たちは理性の時代の到来を謳歌したが、時期尚早の夢に終わった。しかし今度という今度は、まぎれもなくその時代が訪れているのだ。

もちろん不満の種がないわけではないが、甘んじて受け入れられるのが普通だった。たとえば、各家庭備えつけのテレプリンターを通じて出てくる新聞記事だ。ごく老年層しか気づいていないことだが、新聞の中味は実はかなり退屈なものになってしまった。ぶち抜きの見出しになるような危機など、もうこの世から姿を消している。謎の殺人事件で警察が頭をひねったり、大衆が義憤にはらわたを煮えくりかえらせたりすることもない。ただしこの義憤というもの、往々にして抑圧された羨望にすぎない場合が多かったが。殺人事件が発生したにせよ、謎めいたところなどありはしないのだ――機械のダイヤルを回すだけで、犯行現場を再現して見られるのだから。最初のころは、こんな離れわざのできる機械が存在すると知らされただけで、おとなしく法律を守るタイプの人たちまでもがかなり動揺したものだった。人間のつむじ曲がりはほぼさばけるようになった〈上主〉たちだったが、それでもまだ持てあますことはあり、この動揺なども彼らの予想外の出来事だったのだ。この種の覗き装置は、人間仲間をスパイすることはできないし、人間に渡されたこの種の装置の台数はごく限られている、しかも厳重な規制のもとに使用されることになっている云々、と口を酸っぱくして説明しなければならなかった。たとえばルパート・ボイスの手にある投影機にしても、動物保護区の境界内でしか働かない。境界内にいる人間はルパートとマイアの二人だけなのだ。

ごく稀に重大な犯罪が発生することはあったが、ニュースとして大きく書き立てられるようなことはない。育ちのいい人間は、他人の社交上の失態など新聞で読む気にはならないはずだから。

一週あたりの労働時間は、いまやわずか二十時間だった。しかし、この二十時間はけっしてぼんやりすごせるような性質のものではない。機械的な、紋切り型の作業などというものは、もうほとんど残っていないのだ。数千個のトランジスタ、若干の光電管、せいぜい一立方メートルのプリント基盤——こんなものが代行できる仕事に、貴重な人間の頭脳を無駄づかいさせてはならない。人がまったく姿を見せずに、何週間でも作業をつづけられる工場がたくさんあるのだ。人間を必要とするのは、問題解決、政策決定、新事業の企画だった。あとはロボットにやらせておけばいい。

余暇がこれだけ増えると、一世紀前なら大問題になったはずだった。しかし、教育のおかげでほとんど問題は生じなかった。深い教養を持った心には、倦怠(けんたい)のつけいる隙はないからだ。一般の文化水準の高さは、昔だったら途方もなく思われたに違いない。人類全体の知能水準が向上したという証拠はないが、個人個人が生まれつきの知能をフルに活用できる機会が、初めて与えられたのだった。

大部分の人が家を二つ持っている。世界のここあそこというように、おそろしく飛び離れた区域に持つのが普通だった。南北両極が開発されたため、長い、夜のない極地の夏を求めて六カ月ごとに北極と南極のあいだを交互に移動する人間が、かなりの割合に達している。砂漠、山頂、さらには海底へと進出した者もいた。たっての希望があれば、科学技術の進歩は、地球上のどんなところにでも居心地のいい住居をつくり出してくれるのだ。

変わり種の住居は、あまり特種(とくだね)のないニュースをにぎわせてくれる。どんなに完璧に組織された社会でも、事故が絶えることはありえない。エベレスト山頂の直下にこぢんまりした別荘をとか、南アフリカのヴィクトリア瀑布(ばくふ)のしぶきの裏側から景色を見たいなどという連中は、文字どおり首を賭けての冒険に意義を見出し、実際に首を折ってしまうこともある。だが、これはいい兆候なのかもしれなかった。とにかくその結果、地球上のどこかで四六時中誰かが救助されていたのだ。一種のスポーツ——地球人ごひいきのスポーツになっているのだった。

こうした気まぐれにふけることができるのも、時間と金があるからだった。軍備全廃のおかげで、世界じゅうの富は実効値でほぼ倍増し、さらに生産量の向上がその仕上げをした。したがって、二十一世紀人の生活水準をそれ以前のものと比較するのは困難だった。物価はすべて極度に低い。そのために生活必需物資は全部無料で、社会の公共サービスとして与えられるのだ。かつて、道路、水道、街路灯、下水が公共負担となっていたのと同様だった。好きなところに旅をし、好きなものを食べる——すべて無料。社会の一員として生産に協力する人間には当然の権利だった。

もちろん若干の怠(なま)け者もいる。だが、完全になにもせずに暮らすだけの強固な意志を持った人間は、一般に思われているほど多くはなかった。改札係、店員、銀行員、株の仲買人等等、多数の職業人口を養(やしな)っていくよりは、この種の寄生虫を養うほうがずっと負担が低かった。全地球的に考えてみれば、先にあげた各種職業は、要するに物品を帳簿から帳簿に移すだけの機能しか果たしていないのだから。

計算によれば、人類の全活動量の四分の一近くが、種々のスポーツに割(さ)かれている。この場合、スポーツとはただ椅子に座りっぱなしのチェスから、命がけで峡谷をすべり降りるスキーにいたるまでを含んでいるのだが、この数字がもたらした予想外の結果として、プロ・スポーツマンの消滅があげられるだろう。アマチュアの名手がいくらでもいるし、経済条件が変わったので、プロの制度は廃物になってしまったのだ。

スポーツに次いで人の労力が割かれている単一産業をあげるとすれば、ありとあらゆる形式を含む娯楽だった。過去百年以上もハリウッドを世界の中心だと考える人種が一部には存在した。現在のハリウッドも考えようによっては、従来にもまして、確かに世界の中心と自他ともに許せる存在だった。しかし、紀元二〇五〇年のハリウッドの産物は、百年前とくらべれば、およそ理解に苦しむほど高踏的（ハイ・ブロウ）であることも確かだった。入場料収入こそすべてだなどという時代はもう過ぎ去っている――その意味では、やはり進歩したのだ。

いまや地球は、巨大な一運動場、遊戯場と化しつつあった。とはいうものの、この娯楽、道楽がひしめきあう中で、依然として古来から存在し、いまだに解答の出ない問いをくり返す人間も一部にはいるのだった。すなわち――

「いったい、この先われわれはどうなるのか？」

11

ジャンは象の体に寄りかかり、樹皮（じゅひ）を思わせるざらざらの肌に両手をかけた。見上げると、大きな牙、そりかえった鼻――剝製（はくせい）師が巧みに再現した瞬間は、敵に挑みかかる姿だろうか、仲間に挨拶を送る姿だろうか？　さて、この地球からの流浪者を、やがてどんなふしぎな世界の、どんな奇々怪々な生物たちが見物することになるのだろうか？

「これまでに、〈上主〉たちに送ってやった動物は何匹ぐらいいるんです？」ルパートにきいてみた。

「少なくとも五十匹かな。もちろんこの象君がいちばんでかい。すばらしいだろう、こいつは？　ほかのはだいたい小さなのばかりだ――蝶類、蛇、猿類のたぐい。そうそう、去年は河馬（かば）を一頭送ったな」

ジャンは苦笑いして、

「病的に聞こえるかもしれないが、やつらはもう人類の剥製も一式集めてるんでしょうね。体を提供する名誉にあずかったのは、どんな人たちでしょう？」

「なるほど、おそらくそうだろうな」ルパートは案外しゃあしゃあとしている。「病院に手をまわせば容易にできる」

思案顔でジャンは先をつづけた。「誰かが、生きた見本として行こう、などと申し出たらどういうことになるでしょう？　もちろん、いずれちゃんと送り帰してもらうという条件つきですが」

ルパートは笑い出したが、もっともだという調子だ。

「そいつは、きみからの申し出かね？　なんだったらラシャヴェラクに取り次ぐよ」

一瞬ジャンは半分本気で考えた。だが、首を横に振り、

「いや、けっこうです。ただのひとり言です。どのみち、ぼくなど向こうから断ってきますよ。ところで、ラシャヴェラクには最近会いますか？」

「六週間ばかり前に電話してきたよ。ぼくが捜していた本を見つけてくれたそうだ。けっこういいところがあるね、やつにも」

ジャンは、剝製の巨大生物の周囲をゆっくり歩きまわった。生命感の最も躍動する瞬間を、実にあざやかにとらえている。見事な技術だった。

「兄さんのほうはどうです？　先生が捜しているものを見つけましたか？　どうもぼくには、〈上主〉の科学水準をもってして、心霊術に興味を持つなどというのがぴんとこないので」

ルパートはいくぶんうさん臭そうな目でジャンを見た。この義弟め、おれの道楽を茶化す気か、と思う。

「いや、やつの理屈は充分筋が通っている。人類学者として、われわれ人間の文化のありとあらゆる面に関心があると言うんだ。やつらは時間の余裕だけはあるからね。人間の研究家にはとてもできないような細かいところまで立ち入るゆとりがある。ぼくの蔵書を全部通読するぐらい、ラッシーの知力をもってすれば、たいして苦ではなかったろう」

なるほどそうかもしれないとは思うが、ジャンにはまだ納得のいく答えではなかった。いっそルパートに打ち明けようかという気になることもあった。しかし、生来の慎重さがそれをいましめてきたのだった。またラシャヴェラクに会いでもしたら、ルパートの性格として、ついつい誘惑をこらえきれず、口をすべらせる確率が高い。

「ああ、思い出した」ルパートはふいに話題を変えた。「こいつがでかいと思うんなら、サリヴァン先生が引き受けた注文を見るといい。地球最大の生物を二匹届ける約束になってる――マッコウクジラとダイオウイカだ。食うか食われるかの格闘シーンを剝製にするというんだ。こいつはすごいぞ！」

ジャンはしばし口をつぐんだ。頭の中に爆発するようにひらめいた考え――いや、あまりにも奇想天外で、真剣に考えるわけにはいかない……だがそれでいて、あまりにも大胆不敵だからこそ成功の可能性が……

「どうかしたのか？」ルパートが心配そうに言う。「暑気あたりでも？」

「いえ、大丈夫です。」ジャンは自分を揺りおこして、現実に戻った。〈上主〉たちは、それだけの図体の積み荷をどうやって引きとっていくのか、ちょっと気になって」

「なんだ、そんなことか。例の輸送船で降りてきて、ハッチを開け、起重機で積み込むだけだよ」

「なるほど、ぼくもきっとそうだと思ってましたが……」

一見、宇宙船の船室のように見えるが、そうではない。壁は計器や装置でおおわれ、窓はなく、操縦席の前に大きなスクリーンがあるだけだった。乗客六名ということになっているが、目下のところはジャン一名だけだ。

ジャンはそのスクリーンに見とれていた。次々に眼前を通過してゆく異様な、未知の世界の様相を吸いとるように見つめる。未知の——そういえば、この気狂いじみた計画が成功した暁には、星のかなたでいまと同様、次々に未知の事物にお目にかかるだろう。いま彼がいるのは、悪夢の生物の世界——世界がはじまって以来、誰もかき乱したことのない暗黒の中で、弱肉強食に明け暮れてきた生物たちの世界だった。人間はこの上を、何千年となく船で走りつづけてきた。その船底わずか千メートルのこの世界は、百年前までは月の表側ほどにも知られていなかったのだ。

操縦士は目下、艇を海底の丘陵地帯から、まだ人跡未踏の広大な南太平洋海盆へ向けて下降させている。海底のあちこちに置かれたビーコン装置の発する音波が見えない網の目を張りめぐらして、これを追って進んでいるのだ。ジャンもそれは承知の上だが、現在の位置と海底との距離は、雲と地表のあいだに等しいほど遠かった……

肉眼にはほぼ何も見えてこない。潜水艇のソナーはむなしく水中を探りつづけている。艇のジェット噴流が、小さな魚のたぐいは追い散らしてしまったのだろう。もし向こうから探りにやってくる生物があるとすれば、怖いもの知らずの巨大なやつらに違いない。

せまい船室を震わせる艇の動力——頭上の猛烈な水の質量に立ち向かい、この泡に等しい光と空気の球の中に人を生かしておくことのできる動力——が止まれば、二人の人間は、金属の棺の虜となり、海底沈泥層に奥深く埋められるだけだった。

「位置確認の時間だな」

　操縦士が言う。いく組かのスイッチを倒すと、推力が切れ、減速の軽い抵抗感ののちに艇は静止した。気球が大気中に漂うように、艇は平衡状態を保ち、静止状態のまま漂っている。ソナー・グリッドで位置を確かめるのは一瞬の作業で、計器の数字を読み終えた操縦士は、

「エンジンをかける前に、なにか聞こえないかやってみよう」

　静かな、狭い船室の中にラウドスピーカーから低い、間断ないささやきが、さーっと流れ出した。ジャンの耳には、とくにきわだった音は聞こえてこない。個々の音が混ざりあってしまった、一定の背景音の感じだ。海中の無数の生物がいっせいに語りあう声だ、とジャンにはわかっている。生物がひしめきあう森林の真ん中に立っているのと似ているが、森の中であればある程度、どの動物の鳴き声かは見当がつく。ここでは混然一体となった声の織り物のひと筋さえ、ほぐして見分けることができないのだ。生まれてこのかたまったくなじみのない、異様な音響——ジャンは髪の毛が逆立つような無気味さを覚えた。それでいて、ここは自分の住む地球の一部なのだ……

　と、嵐をはらんだ暗雲をつんざく稲妻のように、震動する背景音を引き裂く金切り声がとどろきわたった。たちまちかぼそくなると、バンシーの泣き声か狼の遠吠えのように尾を引

いて消えたが、しばらくするともう一度、ずっと遠くでくり返すのが聞こえる。とたんに金切り声の合唱がどっと湧き上がり、文字どおりの阿鼻叫喚の大騒ぎに、操縦士はあわてて手を伸ばして音響を加減した。

「一体全体何です、いまのは？」

「ぞっとするだろう？　クジラの群れだよ。十キロぐらい向こうだ。どこかこのへんにいるはずだと思っていたが。一度きみに聞かせてあげようと思ってね」

ジャンはあえぎ声だった。

ジャンは身震いした。

「海の中はさぞかし静かだろうなんて、いままでずっと思っていたんですよ、このぼくは！　でも、なんであんなにけたたましく騒ぐんです？」

「おたがいに話してるんだろう。サリヴァン先生にきいてごらん——噂じゃ、あの先生は一頭一頭、声で聞きわけられるそうだが。ぼくにはどうにも信じられんね。おや、どなたかおいでだぞ！」

途方もなく顎の大きな魚が、スクリーンに浮かび上がった。見たところ、図体もかなり大きそうだが、スクリーンの倍率がわからないので確かなことは言えない。鰓のすぐ下から長い巻きひげのようなものがぶら下がり、先端には正体不明の釣り鐘状の器官がついている。

「いま見てるのは赤外線画像でね。普通の画像を見てみよう」

魚の姿は消え失せ、ひげと釣り鐘だけが残った。燐光をはなち、くっきりと光っている。

と、胴体に一線の光が走り、ふたたび魚の姿がちらっと浮かび上がって見えた。

「チョウチンアンコウの一種だ。あれがほかの魚をおびき寄せている。まさに化けものだろう？　ぼくに飲み込めないのは、なぜもっと大きな魚があれに釣られてやってきて、こいつまで食っちまわないのかってことなんだが、まあ、こんなところで一日じゅうぐずぐずしちゃいられない。エンジンを噴かすから、こいつが逃げ出すのを見ててごらん」

艇はゆっくりと前進し、船室はふたたび震動しはじめた。光る大魚は仰天したようすで、ふいに全身の光をともし、暗い淵の中に流星のように消えていく。

さらに二十分、微速下降をつづけたところで、艇のソナーの見えない指が、初めて海底の姿をとらえてみせた。はるか下方を、奇妙に円くゆったりした輪郭の低い丘陵が次々に通りすぎていく。かつては不規則にぎざぎざしていたのかもしれないが、海中はるか上方から間断なく降り注ぐ雨が、とっくにその線をならしてしまったのだ。ここは太平洋の真ん中、隆積作用で諸大陸を徐々にせり出させてゆく大河の河口からははるか遠い場所だが、それでもこの雨はやまずに降っている。嵐に傷つけられたアンデス山脈の中腹、無数の生物の死体、宇宙を何世紀も放浪したあげく、ついに安住の地を見出した流星の細片——それらに端を発した雨は、海底の永遠の夜に降り積もり、やがてできる陸地の基礎を築いているのだ。

丘陵は背後にゆっくりと消えていった。海図を見てわかったことだが、これらの丘は辺地の境界線のようなもので、この先には広大な平野がある。だが、あまりに深いのでソナーは届かないのだ。

潜水艇は相変わらず、ゆっくりと滑るように下降している。スクリーンにふたたび画像が浮かび出た。角度が変わっているので、何なのか見分けがつくまで、ジャンにはしばらく時間がかかったが、やっと気がついた。海底山――隠れて見えない平野から突き出た山だ。

画像がはっきりしてきた。これだけ接近すると、ソナーの解像度もずっとよくなり、通常の光波画像同様、鮮明な像が映るのだ。微細なところまで見え、岩のあいだで追いつ追われつする魚たちの姿をはっきり見守ることができる。顎をあんぐり開けた、毒々しい姿の魚が、なかば姿を没した岩の割れめをゆらゆらと横切る――と、目にもとまらぬ素早さで、一本の長い触手が飛び出し、あばれまわる魚をひっとらえ、死の淵に引きずり込んでしまう。

「もうじきだ。すぐ先生の研究室が見えてくるよ」

海底山の麓(ふもと)からにょっきりと突き出た岩の上を、ゆっくり通過するところだった。やっと底の平野部が見えはじめる。海底までせいぜい二、三百メートルだろうか、とジャンは思った。と、一キロほど前方に、三脚の上に取りつけられた球体がいくつも見えてきた。球はたがいにチューブで連結されている。化学工場の薬品タンクそっくりだが、実は基本的に同じ原理で設計されているのだ。違うのはただ一つ、ここの球は内圧ではなく外圧に耐えるようにつくられている点だった。

「ありゃなんだ?」

ふいにジャンは息詰まる声をあげた。震える指で最も近い球をさす。球の表面に妙な縞(しま)模様が浮かんでいたが、よく見ると、からみあった巨大な触手だった。艇が近づくにつれて、触手の奥におそろしく大きい、ふやけた袋のようなものが見えてきた。しかもこの袋、二つの大目玉がついていてギョロリとにらむのだ。

「ああ、あいつか」と操縦士はおよそ無頓着(むとんちゃく)で、「きっと〈魔王(ルシファー)〉だろう。誰かがまた餌をやってるんだね」スイッチを倒すと、操縦盤の上に身を乗り出し、

「二号艇より研究所へ。接触するから、坊やを追っ払ってください」

返事はすぐ来た。

「研究所より二号艇へ。そのまま艇をつけてよろしい。坊やはすぐにどくから」

スクリーンいっぱいに、円くなった金属壁がクローズアップし、艇の接近にあわてて引っ込む太い吸盤だらけの腕がジャンの目にちらりと映った。つづいてガチンと鈍い音がし、さらにひっかきまわすような音が次々に聞こえる——留め金が艇のなめらかな卵形の外壁をなでまわし、連結点を捜しているのだ。数分後、艇は研究所基地の壁にぴったりとつき、両方の出入口が嚙(か)みあって、基地側の突端(とったん)がするすると艇内に突き出してきた。中がうつろになった、巨大なねじ(ヽ)と(ヽ)い(ヽ)った形である。やがて〈圧力等化ずみ〉の信号が出て、ハッチが開封され、第一深海研究所への入口が通じた。

サリヴァン教授の部屋は、狭く乱雑だった。事務室、工作室、実験室が同居した感じだ。

教授は顕微鏡ごしに、なにか小型の爆弾のような容器の中を覗き込んでいる。おそらく一種の耐圧カプセルで、中では一平方センチあたり何トンという圧力下を標準棲息条件とする深海生物が嬉々として泳ぎまわっているに違いない。

「それで?」と、接眼レンズからしぶしぶ目を離したサリヴァン先生が言う。「ルパートは元気か? で、きみの用件というのは?」

「兄は元気です」ジャンは答えた。「よろしくとのことでした。閉所恐怖症さえなければ、ぜひ先生のところにうかがいたいところですが、と言ってます」

「なるほど、それじゃここへ来たら憂鬱にならざるをえないな。頭上五千メートルは海水だからね。ところで、きみは平気なのか?」

ジャンは肩をすくめ、

「成層圏飛行と大差ありません。事故が起きたら、どのみち結果は似たようなものですから」

「なるほど、筋の通った考え方だ。しかし、そう思える人間がいかに少ないことか、あきれるくらいだよ」

サリヴァンは顕微鏡の調節装置をもてあそんでいたが、ジャンのほうにいぶかしげな視線をちらっと送り、

「見学をご希望なら、喜んで案内しよう。だが、正直なところ、ルパートからきみの頼みを聞いたときには、めんくらってしまってね。きみたちのような宇宙狂が、どうしてぼくなん

かの仕事に興味を持ったのかね？　まるで逆方向じゃないか？」面白そうにくすくす笑ってから、「ぼく個人の意見を言えば、だ。なぜきみたちが宇宙などに飛び出したくてやきもきしているのか、さっぱりわからん。海中のことだって、すべてきちんと測量し、整理分類できるまで、まだ何世紀もかかるんだぞ」

ジャンは深く息を吸い込んだ。サリヴァンが自分からこの話題を切り出してくれたのはありがたかった。手数が省けたのだ。この魚博士、ジャンをからかいはしたものの、実のところ二人には多くの共通点があった。架け橋をつくって意思を疎通させ、サリヴァンの同情と援助の手をあおぐのは、さほど難しいことではなさそうだ。サリヴァン自身、想像力に恵まれた人物に違いない。さもなければ先生も、こうして無理に海底世界にもぐり込んでみたりしないはずだった。しかし、慎重を要する。これからジャンが切り出そうとしている頼みというのは、どうひかえめに言っても、いささか変わっていたのだから。

ただ一つ、ジャンに自信を与えてくれる事実があった。たとえサリヴァンに断られても、彼はジャンの秘密だけは固く守ってくれるはずだ。しかも、この太平洋の海底深くにある静かな小部屋であれば、〈上主〉たちがいくら不思議な力を持っていようとも、まず話を立ち聞きされる危険はないだろう。

「サリヴァン先生」とジャンは持ちかけた。「先生は海洋に興味をお持ちです。でも、もし〈上主〉たちが、先生に海に近寄ってはいけないと言ったとしたら、どんな気分でしょう？」

「もちろん、かなり腹が立つだろうね」

「そうでしょう。なら仮に、ある日〈上主〉たちにも知られず、目的をとげられるチャンスが訪れたとしたら、どうでしょう？　その機会を逃さず、実行しますか？」

サリヴァンは少しもためらわず、

「もちろんだ。理屈なんてあとからつければいい」

よし！　とジャンは考える。もう先生、引っ込みがつかないはずだぞ、〈上主〉たちを恐れていないかぎりは。しかし、サリヴァンという人物、およそ怖いものなどないように見える。ジャンは散らかった机ごしに身を乗り出し、いざ一席ぶとうというかまえになった。

だが、サリヴァン教授も馬鹿ではなかった。ジャンに口を開く猶予も与えず、口もとをにやりと歪めると、皮肉たっぷりな微笑を浮かべたのだ。

「なるほど、そういうわけか？」ゆっくりと言った。「実におもしろい、実に！　じゃあ聞かせてもらうぞ。いったいなぜ、ぼくがきみを助けなければならないんだ？」

12

昔ならサリヴァン教授のような存在は、金のかかる道楽者としか見られなかったはずだった。教授の仕事は、小規模な戦争ほどの資本を要する――いや、事実、教授は一軍の将、けっして攻撃の手をゆるめない敵と相対し、永久に作戦活動をつづける将軍になぞらえられるのだ。教授の敵は海だった。そしてこの敵は、冷気と暗黒、さらに何物にもまして水圧という武器を用いて挑戦してくる。教授は教授で、頭脳と技術的手練でそれに応じる。すでに多くの勝利を収めてはいた。だが海は辛抱強い――いくらでも待つことができるのだ。しかしいつの日か自分がしくじる日が来るだろうと教授は悟っていた。少なくとも溺死の苦痛は味わわずにすむ。あっというまの出来事に違いないのだから。

ジャンの依頼に対して、教授はそのときはいいともいやだとも、はっきりした回答を与えようとしなかったが、いずれどう答えるかは自分で承知していた。面白い実験をする絶好の機会ではないか。この目で結果を確かめることは永遠にできない実験だったが、それは科学研究にはありがちなことだ。彼はいままですでに、何十年後でなければ完成しない計画をいくつもスタートさせてきたのだから。

教授は勇気と知性に富んだ人物だった。しかし、自分の学者としての人生を振り返ってみると、科学者としての名声を歴史に末永くとどめる機会にはまだ恵まれていないことを、どうしても意識してしまう。これこそ自分の名を歴史に刻む絶好の機会――しかも予想外だっただけに、いっそう心をそそられたのだ。もちろん他人に対しては、そんな野心があるとは絶対に認めなかっただろうし、教授のためにひとこと釈明しておけば、たとえ教授がジャンに手を貸したことが永遠の秘密となるにしても、やはり教授はジャンを手伝ってやったはずだった。

　ジャンのほうはといえば、実は懸念を感じはじめていた。一大発見をした衝動がそのまま彼を駆り立てて、ついついここまでほとんど苦労もせずに来てしまった。調査するべき問題は調査し終わっていたが、夢を現実化する積極的な手はまだ打っていない。だが数日後には、どうしても決断を下さなければならないのだ。もし教授が協力を承諾すれば、自分としてはもうあとに引けなくなる。良かれ悪しかれ、たとえなにが起きようと、自ら選んだ未来に直面するほかなくなるのだ。

　ジャンがついに決意したのは、もしこの信じがたいような好機をみすみすふいにしてしまえば、二度と自分を許せなくなるだろうと考えたからだった。そんなことをすれば、以後一生むなしい後悔にとりつかれてすごすことになる――これほど惨めなことはない。数時間後、サリヴァンからの返事が届き、ジャンはついに賽が投げられたことを悟った。まだ時間はたっぷりある――ジャンはゆっくりと身辺の整理にとりかかった。

「マイア姉さん（と、ジャンは手紙を書き出した）――この手紙を読んだらびっくりするでしょうね。いや、びっくりなんて、ずいぶん手ぬるい表現かもしれない。この手紙を姉さんが読むころには、ぼくはもう地球上にはいないんです。といっても、月に出かけるわけじゃない。そんなことはもう大勢の人がやっている。いや、ぼくは、〈上主〉の故郷へ行くところなんだ。太陽系を離れる最初の人間になるんです。

この手紙は、ぼくに手を貸してくれている友人に託しておきます。ぼくの計画——少なくとも第一段階——が成功して、〈上主〉たちが邪魔しようとしてももう手遅れだと見きわめがつくまで、この友人が預かってくれる予定です。ぼくは、はるかかなたに行っているだろうし、超高速で飛んでいるわけだから、地球から船を呼び戻す信号が送られても、たぶん追いつきはしないと思う。仮に追いついたにしても、船を地球に戻すのは不可能なんじゃないでしょうか？　だいたい、ぼくがそれほど重要な存在かどうかも疑わしいのだから。

まず、どうしてこうなったのか説明しておきます。昔から、ぼくが宇宙旅行に興味があったのは知ってるでしょう。だから、人間がほかの惑星に行ったり、〈上主〉たちの文明について研究したりすることを禁じられているのが不満で仕方なかった。このことも知ってると思います。もし彼らの介入がなかったら、ぼくらはとっくに火星や金星に行っていたかもしれない。もちろん、二十世紀が開発したコバルト爆弾その他の地球破壊兵器のせいで自滅、ということも同じ程度にありえました。でも、ときどきぼくは、人間に独立独歩の機会が与えられていればな、と思ってしまいます。

たぶん〈上主〉たちが、ぼくらを子供部屋に押し込んでおくのは、彼らなりの、しかも立派な理由あってのことに違いない。でも、仮にその理由を知らされていたとしても、ぼく自身の感情は変わらなかったでしょう――それにぼくの行動も。

すべてのきっかけは、ルパート兄さんのパーティでした（ついでですが、ルパートは今度のことはなにも知りません。計画がうまく軌道に乗ったのは、実はルパートのおかげなのですが）。姉さんも憶えてますね、兄さんが催したあの馬鹿馬鹿しい降霊術の会のこと、それに、もう名前は忘れてしまったけど、あの女の人が気絶したこと。ぼくは〈上主〉の故郷の恒星はどれかとたずねました。ＮＧＳ－五四九六七二がその答えでした。ぼくもだいたい答えなどあてにしてなかったし、そのときまではすべて冗談扱いにしていたのですが、その答えが恒星カタログの番号だと気がついてから、調べてみる気になったのです。その星は竜骨座にありました――しかも、〈上主〉についてぼくらにわずかばかりわかっていた事実の一つは、彼らがまさにその竜骨座の方角からやってきたということだったのです。

では、あのときの答えがどうして出てきたのか、出所はどこなのか――それについては、ぼくはお世辞にもわかっていると言えません。誰かがラシャヴェラクの心を読んだんでしょうか？　もしそうだったとしても、ラシャヴェラクに、人類の恒星カタログにおける自分の太陽の見出し番号がわかっていたということは、ちょっと考えられないのです。要するに完全な謎です。解決はルパートのような人たちにまかせます――解決できるものならね！　ぼくはただ、情報をつかみ、それにもとづいて行動するだけで満足です。

〈上主〉たちの宇宙船の発進を観測した結果、船の速度についてはかなりのことがいまや判明しています。太陽系を出るときの加速は猛烈なもので、一時間とたたないうちに光速に近づいてしまう。つまり、〈上主〉たちは船を構成する原子一つ一つまでに均等に作用する推進装置を持っているということになる――さもないと、船内の物はすべて瞬間的につぶされてしまうのですから。ぼくの考えた理論はこう――つまり、〈上主〉たちは恒星周辺のエネルギー場を動力源として利用する技術を持っているのではないか？　したがって、発進や停止は、太陽のような恒星にかなり近い位置で行なう必要があることになる。まあ、こんなことは余談ですが……

大切なのは、ぼくが〈上主〉たちの船が旅する距離、ひいては要する時間を知ったということです。NGS－五四九六七二は、地球から四十光年。彼らの宇宙船は光速の九十九パーセント以上の速度を持っているから、われわれの時間で言うと四十年かかることになる。われわれの時間――これが肝心なところです。

もうお聞きになっているかもしれませんが、光速に近づくと不思議なことがいろいろ起こります。時間自体が違ったテンポで経過するんです。つまり時間の進行が遅くなり、地球上の何カ月が、〈上主〉の船上では何日かにすぎなくなってしまう。この効果はごく基本的な原理から生じるもので、実は百年以上も前にあの偉大なアインシュタインが発見したものです。

ぼくは現在までに判明している〈上主〉たちの恒星間駆動に関する諸事実を根拠として、さらに相対性理論の確認された諸結果を利用して計算してみました。〈上主〉の宇宙船の乗客から見れば、NGS－五四九六七二までの旅は二カ月以上はかからない――ところが、地球上での計算ではこの間に四十年経過してしまうことになる。これは逆説めいて聞こえるかもしれません。アインシュタインが発表してこのかた、世界じゅうの最も優れた頭脳が、このことでさんざん考え込んでしまっているのだから、飲み込めなくても心配はいりません。

こんな実例をあげれば、これからどんなことが起きるのか、具体的にわかってもらえるでしょう。もし〈上主〉たちがぼくを着いてすぐ地球に送還したとすると、帰ってきたぼくは四カ月しか年をとっていない――ところが地球上では、そのあいだに八十年たっていることになる。これでおわかりですね、姉さん、何が起きようと、ぼくらはもう永遠にお別れなのです……

ぼくを地球につなぎとめる絆はほとんどありません。これは姉さんもご存知のはずです。だから、とくに良心の苛責も感じずに去っていけます。お母さんにはまだなにも言っていません。きっと逆上してしまうだろうから。ぼくには耐えきれないことです。このまま別れるほうがいいんです。お父さんが死んでからのお母さんのやり方は、それは無理からぬ点があるにしても、ぼくにはとても——いや、こんなことをいまさらむしかえすのは意味がありませんね。

大学には退学届を出しておきました。家庭の事情で、ヨーロッパに行くということにしてあります。万事きちんとしておいたから、姉さんに迷惑がかかることはないでしょう。ご安心のほど。

ここまで読んでくれたら、ぼくの気が変になったんじゃないかと思われるかもしれない。〈上主〉の船に乗り込むなんて、一見不可能だから。でも、手段を見つけたのです。こんな機会はめったにないし、おそらくぼくがやったらもう二度とないでしょう。カレンは同じミスをくり返すような馬鹿はやらないから。トロイの城内にギリシャ兵が潜入するときに〈木馬〉を使った伝説をご存知ですか？　いや、もっとぴったりくる喩(たと)え話が、旧約聖書に載っています……」

「聖書のヨナよりはずっと楽にきまってる」とサリヴァン教授は言った。「ヨナが飲み込まれた大魚の腹の中に電灯や便所がついていたとは思えないからな。だが、食糧だけはたっぷりあったほうがいい。酸素を持っていくのはいいが、こんな狭いところに二カ月ぶん貯蔵できるかね？」

そう言って教授は、ジャンがテーブルの上に広げた綿密な見取図を指でぐいとつついた。

片方の端にペーパーウェイト代わりの顕微鏡が、一方の端には化けものじみた魚の頭骨が載っている。

「酸素を持っていく必要がなければ助かるんですが」とジャンは答えた。「〈上主〉たちは地球の空気を呼吸できるのはわかっている。でも、あまりお気に召さないようだし、ぼくが彼らの空気を呼吸するのは不可能かもしれないので。糧食の準備の点は、ナルコサミンの使用で解決できます。あの薬なら絶対安全ですから。出発したところで一本注射すれば、六週間は眠りっぱなしだ。プラスマイナス数日の誤差はありますが。目が覚めたときは、ほとんど終点です。食糧や酸素より心配なのは、むしろ退屈というやつですが」

教授は思案顔でうなずき、

「そう、ナルコサミンなら安全だし、持続期間もかなり正確に処方できる。しかし、とにかく食糧はたっぷりとそばに置いておくことだな。目が覚めると腹はぺこぺこ、体はふらふらだよ。罐詰を開ける体力もなくて餓死したなんてことになったらどうする?」

「その点はもう考えてあります」いくぶんむっとした調子でジャンが言う。「そういう場合のやり方にしたがって、砂糖とチョコレートをまず食べ、徐々に体力をつければいい」

「よろしい。徹底的に考えてあるのは結構だ。気に入らなければ途中でやめるなんていう甘っちょろい考えでは困るからな。きみが自分の命をどうしようとかまわないが、ぼくがきみの自殺を手伝ったことになっては、後味が悪くてやりきれん」

教授は魚の頭に手をかけ、ぼんやりした顔で両手に抱えて持ち上げた。ジャンは見取図が丸まらないようにと、あわてて押さえた。

「ありがたいことに」と教授は話をつづけ、「きみの注文の道具は全部、だいたい規格品だから、ぼくのところの工作室で組み立てられる。二、三週間あればいい。その間、もしきみの気が変わったら――」

「変わるわけがありません」

「――どんな危険をともなうかは、すべて計算の上です。ぼくの計画に手ぬかりはなさそうです。六週間たったら、普通の密航者なみに出てきて自首するつもりですが、そのとき――つまりぼくのほうから見て、ですが――までには、もうだいたい目的地まで来ていま す。〈上主〉たちの星に着陸する寸前でしょう。

それからどうなるかは、むろん、やつらしだいです。おそらくは次の便船で送還されるでしょうが、少なくともなにかは見ることができるはず。四ミリ・カメラと数千メートルのフィルムを用意しています。やつらに邪魔されないかぎり、必ずなにか写してみせます。どう下手に転んだところで、人間を永久に隔離状態にしておくわけにいかないことだけは証明してみせられます。ぼくが前例になって、カレレンはなにか手を打たなければならなくなるでしょう。

以上、ぼくの言いたいことは終わり。ぼくがいなくなっても、姉さんがそれほど苦痛に感じないことはわかっています。おたがいに正直に認めてしまいましょう——ぼくたちはそれほど切っても切れない親密な姉と弟ではなかった。しかも姉さんはルパートと結婚したのだから、自分の世界で幸福に暮らしていけるはずです。少なくとも、ぼくはそう願っています。

では、さようなら。幸運を祈っています。姉さんの孫たちに会える日を楽しみに——孫たちには、必ずぼくのことを伝えておいてください。

愛をこめて

ジャン」

13

最初に見たとき、おや、これは組み立て中の小型旅客機の機体だろうか、と目を疑ったほどだった。全長二十メートル、全金属製の骨組み、完全な流線形——工員たちが上によじ登って、せっせと動力工具で仕事中だった。

ジャンの質問に答えたサリヴァン教授は、「そうとも、航空工学の標準技術を活かしてつくるわけだ。工員も大部分が飛行機工場あがりでね。それにしても、これだけの図体をした生物がいるなんて信じがたいだろう？　しかも、この体で水面に飛び上がったりするんだからね。ぼくはこの目で見てるんだ」

確かに壮観ではあったが、ジャンにしてみれば、気がかりなのはほかのことだった。いったいこの自分がもぐり込む小部屋——教授の命名によると「冷暖房つきの棺(ひつぎ)」——を、どこに隠すつもりなのだろう？　彼の目は巨大な骨組みをしきりに捜しまわった。一つだけ安心していいことがあった。広さだけから言えば、密航者の十人かそこらは、楽にはいれそうなのだ。

「骨組みはだいたい完成ですね」とジャンは言った。「で、皮膚はいつかぶせるんですか？　もうクジラはつかまえてあるんですね。そうでなきゃ骨格の寸法がきまらないはずだから」

サリヴァンはこれを聞くと、おかしくてたまらないようすで、

「クジラをつかまえる気なんて、最初からありはしない。だいたいクジラの皮というやつは、普通の意味での〈皮〉とはわけが違うんだ。厚さ二十センチの脂肪なんだからな——そんなもので骨組みを包んでみたって、なんの役にも立たないだろう。全部プラスチックの模造品さ。あとで正確に色を塗る。完成すれば、誰の目から見ても本物と見分けがつかなくなる」

そんなことなら、〈上主〉ども、写真を写しておいて、故郷の星に帰ってから自分たちの手で実物大の模型をつくるほうが気がきいてるじゃないか——ジャンにはそう思える。しか

し、補給船が手ぶらで帰るとすれば、たかが二十メートルのマッコウクジラなどものの数でもないわけだ。〈上主〉ほどの能力と資源に恵まれれば、ささいな節約になど気をわずらわしているわけには……

サリヴァン教授は巨大な彫像のそばに立っていた。この像は、イースター島の発見以来、考古学上の難問になっている例の巨像の一つだった。王者か神か、目玉の入れていない像のうつろな視線は、教授が自分の作品を見守る視線をそのまま追っているようだ。教授自慢の力作だった。人間の目にはとどかないところへ行ってしまうのかと思うと残念なのだった。

麻薬にうかされた気狂い彫刻家の手になるタブロー。それでいて、これは丹精（たんせい）こめた写実――自然自身が作者なのだ。像が描き出すこの劇的情景は、水中カメラが完全無欠の域に達するまでは、ほとんど人間が目撃することが許されなかったものだ。たとえ水中カメラを通じても、この巨大な敵同士がくんずほぐれつして水面に近づいていくことはそもそもめったにないことだし、あってもせいぜい数秒しかお目にかかれない瞬間だった。つねに深海の無限の夜の中で行なわれている闘争だ。マッコウクジラはこの深海で餌を追い求め、餌となる相手は食われてたまるかとばかりに激しく戦う……

クジラは長い、のこぎりのような鋭い歯がついた下顎をあんぐりとあけて、餌食（えじき）にかぶりつこうとしていた。が、その頭は網の目のようにからみついた白い、ぐにゃぐにゃした腕でがんじがらめにされ、ほとんど見えないほどだ。ダイオウイカの必死の抵抗の姿。直径二十センチ以上もある吸盤――イカの腕に巻かれたクジラの皮膚に点々と残っているのは、この吸盤の青黒い傷痕だ。触手の一本は、すでに嚙み切られて切り株のようになっており、勝敗のゆくえは火を見るより明らかだった。地球最大の生物の格闘は、つねにクジラ側の勝利に終わるのだ。ひしめきあう触手の怪力をもってしても、ダイオウイカの唯一の希望は、クジラが辛抱強く顎を働かせ、自分の体をずたずたに食いちぎってしまう前になんとか脱走することだけだった。イカの直径半メートルもある無表情な目は、自分を滅ぼそうとする相手をじっと見つめている。だが実際には、深淵の暗闇の中でたがいに相手の姿を見ることはおそらく不可能なはずだ。

模型全体は三十メートル以上の大きなもので、目下全体を包む檻のようにアルミの土台がつくられ、起重機の滑車をつけ終わったところだった。すでに準備完了、あとは〈上主〉の意向を待つだけだ。教授は〈上主〉たちがさっさとその気にならないかと願っていた。どうもこのサスペンスが重荷になりはじめている。

誰かが事務所から戸外の明るい陽光の中へ出てきた。教授を捜しているらしい。見ると業務主任だった。教授は歩み寄った。

「なんの騒ぎだ、ビル君？」

相手は伝言用紙を手にして、なんとなく嬉しそうな顔だった。

「吉報ですよ、先生。これは名誉だ！　カレレン総督ご自身が、発送前に見学しておきたいそうです。大変な宣伝効果ですよ！　今度補助金を申請するときに有力な材料になります。こんなことになってくれないかと、かねてから願ってたんですが」

　サリヴァン教授はごくりと生唾(なまつば)を飲み込んだ。宣伝効果に文句をつけるつもりはかねてからなかったが、今度という今度はあまり宣伝になっては困るのだ。

　カレレンはクジラの頭の脇に立ち、ずんぐりした鼻先と、牙がびっしり並んだ顎を見上げていた。教授は内心はらはらするのを隠しながら、総督の心中果たしていかに、と思うのだった。カレレンはなにも嗅(か)ぎつけたそぶりを見せない。ここへ来たのだって、ごくあたりまえの視察として説明がつく。とはいうものの、教授にしてみれば、何事もなく終わってくればという一心だった。

「ぼくらの惑星には、これだけ大きな生物はいないので」とカレレン。「だからとくにこの二つを組み合わせて注文したんだ。ぼくの——つまり——同胞たちが大喜びすると思ってね」

「しかし、あなたの星は引力が低いのですから」教授は答えた。「かなり大きな動物もいそうに思えますが。だいたい、あなたがたご自身、わたしたちよりずっと大きな体だ！」

「それはそうだが、ぼくらの世界に海はないんだよ。生物の体の大きさから言えば、陸は絶対に海にかなわないからね」

確かにそのとおりだ、と教授は思う。しかも自分の知るかぎりでは、〈上主〉の世界に海がないというのは初めて聞く事実だった。あのジャンのやつに聞かせてやったら喜ぶぞ。

その「ジャンのやつ」は、そのとき一キロ離れた掘立小屋(ほったて)の中に腰を下ろし、双眼鏡でカレレンが視察する姿をはらはらしながら見守っていた。恐れることなどあるものか、と自分にひっきりなしに言い聞かせる。どんなに近くから調べても、クジラの秘密がばれるわけがない。しかし、こういう可能性はつねにある——つまり、カレレンはなにかを嗅ぎつけ、ジャンたちをからかっているのではないか……

クジラの洞穴(ほらあな)のような喉を覗き込むカレレンを前にして、同じ疑惑がサリヴァン教授の心にも湧くのだった。

カレレンは言うのだ。「あなたがたの聖書に、ヘブライ人の予言者の面白い話がありましたな。ヨナという予言者の話が——船から投げ出されて大きな魚に飲み込まれ、無事に陸(おか)まで送られたという。なにか事実的根拠があるのでしょうか、その伝説に?」

教授は慎重に答えた。「一つだけ、かなり信頼するにたる例があったようです。クジラとりの漁師がクジラに飲み込まれ、吐き出されたが、無事だったそうです。もちろん、クジラの体内に数秒以上いたとすれば、当然窒息死しているはずだ。それに、歯にひっかからなかったことも大した幸運と言わなければ。信じがたい話ですが、ありえないことではないでしょう」

「それは面白い」

そうカレンは言うと、またしばらく大きな顎を眺めたあげく、ダイオウイカを見ようと歩を進める。ほっと溜息をついた教授は、それがカレンに聞かれなければよかったのだがと願うのだった。


「あんな目にあうとわかっていたなら」と教授。「あんたがこの気狂い沙汰を持ち込んで、ぼくに片棒をかつがせようとしたあのときに叩き出してやったんだがな、あんたを」

「どうも申しわけありません。でも、なんとか切り抜けましたね」

「そう願っておくよ。とにかく幸運を祈る。もし気が変わるようなら、まだ少なくとも六時間あるぞ」

「いや、結構です。ここまで来れば、あとはぼくをくいとめられるのはカレンだけです。先生、本当にいろいろありがとうございました。うまく帰れて〈上主〉について本でも書いたら、先生に捧げることにします」

「役に立たんな、そんなことをしてもらっても」教授はぶっきらぼうだ。「とっくの昔にぼくは死んでしまってる」


感傷家ではないはずの教授としては、はっと気がついて驚きもし、いささかあわてふためいたことだったが、この別れの挨拶は胸にじんとこたえつつあった。そろって計画を練った何週間かのあいだにジャンという人間が好きになっていた。しかも、なにか手の込んだ自殺の共犯者になったような気がして、そら恐ろしい気もしかけている。

ジャンは大きな顎によじ登っていく。ぎっしり並んだ歯にひっかからないよう注意を要した。教授は梯子を押さえてやった。懐中電灯の光でジャンが振り返り、手を振る姿が見えた。それから、ぽっかりと開いた空洞の中へと姿が消え、気密式になったドアが開いて閉まる音がしたかと思うと、あとはしんと静まりかえった。

月光を浴びて、この動かぬ戦闘場面は悪夢の様相を呈していた。同じ月の光の中を、教授はゆっくりと事務所のほうへ戻っていった。いったい自分は、なにをしてしまったのだろう？　これから先どうなるのだろう？　もちろん、彼には知るよしもないことだ。ジャンがまた同じこの場所を歩く日が来るかもしれない。ジャンにしてみれば、〈上主〉の故郷と地球を往復するのに、人生の数カ月を割いただけのはずだった。しかし、これは破ることのできない時間の壁の向こう側の出来事――こちら側では、八十年という遠い未来なのだ。

ジャンが二重扉の内側を閉めると、狭い金属製の円筒状の部屋にぱっとあかりがともった。あれこれ考えなおす余裕を自分に与えず、ジャンはさっそく、すでに終えた点検をもう一度やりなおすことに着手した。糧食、備品類はすべて何日も前に積み込んであったが、最終点検をすれば、もうやるべきことは漏らさずやったという正しい心構えになれる。

一時間後、満足したジャンは、スポンジ・ラバーの長椅子に横になり、計画のおさらいにとりかかった。カレンダーつき電気時計のかすかな回転音以外には完全な静寂だった。旅が終わりに近づけば、この時計が知らせてくれるはずだった。

この独房じみたところにいれば、なにも感じずにすむだろう。〈上主〉の宇宙船を動かす猛烈なエネルギーが、たとえどんな性質のものにせよ、完全に補整相殺されるはずなのだ。この点は、サリヴァン教授が確認しておいてくれた。もし数G以上の力がかかるとせっかくの剝製が壊れてしまうが、との教授の質問に対し、「依頼主」のほうからは心配無用と答えてきたのだった。

しかし、相応の気圧変化だけは覚悟しておかなければならない。もっとも「息抜き」ができるように、中空の模型には相当数の穴をあけてあるので、これは大した問題ではなかった。ただし、部屋を出る前にジャンのほうでは気圧等化を行なう必要があった。ジャンは船内の空気が呼吸できないものと仮定していたが、これも単純な酸素マスクで処理できるはずで、大がかりな道具は必要ない。もしなんの補助手段もなしで呼吸可能なら、この上ないことだ。

これ以上待つのは無意味だった。ただ神経を疲れさせるだけだ。ジャンは、あらかじめ入念に調合しておいた溶液入りの小型注射器をとり出した。ナルコサミンという薬は、動物の冬眠を研究する過程で発見されたもので、俗説のように生命を一時的に停止する作用はない。ただ、生活作用のテンポを大幅に落とすだけだった。新陳代謝も効率を落として続行される。

いわば生命の火を埋め込んだようなもので、火は地下でくすぶりつづけ、何週間あるいは何カ月かして薬の効力が切れると、たちまちまたぱっと燃え上がり、眠っている人間が目を覚ますという仕組みだった。ナルコサミンは絶対安全な薬だ。大自然が、自分の子供たちを冬の飢えから守るため、もう何百万年も使ってきたものなのだから。

こうしてジャンは眠りについた。巨大な金属の枠組みが起重機のケーブルで引き上げられ、〈上主〉の宇宙船の船倉（せんそう）に積み込まれたのも感じなかったし、ハッチが閉まる音も聞かなかった。何兆キロのかなたに着くまで、このハッチがふたたび開くことはない。やがてきわめて強固な壁を通し、遠くかすかな音として、地球の大気が発する悲鳴が伝わってきた。船が宇宙の真空へ、水に帰る魚のようにゆっくりと舞い上がっていく音だったが、ジャンにはそれも聞こえなかった。

恒星間駆動がスタートしたのも知らなかった。

14

週に一度の記者会見が行なわれる会議室はいつも混んでいたが、今日はまたすし詰めの盛況で、記者たちは書くことさえ不自由だった。例によって例のごとく、彼らはカレレンの旧弊さと思いやりのなさを口々にこぼしあっている。高度に機械化されたジャーナリズムの世の中で、世界じゅうどこへ行ってもテレビカメラやテープレコーダーの持ち込みが許されているというのに、ここばかりは鉛筆と紙――それになんと速記術などという古風な手段しか認められないのだ。

テープレコーダーをこっそり持ち込むという試みは、当然ながらいままでに何度も行なわれている。持ち込みにも持ち出しにも成功した。しかし、せっかく持ち出したレコーダーの中を覗いてみると、煙がもうもうと焼きついているというありさま。無駄だと否応なしに悟らざるをえない。時計その他金属製品は会議室の外に置いてくるようにという警告の理由が、ここに至って、やっと全員に理解できたのだった。

さらに不公平だと思われるのは、カレレン自身は会見の一部始終を録音しているということだ。記者が筆をすべらせたり――さらに、あまりないことだが、でたらめを書いたり――すると、カレレンの部下に呼び出され、短時間ではあるがかなり痛めつけられる。そして、カレレンが本当は何を言ったのか、録音再生を念入りに聞かされるはめになるのだ。一度やれば二度とくり返す者のない苦い薬だった。

噂の伝わり方というものは不思議なもので、予告もしないのに、カレレンが重大声明を行なうときはいつも超満員になるのだ。だいたいこういうことが、年に平均二、三度あった。

大きな扉がさっと二つに割れ、カレレンが演壇の上に進み出ると、がやがやがたちまち水を打ったように静まる。この部屋の照明は薄暗かった――〈上主〉の世界は太陽から遠いので、その暗い光に似せてこうしていることにまず間違いない――おかげで地球総督カレレンも、戸外に出るときに常用する黒いサングラスをはずしている。

記者たちの挨拶の声が、ばらばらなコーラスとなって湧いた。カレレンはあらたまった口調で、「おはよう、諸君」と答えると、先頭に座っている長身の風采ひときわすぐれた記者に向きなおった。プレスクラブの長老、〈ロンドン・タイムズ〉のゴールド氏だ。執事が新聞記者を取りつぐとき、「ご主人さま、新聞記者が二人、それに〈タイムズ〉の紳士がお一人お見えで」と言った話は有名だが、さしづめゴールド氏など、このモデルになりそうな人物だった。昔ふうの外交官を思わせる服装物腰で、誰でもためらうことなく、この人にならば打ち明けようという気になってしまう。そして、そのことをあとになって悔やんだ者もいなかった。

「だいぶ盛況ですね、ゴールドさん。ニュース不足でお困りというわけか」

〈タイムズ〉の紳士はにっこりすると咳払いし、

「そこをあなたに解決していただければと存じますが、総督閣下」

ゴールドは、カレレンがなんと答えようか考え込んでいる表情を、くいいるように見つめた。けしからんと思うのは、仮面のように固定してしまっている〈上主〉たちの顔には、感情の色がおよそ読みとれないことだった。好奇心むき出しの人間たちの目を、〈上主〉の底知れない感じの目——こんな、あるかないかの照明下でも、瞳は鋭く縮まっているのだ——が、じっと見返している。両の頬——あの縦に溝が刻まれた、黒くそり返った玄武岩のような部分を頬と呼んでいいのならだが——には呼吸口が一つずつ対になっており、かすかにしゅうしゅうと音がする。カレレンの肺——これも肺があるとしてだが——が、地球の薄い空気を懸命にさばいているのだ。カレレンの息づかいはきわめて急ピッチで、しかも二重式で、片方の呼吸口が吸えば片方が吐く仕組みだ。呼吸口の入口に微細な白い毛の幕があり、これが左右交互に前後に震えているのが、ゴールドには目をこらすとやっと見えるのだった。あの毛は埃のフィルターだというのが通説であり、このあやふやな論拠から出発して、〈上主〉の故郷の大気に関する各種の理論が立てられていた。

「そう、少しはニュースの種をさし上げられるかな。諸君ももちろんご存知のとおり、最近ぼくのところの補給船の一隻が地球を離れ、帰還の旅に飛び立った。たったいまわかったことだが、その船に密航者が一名乗っていてね」

　百本の鉛筆がいっせいに書く手をとめ、百対の目がじっとカレレンにすえられた。

「密航者?」ゴールドがたずねる。「いったい何者です? どうやって乗り込んだのですか?」

「名前はジャン・ロドリクス、ケープタウン大学工学部の学生。細かいことは、敏腕な諸君のことだ、ご自分でいくらでも調べられるルートをお持ちだろう」

カレレンはにっこり笑った。カレレンの微笑というのがこれまた不思議だった。ほとんどは目の笑いで、唇のない、ぎゅっとこわばった口はおよそ動きもしない。カレレンは人間の癖を真似る名人だが、これもその一つなのだろうか、とゴールドは思う。全体的な印象は確かに微笑であることに間違いなく、見るほうもすなおにそう受けとった。

「どうやって密航に成功したかという点だが、それはさほど重要ではない。諸君にも、またこれから宇宙飛行をやろうなどとお考えの人々にも、はっきりお断りしておくが、二度とこのような離れわざがくり返される可能性はない」

「で、その青年はどうなるんです?」ゴールドはくいさがった。「地球に送還されるんですか?」

「その点はぼくの権限外だ。たぶん次の便船で送還されるのではないかと思うが。おそらくこの青年にとっては、向こうは居心地がよくないだろうから——あまりにも、つまり——異様な環境に思えるだろうということだ。さて、そこで本日の主題になるが——」

カレレンは言葉を切り、一座はまたひとしきり静まりかえる。

「若い世代、さらにはロマンチックなものの見方をする人々のあいだに、かねてから不満の声がある——人間が宇宙空間から締め出されているという理由でね。しかし、われわれがこのような措置をとったのは、目的あってのことだ。誰も好きこのんで禁制を他人に課したりはしない。こんな喩(たと)えを持ち出すと不快に思う向きもあるだろうが、石器時代の人類が突然近代都市の中に自分を見出したとしたら、いったいどんな心地がするだろうか？　諸君はじっくり考えたことがあるかね？」

「まさか」と文句をつけたのは〈ヘラルド・トリビューン〉の記者だった。「根本的に違うんじゃないですか？　わたしたちは科学というものにすっかりなじんでいる。あなたがたの世界には、なるほどわたしたちの理解を絶するような事物がたくさんあるでしょう。しかし、それを見せつけられたからといって、わたしたちはまさか魔法だなどと思うわけがないんだ」

「確かかね、それは？」カレレンの声は低く静かで、ほとんど聞きとれないほどだった。「蒸気時代と電気時代とのあいだにはたった百年の隔たりしかない。それでいて、もしヴィクトリア朝時代の技術者が、百年後のテレビやコンピューターに出くわしたら、いったいどう理解するだろう？　仮に、さっそくその構造や機能を調べにかかったとする――さて、この技術者は命のあるあいだに理解できるだろうか？　二つの科学技術のあいだの隔たりは、ともすればあまりにも大きく――決定的なものでさえあるのだ」

（「おい」とロイターの記者がBBC記者にささやいた。「こいつはしめた。カレレンのやつ、大施政方針演説をやる気だぞ。ああいう口のきき方をするときはいつもそうなんだから」）

「われわれが人類を地球に封じ込めた理由は、ほかにもあるのだ。見てくれたまえ」

照明が暗くなり、やがて完全に消えた。暗くなるとともに、部屋の中央部に乳色の光の塊（かたまり）が出現し、凝固したかと思うと、星の渦巻きとなる――遠い周辺部の恒星よりも、さらにはるか隔たった地点から展望する渦状星雲なのだった。

「いままで人類が一度も見たことがない眺めだ、これは」暗闇の中からカレレンの声がする。「諸君自身の宇宙、諸君の太陽を包含する島宇宙がこれ。距離は五十万光年」

長い沈黙ののち、カレレンは言葉をつづけたが、その声には憐憫とも侮蔑ともつかない調子がこもっていた。

「諸君の種族は、自分のごく狭い惑星の問題さえ処理できずにいた。無能もいちじるしい。われわれがやってきたとき、諸君は科学がうかつにも諸君に授けてしまった力で、自分自身を滅ぼす寸前だったのだ。われわれが介入しなかったら、今日の地球は放射能の荒野と化していたはずだ。

いま諸君の世界は平和であり、種族の統一も行なわれている。われわれが力を貸さずとも、自らの惑星を治めていくに充分な文明程度に到達する日も近い。究極的には全太陽系——惑星衛星合わせて五十としておこうか——の問題を処理できるようになるかもしれない。だが、諸君に果たしてこれをさばいていけるだろうか——これを?」

星雲がみるみる広がった。個々の星が、製鉱炉からほとばしる火花のように、激しいスピードで次々に通りすぎ、現われては消えていく。このつかのまの火花の一つ一つが太陽なのだ。それぞれが、まわりに数知れない世界をめぐらしている太陽……

「われわれの住むこの銀河系には」とカレレンのつぶやくような声が聞こえる。「八百七十億の太陽がある。だがこの数字にしてからが、宇宙空間の広大さを示すほんのわずかな手がかりにすぎないのだ。諸君が宇宙空間に挑戦するということは、蟻が群がって、世界じゅうの砂漠の砂の一粒一粒を分類整理するのに等しい。

現在の進化程度では、諸君の種族がこの問題に挑むことは不可能だ。ぼくの任務の一つは、諸君を、星の中に秘められている種々の力——諸君にはとても想像がつかない強大な力から守ることだった」

火の霧となって回転する銀河系の像が消え、ふいに沈黙に包まれた大会議室にふたたび照明がともる。

カレレンは向きを変えて立ち去ろうとした。会見は終わりなのだ。扉のところで立ちどまると、黙りこくった人間たちを振り向いて、

「さぞくやしいことだろう。だが、直面するほかない。いつの日か、諸君は惑星を手中にすることができるだろう。だが、恒星は人間向きではないのだ」

「恒星は人間向きではない」

そうだ、天の門を鼻先でぴたりと閉ざされるのは、さぞかし気にさわるに違いない。しかし、人間たちは真実——慈悲の心から、彼らにおすそ分けできるだけの部分的真実——を直視するようにしなくてはならない。

成層圏の孤独な虚空からカレレンは見下ろす。気の進まない仕事だった——だがあそこには自分にゆだねられた世界があり、人間たちがいる。前途に横たわるものはなにか、十数年たつとあの世界がどうなってしまうのか、カレレンは考え込む。

自分たちがいかに幸運だったのか、人間たちはけっして気づくまい。この一生のあいだ、人類は自分たち種族に許された最大限の幸福を味わったのだ。まさに黄金時代だった。しかし黄金とは夕日の色であり、秋の色なのだ。やがて来る冬の嵐のかすかな悲しい叫び——いち早くそれが聞こえているのは、カレレンの耳だけだ。

そしてこの黄金時代は、情無用のすみやかさで終局に向かって突進しつつある。それを知っているのもカレレンだけだった。

第三部　最後の世代

15

「これを見ろ――」

ジョージ・グレグスンは憤然として新聞をジーンに投げてよこした。ジーンは受けとめようとしたが、新聞は朝食のテーブルの上に、ばらりと広がって墜落した。くっついたジャムを辛抱強くこすりとってから、ジーンは夫の気にさわった記事を読んでみた。自分でも懸命に憤慨しているような顔をつくってみせるが、相変わらずうまくいかない。批評家の言うことがもっともに思えて仕方ないときが、しょっちゅうなのだ。いつもなるべく、夫にさからうような「けしからん」意見は、自分の胸にしまっておく彼女だった。これは家庭に波風を立てないようにする心づかいからばかりではなかった。ジョージは、妻（いや、誰でもかまわないのだが）から誉めてもらうことには大いに乗り気だったが、妻がかりそめにも自分の作品に対し批判めいたことを口にすると、たちまち「芸術に対する無知」というわけで、頭ごなしに説教されるのがやりきれないのだった。

批評を二度読んで、ジーンはついにあきらめた。どう考えても好意的としか思えない批評なのだ。そう言ってみることにした。

「この人、出来を誉めてるんでしょ。なぜそうぶつぶつ言うの？」

ジョージは記事の真ん中あたりをぐいと指でつつき、噛みつきそうな声でうなる。

「こいつだ。もう一度読んでみろ」

「『バレエ場面における背景のパステルグリーンの色が、とくに目に心地よく映った』それがどうしたの？」

「グリーンじゃないんだよ、あれは！　青だ！　さんざん苦労して、ぴったりの青を出そうとしたんだぞ！　なのにどうだ？　調整室の技術者がへまをやらかして色のバランスを狂わせたか、さもなきゃこの批評家の馬鹿め、インチキ受像機で見てるか、どっちかにきまってる。おい、そういえば、家のテレビでは何色に見えた？」

「そうね――よく覚えてないな」ジーンは正直に認めてしまい、「あのとき、ちょうど赤ちゃんが泣き出しちゃったんで、わたしようすを見にいってたの」

「なるほど、そうか」

ジョージは静かになったが、どうやら腹の中はまだ煮えたぎっているらしい。いまにも次の爆発が来るな、とジーンにはわかっている。しかし、予想外におとなしい噴火だった。

「テレビの新しい定義を考えたよ」浮かない口調でジョージはつぶやいた。「すなわち、テレビとは芸術家と顧客のコミュニケーションを妨害する装置」

「で？　どうするつもり？」ジーンは一矢を酬いた。「生の劇場に戻るの？」

「悪くないだろう？　ぼくが考え込んでたのもそこのところだ。前にニューアテネ市の連中から来た手紙のことを知ってるな？　また手紙が来たんだ。今度はぼくも返事を出す」

「そう？」ジーンはかすかにギクリとした。

「あの人たち、変わり者ばかりよ」

「確かめる手は一つしかない。二週間以内に行ってみようと思うんだ。連中が発行しているパンフレットを読むと、とくに気狂い沙汰とも思えん。しかも、かなり立派な人物が仲間にはいっている」

「わたしはいやよ、薪の火で料理したり、ドレス代わりに獣の皮なんて——」

「馬鹿言うな！　あんなのはただのでたらめだ。あそこには、文明生活の本当の必需品は全部揃っている。余計な飾りを否定してるだけのことだ。とにかくここ二年、太平洋にはご無沙汰だし、きみにもぼくにもいい旅行になるはずだ」

「それはそうだけど、わたしには、息子と娘をポリネシア原住民に育てる気は毛頭ないわよ」

「家の子供たちがそんなふうに育つもんか。ぼくが請けあう」

結局このジョージの言葉は正しかったが、それは別の意味においてだった。

「飛行機でおいでになる途中、ごらんになったと思うが」と言ったのは、ベランダの向かい側にいる小男だ。「この共同集落は二つの島から構成されている。島と島とのあいだには渡り橋が通じているが。ここがアテネ、向こうはスパルタと命名されている。スパルタのほうは岩だらけで野生そのまま。スポーツ、運動にはもってこいの場所だ」

小男の目はちらとジョージの出っぱりかけた腹の線に注がれ、ジョージは籐椅子の中でかすかにもじもじと身動きした。

「余談だが、スパルタは実は死火山なのだ。少なくとも、地質学者は死火山だと言っているが、さてどうだか。わははは！

話をアテネに戻すが、この共同集落の目標とするところは、もう見当がおつきかと思うが、独自の伝統を持ち、独立した、しかも安定した文化集団を形成することだ。計画に着手するにあたり、まえもって行なわれた研究の量たるや大変なものだった。この企画自体、一種の応用社会工学なので、複雑きわまる数学にもとづいている。わたしなど、とてもわかった顔をする気にはなれない。わたしにわかっているのはただ、何人かの数理社会学者が、集落の規模、中に含まれるべき人々のタイプ、それに何よりも重大なことだが、長期安定をはかるために集落がどのように構成されるべきかなどを計算によって定めている、ということだ。

行政を担当するのは八人の理事からなる理事会で、理事たちはそれぞれ、生産、動力、社会工学、芸術、経済、科学、スポーツ、哲学の分野を代表している。恒久的な会長とか議長といった制度はなく、各理事が一年交替で順番に議長役をつとめる。

現在の人口は五万少々で、理想の数を少し下まわっている。だからわれわれは、新規加入者の候補を捜しているんだ。それにもちろん、若干だけれども無駄な員数があってね。非常に特殊な分野になると、まだ人材の自給自足というところまで行っていないんだ。

　この島でわれわれが心がけているのは、人間の独立性と芸術の伝統の保存だ。〈上主〉に敵対するわけではなく、ただ気ままに放っておいて、わが道を行かせてもらいたいというだけだ。〈上主〉たちが昔あった諸国家をつぶし、歴史はじまってこのかた、人間がずっとなじんでいた生活方法を打破してしまったとき、もちろん悪いものはなくなったが、ついでによいものまでがかなり失われてしまった。今日（こんにち）の世界は、温和だが特徴がない。文化的には死んでしまっている。〈上主〉が来てこのかた、本当の意味で新しいものが創造されたことはない。理由は明白だ。苦しんで求めるものがなに一つなくなり、気晴らしや娯楽ばかりがはびこったからだ。種々のチャンネルを合計すると、いまや毎日五百時間にもなるラジオやテレビの番組が放送されてるんだ。きみはそれに気がついたかね？　不眠不休、ほかのことはいっさいせずにラジオやテレビにしがみついていても、スイッチ一つで与えられる全娯楽量のせいぜい二十分の一以下しか見聞きできないんだよ！　これじゃ人間が海綿みたいになったとしても無理はない。ただ受動的に吸収されるだけで、なにも創造しないんだ。現在、人間一人あたりの平均テレビ視聴時間数は、なんと一日三時間にもなっていることを、きみはご存知か？　じきに人間は自分の人生など送らなくなる。テレビのホームドラマをあれこれ追いかけて見るだけで、けっこう一日分の仕事になってしまうんだから！

　このアテネ島では、娯楽は分相応にしか与えられない。しかも全部生だ。録画放送じゃない。このくらいの大きさの社会だと、観客参加がほぼ完全に実行できる。芸能家、芸術家のほうもそれだけやりがいがあるわけだ。ついでに言っておくが、ここの交響楽団はすばらしい。世界でも五指に数えられるだろう。

　しかし、もちろんわたしの言うことを鵜呑みにしてもらう必要はない。普通の場合、住民になりたいと希望する人たちは、ここに二、三日滞在して、どんなところか感じをつかんでもらうことになっている。もしその上でさらに参加を望む人たちには、総合的な心理テストを受けてもらう。このテストが、いわばわれわれの自衛策だ。希望者の約三分の一がこれでふるいにかけられるが、却下理由は通常、とくに彼らの不名誉になるものでもなければ、この社会以外の場所で問題になる性質のものでもない。合格した人は一度家に帰り、身辺を整理してからここに来る。この段階で気が変わる人もいるが、めったにないことだし、あったとしても本人にはどうにもならない身辺の事情によるものがほとんどだ。われわれの心理テストは、現在ではほぼ百パーセントの信頼度に達しているので、合格者は本当にここに来たい人と折り紙をつけられる」

「ここに来たあとで気が変わってしまったら？」ジーンが心配そうにたずねた。

「去ればいい。なにも難しいことはない。いままで一、二度そういう例があった」

長い沈黙があった。ジーンはジョージの顔を見た。ジョージは芸術家仲間に最近流行している頬ひげを撫でまわしながら思案顔だった。ジーンにしてみれば、気が変われば出ていいという条件つきなら、さして心配する必要もない。来てみればなるほど面白そうなところだし、恐れていたような変なところでないことは確かだった。しかも、子供たちは大喜びするだろう。結局、大事なのはそこなのだ。

ジョージ一家は六週間後に移住してきた。家は平屋（ひらや）で小さなものだったが、家族は四人以上にふやさないつもりなので充分だ。労力節約用の基本的な器具装置類も一式ちゃんと備わっている。少なくとも家事雑役の暗黒時代に逆行する危険はないとジーンも認めないわけにはいかなかった。だが、多少ギクリとさせられたのは、キッチンがついていることだった。このぐらいの規模の生活集団になると、食事センターのダイヤルを回して五分も待っていれば好みの料理を食べられるというのが常識なのだが。個人主義精神も結構だけれど、これではちょっと行きすぎじゃないか、とジーンは不安を感じる。まさか食事づくりをやらされた上に、一家の服まで仕立てさせられるようなことは——と、内心どうもおだやかではない。だが、自動皿洗い機と電子レンジのあいだに糸つむぎの車の姿までは見えなかった。してみると、それほど案じることも……

もちろんキッチン以外は、家の中もまだがらんとして殺風景だった。ジョージ一家が最初の住人だったから、家がこの消毒臭いような新しさを脱却して、家庭らしい暖かな人間味を得るまでにはしばらく時間がかかる。そのきっかけが子供たちであることは間違いない。実はジーンはまだ気づいていないが、すでに長男のジェフリーの犠牲になった魚が一匹、風呂の中で息を引きとってしまったところだった。ジェフリーには、まだ淡水と塩水の根本的相違がわかっていなかった。

ジーンはカーテンもとりつけていない窓辺に歩み寄り、ニューアテネ市を見わたした。美しいところだということだけは疑問の余地がない。家は低い丘の西側の斜面に建っていた。ほかに視界をさえぎるものがないので、この丘はアテネ島全体を見下ろしていた。北側ニキロに、海をつっきる鋭い刃のように、スパルタ島へ通じる細い渡り橋が見える。全島奇岩怪石、火山の円錐(えんすい)が陰鬱(いんうつ)な眺めだった。この島の平和そのもののたたずまいとはあまりに対照的で、ジーンはときどき恐ろしくなった。学者たちは大丈夫だと言っているが、あの火山が目を覚まし、人々をみな殺しにしないという保証がどこにあるのだろう?

と、人影が一つ、よろよろしながら丘を登ってくるのがジーンの目をひいた。椰子(やし)の木陰から木陰へと、およそ交通法規を無視している。ジョージが最初の会合から帰ってきたのだ。夢想するのはやめて家事にとりかかる時間だった。

ガチャンとけたたましい音がした。ジョージの自転車のご帰宅だ。いったいあの人はいつになったら一人前に乗りこなせるのだろう? これもこの島の生活の予想外な一面だったが、自家用車は禁止されていた。実際上も、この島は直線的に走れる最大限の距離は十五キロにも達しないから車は不必要なのだ。共同で使うサービス用の車はいろいろある。トラック、救急車、消防車などで、すべて真の緊急事態以外は、時速五十キロ以下に制限されていた。その結果、アテネの住民たちは、車のひしめく道路から解放され、しかもたっぷり運動ができたし、交通事故は皆無だった。

ジョージは妻におざなりの軽いキスをして、ほっと溜息をつきながら、手近の椅子にへたへたと腰を下ろした。

「ふう！」額(ひたい)をぬぐいながら、「丘にさしかかったら、みんなぼくをすいすい追いこしやがる。ということは、乗ってれば馴れるんだな、自転車というやつ。もうこれで十キロは減量したぞ」

「どうだったの、今日は？」優しい妻らしく一応たずねてみる。荷ほどきの仕事があるので、夫が疲れはてていては困るのだ。

「いい刺激になった。もちろん、会った連中の名前の半分も覚えられなかったけどね。でもみんないいやつばかりみたいだ。それに、劇場は願ったりかなったりの立派なものだった。来週からバーナード・ショーの『メトセラへ還れ』の上演準備にかかる。装置関係はぼくに一任だ。あれもだめ、これもいかんなんて十何人もの連中からブツブツ言われながら仕事する必要はないし、気分一新だ。居心地よさそうだぞ、ここは」

「自転車に乗らされても?」

ジョージは残った力をふりしぼって、にやりとし、

「うん。二週間もすれば、この丘なんてあってなきがごとしだ」

本気で言ったわけではなかったが、やがてそのとおりになった。しかし、ジーンが自家用車に郷愁を感じなくなり、自宅のキッチンで腕をふるう楽しさを知るまでには一カ月を要したのだった。


ニューアテネ市は、かつての古代アテネと違って、自然発生した都市ではない。この共同体のすべてが、優秀な人々の一団が長い年月をかけた研究の産物であり、周到にめぐらされた計画の結果なのだった。そもそもは、〈上主〉への公然たる陰謀、〈上主〉の力に対するとは言わずとも、彼らの政策に対する無言の挑戦だった。最初、計画の発起人たちは、いずれカレレンが巧みに妨害してくるだろうとなかば覚悟していたのだが、カレレンは手を下さなかった——文字どおり、なに一つしなかったのだ。だがそうなってみると、かえって心配になる。カレレンは時間には不自由しない。わざと遅らせてから取り締まりに出ようと計画しているのではないだろうか? あるいは、この企画が失敗に終わると確信していて、なにも手を打つ必要を認めないのか?

ニューアテネ市が失敗に終わるだろうというのは、おおかたの見解だった。とはいうもの

の、社会の力学についての知識などない大昔から、特殊な宗教や哲学理念に捧げられた共同集落の例は数多くある。確かに失敗に終わる可能性は大きいが、なかには生き残った例も若干あるのだ。しかもニューアテネ市は、近代科学の粋をつくして固めた基盤の上に成り立っている。

島を選んだ理由はたくさんあるが、なかでも心理的な理由はかなり大きい。この航空時代にあっては、海は物理的な障害としてはなんの意味もなくなっている。しかし感覚的にはまだ人に孤立した感じを与えてくれるし、しかも、面積に一定の限度があるために人口過剰に陥る危険が妨げるのだった。最大人口は十万と定められている。これを超過すれば、小ぢんまりまとまった共同社会の持つ利点が失われてしまう。創設者たちの目標の一つは、ニューアテネ市の住民は、自分と共通の関心を持つほかの市民たちとは一人残らずなじみになり、またそれ以外の人口の一パーセントから二パーセントとも知りあうということだった。

ニューアテネ市の推進力となったのは、あるユダヤ人だった。モーゼがそうだったように、この人物もまた「約束されたカナンの地」に自ら足を踏み入れることなく世を去った。ニューアテネ市が設立されたのは、彼の死後三年目のことだった。

この人物はイスラエル生まれ――独立国家として最後に誕生し、したがって最も短命な国となったのがその国だった。国家主権というものの終末を、最も苦い思い出で迎えたのもイスラエルだった。何世紀もかかってやっと達成した夢を失うのは、けっして容易なわざではなかった。

ベン・サロモンという人物はけっして狂信家ではなかったが、幼年時代の思い出が、彼があとになって実践に移した思想の形成にかなり大きく作用したに違いない。サロモンは、〈上主〉たちの出現以前の世界がどうだったかを、記憶の一隅にとどめていた。ふたたびあの世界に戻りたくはなかった。善意で知性豊かな人間の大多数がそうだったように、サロモンも、カレレンが人類のためにしてくれたことのすべてを認めるのにやぶさかではなかったが、その究極の狙いに関してはあまり釈然としていなかったのだ。あれだけ高度な知性を持つ〈上主〉たちだが、実は人類を真に理解していないのではないか？　善意からだとはいえ、恐ろしい間違いを犯しているのではないだろうか？　サロモンはときどき自分にそう問いかけるのだった。〈上主〉たちは、正義と秩序を愛する愛他的情熱から、人類世界の改革に乗り出した。しかし、それによって人類の魂を破壊しつつあることには気づいていない。だとすれば、どうしたらいいのか？

人類の衰退はまだはじまったばかりだ。なのに、退廃の最初の兆は、注意して見る目にはすぐ見つかるのだった。サロモンは芸術家ではなかったが、鑑賞眼は鋭いものがあり、自分の時代の芸術がどんな分野においても前代までの芸術に及ぶことができないと知っていた。時がたち、〈上主〉の文明と遭遇したショックからさめれば、これはおのずから解決されることなのかもしれない。しかし、そうはいかないことも考えて、思慮深い人間は保険をかけようと思い立つ。

ニューアテネ市はこの保険なのだった。設立までには二十年の歳月と何兆新ポンド（新ポンドは十進法になっている）の金額がかかったが、全世界の富から言えば、ほんの微々たるものにすぎない。最初の十五年間にはなにも起きず、どっとあらゆることが起きたのは最後の五年間だった。

世界で最も有名な芸術家のごく少数に、自分の計画が確かなものであることを納得させる――これに成功したことで、初めてサロモンの計画は可能になった。この芸術家たちは、人類にとって大事だからではなく、自分たちのエゴが満足したからこそこの計画に共感したのだったが、一度納得させてしまうと、世界はこぞって彼らに耳を貸し、精神、物資両面からの支持を惜しまなくなった。そして、このむら気な天才たちをきらびやかな表看板（おもて）にしておき、その陰で真の計画者たちが案をめぐらせたのである。

社会は、個人個人としてはその行動を予測しがたい人間たちによって構成されている。しかし、基本的な単位も、それが集まって充分な数の集団となれば、そこに一定の法則が出てくるものだ。これはとっくの昔に、生命保険会社が発見したことだった。一定期間内にどの個人とどの個人が死ぬかは誰にも予測できないが、計何人が死亡するかについてはかなりの正確度で予告できるのだ。

ほかにも、もっと微妙な形の法則が存在した。これは二十世期前半にウィーナーやラシャヴェスキーのような数学者が発見したもので、不況や軍拡競争の結末、諸社会集団の安定度、選挙結果などは、数学を正しく適用すればすべて分析可能とする説だ。この場合、最大の難関は変数があまりにも多すぎることで、そもそも数値では表現しにくい性質のものも多い。曲線を何本か描いて、「この線まで到達すると戦争になる」などときめつけるわけにはいかないのだ。おまけに、重要人物の暗殺や、新しい科学的発見のような不測の出来事をあらかじめ完全に考慮に入れておくなどということはできるものではない。ましてや自然の災害、たとえば地震や洪水などは、多くの人間、また彼らの属する社会集団そのものにも甚大な影響を及ぼす可能性があるにもかかわらず、さらに考慮に入れにくいものだった。

とはいうものの、過去百年間、丹念に積み上げられた知識のおかげで、かなりのことはできる。人間が千人がかりでやる計算を数秒で片づけてしまう巨大コンピューターの助けがなかったら、こういう仕事はとても実行不可能だったはずだ。ニューアテネ市が計画された際にも、この種のコンピューターが最大限に活用された。

しかし、ニューアテネ市の創設者たちは、せいぜい土壌と気候を準備し、大事にしている植物がうまく花開いてくれればいいと願う人々のようなものだった。それ以上のことはできない。花は開かないかもしれないのだ。サロモン自身、「尋常の才能は確保できるが、天才はただ神頼み」と言ったことがある。だが、これだけ密度の高い集団なら、かなり面白い反応が起きると期待するのは、けっして無理なものではない。孤独の中で成長する芸術家など実はそんなにたくさんいるものではない。同好の士がよりつどって、心と心をぶつけあう以上によい刺激はないのである。

このぶつけあいの結果、現在までに、彫刻、音楽、文芸批評、映画の諸分野では、かなりの成果があがっていた。歴史研究グループもあったが、その成果を云々するのは時期尚早だった。人類が自分自身の業績に対して持つ誇りをとり戻すことを狙いとする、というのがニューアテネ市の発起人たちの誰はばからぬ願いなのだったが、歴史グループの場合は仕事が仕事だ。絵画は相変わらず低迷をつづけており、二次元的、静的な芸術形式はもう行き詰まったとする主張を裏書きしていた。

市の芸術的業績の最も優れたものを見ると、いずれも「時間」的要素が強いことが目立っている――それがなぜなのかは、まだ納得のいく説明がされていないが。彫刻でさえも、静止したものはほとんどない。アンドリュー・カーソンの彫刻は、見ているうちに、徐々に変化していくヴォリュームと曲線が人の心をそそる。この変化は複雑なパターンにのっとって生じるもので、見る者は完全に理解できなくとも充分に鑑賞できるのだ。事実、カーソンの言葉によると、彼の作品は一世紀前に流行した「可動彫刻」を極限にまで発展させたもので、彫刻とバレエの融合であるというのだが、これはある程度真実だろう。

音楽の分野では、はっきり意識的に「時の長さ」ともいうべきものをとり上げた実験が多く行なわれている。人の心が把握できる最短の音符はなにか？　逆に退屈を感じずに耐えることができる最長音符は？　この結果は、条件訓練や適当なオーケストレーションで変えられるものだろうか？　そんな問題が際限なく議論されていた。しかも純理論的な議論ばかりでなく、非常に面白い作品も結果としていくつか生まれたのだった。

だが、ニューアテネ市で行なわれた実験の中で、いまのところ最も成功をおさめたのが、形式としては無限の可能性を秘めているアニメーションだった。ディズニーの時代からすでに百年たっているが、アニメーションという最も融通可変性のあるメディアにはまだまだ開拓の余地が残っていた。純リアリズム派が、実際の写真とほとんど見分けがつかないような作品をつくると、逆に抽象派アニメーションを手がける人々は、この傾向を軽蔑の目で見る。

これまでの業績がもっとも少ない割に、最大の関心および不安を呼んでいる芸術家と科学者のグループがあった。これがいわゆる「総合感覚同化」研究チームだった。着想のきっかけは、映画の歴史にある――まずトーキー、次にカラー、さらに立体映画からシネラマへの発展をたどると、昔の「活動写真」がしだいに現実そのものへと近づきつつあることがわかる。いったい、究極的にはどこへ行きつくのだろう？　言うまでもなく、観客が観客であることを忘れ、アクションの一部として参加することだ。そのためには人間の五感をすべて刺激してやること、それにおそらくは催眠術の使用が必要になるだろう。それは可能だと考える人は多かった。完成の暁（あかつき）には、人間の体験をすばらしく豊かにすることができる。たとえしばらくのあいだでも、ある人が別の人になり、現実、空想のいずれにせよ、どんな冒険にでも加わることが可能なのだ。ほかの生物の感覚印象をとらえて記録する手段が見つかれば、ほかの人どころか、植物や獣になり変わることもできるだろう。「番組」が終わったとき、その人間は実人生での体験同様の鮮烈な記憶を得る――いやそれどころか、現実自体と見分けがつかなくなるはずだ。

将来の見とおしは大変なものだった。と同時に、恐怖を感じ、この計画が失敗することを願っている者も少なくなかった。しかし、そうした人々も内心、一度科学が可能だと宣言したことは、いずれは良かれ悪しかれ実現してしまうものだと悟ってはいる。

以上がニューアテネ市の実態と、その夢の一部だ。古代アテネが奴隷の代わりに機械を、迷信の代わりに科学を有していればどうなっただろう？　ニューアテネはそれを目標としているのだった。しかし、この実験が成功するかどうかは、もっと時がたたなければわからない。

16

美と科学の追求がこの島の大人たちの主要な関心事だったが、ジェフリー・グレグスンはまだそんなものには興味がない島民の一人だった。しかしジェフリーは、純粋に個人的な理由から、この共同社会を気に入っていた。どの方角に行っても数キロ先には海がある。ジェフリーはこの海に夢中だった。いままで幼い人生の大半を内陸部ですごしてきた彼は、四面を水にかこまれて暮らす珍しさに馴れてしまうところまではきていない。水泳は上手で、仲間の子供たちと一緒に、フィンやマスクを持ち、しばしば自転車で出かける。環礁の内側の浅い海底を探検するのだ。母のジーンにしてみれば、最初のうちはあまりいい顔をしなかったが、自分で数回潜ってみると、海や奇妙な水中生物への恐怖もなくなり、息子の好きにさせるようになった――ただし一人で泳いではいけない、という条件つきで。

生活環境の変化を歓迎した家族がもう一匹いた。猟犬のフェイだ。フェイは見事な毛並みのゴールデン・レトリーバーで、名義上はジョージの飼い犬ということになっていたが、ほとんどジェフリーと一緒にいた。ジェフリーとフェイは切っても切れない仲間であり、昼間はもちろんのこと、ジーンがきびしく禁止しなかったら、夜も離れずにすごしかねなかった。ジェフリーが自転車で出かけてしまうときだけ、フェイは家で留守番をする。だが、戸口に元気なく横になり、鼻を前足にうずめて、濡れた悲しげな目でじっと道の果てを見守るというありさまだった。ジョージにしてみれば、血統書つきのフェイにはだいぶ資本がかかっているので、このさまはいささかくやしいものだった。もう三カ月すると、次の代の子犬が産まれる予定だから、本当に自分のものとなる犬が欲しければそれまで待つほかないのだろうか。ジーンはジーンでまた意見が違い、犬は一軒一匹で充分と考えているのだ。

島の生活が気に入ったか入らないのか、まだ態度をきめかねているのは娘のジェニファ・

アンだけだった。しかしこれは無理もないことで、寝台のプラスチックの仕切りから向こうの世界をまだ見たことがない赤児なのだ。そもそも向こうに世界があることにさえ気づいていないのだから。

ジョージ・グレグスンは過去のことをあまり振り返らなかった。未来への計画と、自分の仕事や子供たちで手一杯なのだ。何年か前にアフリカですごした例の夜の出来事まで、彼の心がさかのぼることはほとんどなかったし、たとえ思い出すことがあっても、けっしてジーンに話をもちかけない。たがいにその話題を避けようとする了解が成立していたし、ルパートからくり返し招待されても二度と訪問しなかったのだ。年に何度となく、新たな口実を見つけては、今度もうかがえませんと電話をかける。最近ではルパートもなにも言ってこなくなった。マイアとの結婚生活は、おおかたの予想に反して、相変わらずうまくいっているらしい。

あの夜の事件の結果、ジーンは既成の諸科学の果てにたちこめる神秘を探ろうとする意欲をすっかり失ってしまっていた。ルパートや彼の実験に心ひかれる原因となった、ナイーブで盲目的な驚異の念は完全に消えてしまったのだ。ひょっとすると、神秘の存在を確信することができて、それ以上の証拠は必要ないという心境なのかもしれなかったが、ジョージはあえて妻にたずねることは避けていた。母親としての心配事の数々が、この種の関心を追い払ったとも考えられるのだから。

解決不能の神秘についてあれこれ心をわずらわすなんて、およそ無意味ではないか——ジョージはそうわかっていたが、静まりかえった夜など、目を覚ましていろいろ考えてみることはときどきあった。ルパート家の屋上でジャン・ロドリクスと会ったときのこと、〈上主〉の禁令を破ることに成功したたった一人の人間と交わした、ほんの二言三言を、ジョージは思い出すのだった。自分がジャンと口をきいてからもう十年近くになるというのに、いま遠い遠いかなたを旅しているジャンは、わずか数日、年をとっただけ。超自然界にどんな出来事があろうと、この単純明快な事実ほど無気味なことはありえないのだ。

宇宙は広大だ。しかし広大さよりも、むしろその秘めている謎のほうが恐ろしい。ジョージは、そんなことを深く考え込んだりしない性格だったが、ときどき、人間などというものは、結局は外界の峻烈（しゅんれつ）な現実から保護され、隔離された運動場で自分たちだけで楽しんでいる子供のようなものではないか、と思うことがあった。ジャン・ロドリクスはこの保護を嫌って脱走した——が、あげくの果てにどんな目にあっているのか誰にもわかりはしない。この点に関しては、ジョージは〈上主〉たちの側に立っている。「科学」というランプが投げかけるほんの猫の額（ひたい）ほどの光の輪の向こう、未知の暗黒の中にいったいどんなものが姿をひそめているのか——ジョージには、とてもそれに顔をつきあわせる気はなかった。

「ぼくがたまたま家にいるたびに、ジェフのやつはどこかに出かけてしまっているというのは、どういうわけなんだ？　今日はどこに行った？」ジョージは愚痴めいた口調だった。

ジーンは編み物から顔を上げた。編み物という古風な仕事は最近復活したばかりだが、かなり好評だった。この種の流行は、島の生活では次から次へとめまぐるしく変わるのだが、編み物に関する限りは、島の男性が色とりどりのセーターを進呈されたという結果を産んでいる。昼間はとても暑くて着られたものではないが、日が沈んでからはけっこう役に立つ。

「お友だちとスパルタ島に行ったわよ。晩のご飯までには帰ってくるって約束」

「今日は家で少し仕事しようと思って帰ってきたんだが」と、ジョージはなにか考え込みながら言う。「でも、いい天気だし、ぼくもひとつ出かけて泳いでくるか。お土産にどんな魚をとってこようか？」

ジョージはいままでに何も「とった」ためしがなかったし、ここの磯魚は罠にかかるほどのろまではない。ジーンがそう言おうとしたとたんだった。午後の静けさを引き裂いて響きわたる音――この平和な時代においてさえ、人の血を凍らせ、髪の毛のよだつ不安を覚えさせるあの音だった。

サイレンの悲鳴が高く低く、危険を知らせている。同心円の音波は、海へ海へと広がっていった。

海底のさらに底深く、燃える暗闇の中で、ここ百年近くのあいだに徐々に高まってきた圧力。海底峡谷ができあがったのは、地質学上数世代前、太古の昔のことだったが、無理に痛めつけられた岩石は、けっして新しい位置になじむことがなかった。想像を絶する海水の重力が不安定な均衡を妨げ、そのたびに地層はきしみながら身動きする。それが数えきれないほどくり返されてきた。またもやその時期が訪れたのだ。

ジェフはスパルタ島の狭い浜づたいに、磯の水溜まりを次々に探検していた。倦きることのない楽しい仕事だった。太平洋を押し渡り、磯の岩にぶち当たって力尽きる永遠の波の行列を避けて、数々の生物がそこに住んでいる。中にどんな珍奇なものが見つかるか、誰にも予測がつかないのだ。どんな子供にとっても、これはお伽の世界であり、しかも目下ジェフはこの世界を一人占めにしていた。友だちはみな丘のほうに登っていってしまったからだ。

平穏そのものの日だった。完全な凪であり、磯の向こうで果てしなくくり返される波のつぶやきも、今日はむっつりした小声にしか聞こえない。焼けつくような太陽が、空のなかばまで降りた位置でぎらぎら光っている。しかし赤銅色に日焼けしたジェフの身体は、日光の責め苦などどこ吹く風だった。

ここの砂浜は細い帯状で、磯に向かって急勾配で傾斜している。ガラスのように透明な水ごしに見える水中の岩は、ジェフにとっては陸の岩のたたずまいと同様、すっかりおなじみのものだった。水深十メートルほどのところに、海草におおわれて突き出した肋骨が見えている。二世紀も前に沈んだ帆船のもので、別れを告げた世界にあばら骨だけが手をさし伸べているのだった。友だちと一緒に、何度もこの残骸を探検してみたが、秘宝発見の期待は裏切られ、フジツボのこびりついた羅針盤一個を引き上げただけという収穫に終わっている。

と、なにかが浜をつかみ、ぐいと一度だけ激しくゆさぶった。震動はたちまちやんだので、ジェフは気のせいではないかと疑ったほどだった。瞬間的なめまいだったのかもしれない。あたりはなに一つ変わっていないし、磯辺の水はかき乱された気配もなく、空には雲もなければ危険な兆（きざし）の影も形もない。奇妙なことが起きたのは、そのときだった。

引き潮などでは思いもよらないような速度で、水がどんどん岸から逃げていくのだ。濡れた砂が姿を現わし、太陽にきらきら光るのを、ジェフは見守っていた。不思議だなとは思うが、恐怖はまったく感じなかった。せっかく奇蹟が起こって、水中の世界を彼のために露出して見せてくれているのだ。このチャンスを最大限に活用してやろうと、ジェフは後退する海を追って進んだ。水位はすっかり下がり、古い難破船の折れたマストが突き出している。支えの水を失った海草がぐにゃりとまつわりついていた。次に姿を現わすのはどんな珍しい光景だろう？　ジェフは夢中で足を速めた。


　と、磯から聞こえる音が注意を引いた。生まれて初めて耳にする音なので、ジェフは少し考えてみようと立ちどまった。はだしの足がじりじりと、湿った砂にめり込む。数メートル先では、大きな魚が断末魔の苦しみでのたうちまわっていたが、ジェフはほとんど目もくれず、気をひきしめ、耳を傾けて立っていた。四方では、あの磯の音がますます高くなっていく。

河が狭い水路を突進する音に喩えればいいのか、吸い込むような、ごろごろと喉を鳴らすような音だった。いやいやながら退却する海が、自分の正当な領分の土地を、たとえしばらくのあいだでも手放すのを嫌う、怒りの唸り声。珊瑚の優しい枝をくぐり、秘密の海中洞窟を通り抜けて、何百何千万トンの海水が、環礁にかこまれた入江から太平洋の無限の広がりへと抜け出していくのだ。

だが、水は戻ってくる。じきに、恐ろしい速度で。

何時間かたって救助隊の一班がジェフを発見した。通常の水位から二十メートルも高い地点に放り上げられた、大きな珊瑚の塊の上に、ジェフは腰かけていたのだ。とくにおびえたようすはないが、自転車をなくしたことはだいぶこたえていた。アテネ島への渡り橋が一部壊れてしまったので家にも帰れず、お腹もだいぶ空いていた。救助されたときには、アテネまで泳いで帰ろうかと考えていたほどだった。潮の流れが激変しないかぎり、泳いで渡るのも大して困難ではなかっただろう。

ジーンとジョージは島を襲った津波事件の一部始終を目撃していた。アテネの低地帯は大損害をこうむったが、死亡者はなかった。地震計による警報からわずか十五分間の余裕しかなかったものの、全員が危険地域より高いところに避難するには充分な時間だった。目下新アテネは傷をなめながら、伝説づくりに懸命である。時とともにこれら無数の伝説は尾ひれがついて、ますます身の毛のよだつ話になっていくだろう。

息子が連れ戻されると、ジーンはわっと泣き出した。海に押し流されたとばかり思っていたのだ。水平線から、しぶきを頂いた黒い水の壁が吠え声とともに突進してきて、あっというまにスパルタ島の麓を泡に包んでしまう光景を、ジーンはおびえきったまなざしで見守っていたのだ。ジェフが無事に避難する余裕があったなどとは、とても信じられなかった。

ジェフの口からは事件の筋道立った説明は聞けなかったが、これは驚くにも値しないことで、ジョージとジーンは、息子がご飯をすませ、寝床にもぐり込んだところで息子のそばに寄りそった。

「さあ、おやすみ。みんな忘れてしまうのよ。もう大丈夫だから」とジーン。

「でも面白かったよ、ママ」ジェフは不満な口調だった。「本当はそんなに怖くなかったもの」

「えらいぞ」とジョージ。「おまえは勇気のある子だ。さっさと逃げたのはお利口だったな。津波の話はパパも前に聞いたことがあるけど、水が引いた浜を見に出かけて溺れる人がたくさんいるんだそうだ」

「ぼくもそうしたんだ」ジェフは白状してしまった。「いったい誰が助けてくれたのかな?」

「なんだって？　おまえのそばには誰もいなかったんだよ。ほかの子たちは丘の上にいたんだから」

ジェフは不思議そうな顔をしている。

「でも、誰かがぼくに『逃げなさい』って言ったもん」

ジーンとジョージはいささかぎょっとして、顔を見合わせた。

「つまり、誰かの声が聞こえたと思っただけなんだろう、おまえ？」

「あなた、いいからほっときなさい」

ジーンは心配そうに言ったが、あわて方が少し不自然だった。しかしジョージは頑固にゆずらず、

「いや、これはちゃんと聞いておきたい。いったいどういうことが起きたのか、すっかり聞かせてくれ、ジェフ」

「ぼくね、あの浜の難破船のところにいたんだ。そしたら声がしたんだ」

「なんて言ったんだ、その声は？」

「よく覚えてないけど――『さあ、ジェフリー君、急いで丘に登るんだよ。ここにいると溺れてしまうんだ』――そんなこと言ってた。ジェフと呼ばずに、ジェフリー君なんて言ってた。だから、ぼくの知ってる人じゃないと思うんだ」

「男の人の声か？　それに、どこから聞こえた？」

「すぐそばで聞こえた。男の人だと思う。それから……」

ジェフがしばらくためらったので、ジョージはうながした。

「いいんだよ、おまえ、またあの浜に戻ったつもりになって、なにが起きたのか全部話してごらん」

「あのね、いままであんな声、聞いたことないみたいだった。とっても大きな人らしいんだ」

「で、ほかになにも言わなかったのか？」

「うん――丘のほうに登っていくまでは。そしたらまた変なことがあったんだ。パパ、あの崖のところの細い道知ってるでしょう？」

「ああ」

「あの道を走って登ったんだ、ぼく。近道だから。波が来ることはわかってたんだ。だって、大きな波が見えてるんだもの。ものすごい音を立ててやってくる。そしたら、道の真ん中に大きな岩があった。いままでそんな岩なかったのに。だから通れなくなっちゃってるの」

「地震で崩れたんだな」

「シーッ、あなた！　さあジェフ、もっとお話しして」

「ぼく、どうしたらいいかわかんなくなっちゃった。波がどんどんこっちへ来る音がするし。そしたらまたあの声が聞こえたんだ。『ジェフリー君、目をつぶって、両手で顔を隠しなさい』って。変なことするんだなと思ったけど、そのとおりにしたの。そしたら、なにかピカーッとすごく光って――そこらじゅう光ったのがよくわかるんだ――今度目を開けて見たら、岩がなくなってたんだよ」

「なくなった?」

「そうだよ――消えちゃってた。だからぼく、また駆けだした。そうだ、そのとき足を火傷(やけど)しそうになったんだ。道がものすごく熱くなってて。波がその上を通ったとき、ジューって音がしたよ。でも、そのころには、ぼくはもう崖の上にいたから大丈夫。それでおしまい。波がなくなってから下におりたんだ。そしたら自転車が見つからないし、家に帰る道も壊れちゃってて」

「自転車なら大丈夫」ジーンはありがたい心地で、息子をぎゅっと抱きしめ、「新しいのを買ってあげるからね。おまえが無事だったことだけがなによりよ。どうして助かったかなんて、心配しなくたっていいこと」

もちろんこれは嘘で、子供部屋を出るとすぐ、ジーンとジョージはとっくりと話しあった。結論は出なかったけれども、二つの出来事が結果として生じた。まず翌日、ジーンはジョージには内緒で、息子を市の児童心理学者のところに連れていった。ジェフにとっては馴れない場所だったが、気おくれもせず昨日の話をもう一度くり返して聞かせた。入念に耳を傾けていた心理学者は、ジェフが隣の部屋で、いろいろ並んでいるおもちゃを、あれも駄目、これも気に入らないと次々にきめつけているあいだに、ジーンを励ましてくれた。

「どうみても、息子さんのカルテには精神異常の徴候はありません。息子さんは恐ろしい経験をしたんです。このことを忘れてはいけません。それにしては非常に落ちついている。見上げたものです。想像力に富んだお子さんだから、自分でつくった物語を信じてるんでしょう。あるがままに受け入れる――そうすることです。これ以上何も病候らしいものが出なければ心配には及ばないでしょう。もしなにかあったら、すぐ知らせてください」

その夜、ジーンは夫にこの言葉を伝えた。ジョージは妻が願っていたほど安堵したようすを見せなかったが、ジーンはたぶん夫が、愛する劇場を津波にやられたことを思いわずらっているのだろうと考えたのだ。「そうか、それはよかった」と、ジョージはむっつりと言い捨て、腰を下ろして近着の〈舞台とスタジオ〉誌を読みふけるのだった。まるで今度の事件への関心がすっかり消えてしまったようで、ジーンはおぼろげながら腹立ちを覚えた。

が、三週間後、渡り橋が再開したその日、ジョージはさっそく自転車にまたがり、いそいそとスパルタ島に向かったのだった。浜には砕けた珊瑚塊がまだいっぱいに散らかっているし、環礁そのものが決潰しているところも一カ所あった。忍耐強い無数の珊瑚虫が、災害復旧を果たすまで、いったいどのぐらいの歳月がかかるだろう、とジョージは考えた。

崖伝いに登っていく細道といえば、一本しか見あたらない。息切れが静まるのを待ってから、ジョージは登りはじめた。岩に引っかかった海草の切れ端が何本か、ひからびてこびりついている箇所が、津波の水が昇りつめた線だった。

溶けた岩の跡に立って見下ろしながら、ジョージは長いことつっ立っていた。とっくの昔に死んだ火山の気まぐれだ、と自分に言いきかせようとしたが、やがて、自分をだましても仕方ないとあきらめた。何年も前、ジーンとともにルパート・ボイスの他愛ない実験の片棒をかついだあの夜へと心が走っていく。あの夜の出来事は誰にも理解できなかったが、ジョージは、あの夜と今度と二度の奇怪な事件が、なにかはかり知れぬ形で結びあわされているのだと悟るのだった。最初はジーン、今度は息子のジェフ。喜ぶべきか恐れるべきか、それはわからなかったが、心の中でジョージはそっと祈るように言った——

「カレレン、ありがとう。あなたの仲間が、とにかくジェフを助けてくれた。でも、なぜ助けてくれたのか、ぼくは知りたいんだ」

ゆっくりと浜に降りていった。大きな白いカモメが、ジョージのまわりをぐるぐると飛びまわっている。空を旋回する彼らに、餌も投げ与えてくれない人間に腹を立てているのだ。

17

ニューアテネ市創立以来、いつ来るかいつ来るかと予想してはいたものの、カレレンからの要請は爆弾のような衝撃だった。市にとっては一大非常事態だ。誰しもそれはわかっていたが、さて結果が吉と出るか凶と出るかは判断がつかない。

これまでのところ、市は〈上主〉からいかなる形の干渉をも受けずに独立独歩の道を歩んできた。〈上主〉たちは、破壊的な場合や、彼らの倫理に反するような場合を除いて、人間の活動はほとんど無視の一手だったが、ニューアテネ市もご多分に漏れず完全に放置されてきたのだ。この共同体の目標を破壊的と呼べるかどうかは、なんとも言えない。非政治的な集団であることは間違いないが、知的、芸術的な独立の旗印をかかげているのだ。知的、芸術的独立の結果、どんなものが生じてくるか、誰にも予測できなかった。〈上主〉たちが、市の創設者たち以上に市の未来を予知できたとしても不思議はないので、その未来像が気に入らないということは充分考えられる。

もちろん、カレレンが「オブザーバー」にしろ、〈検察官〉にしろ、とにかくなんと呼ぶにしても送ってよこすというのなら、どうにも手出しはできないのだった。二十年前、〈上主〉たちは声明を発し、すべての監視装置の使用は中止した、人間はもはやスパイされていると考える必要はない、と言っている。しかし、監視装置がまだ現実に存在している以上、もし〈上主〉たちがその気になれば、どんなことも彼らの目を逃れられないことは確かである。

しかしこれを機会に、大したものではないがかねてからの疑問の一つ——つまり、〈上主〉たちの芸術に対する態度——が、解決できるのではないかと考え、〈上主〉の来訪を歓迎する声も島の一部にはあった。芸術を人類の子供じみた気狂い沙汰と考えているのだろうか？〈上主〉たち自身、なにかの形式による芸術を持っているのだろうか？　持っているとすれば、今度の訪問は純粋に美学的な意図にもとづいたものなのか、それともカレンにはなにかもっと陰険な企(たくら)みがあるのか？

　というわけで、準備かたがた議論は果てしがない。〈上主〉の中で、誰が選ばれてくるのか正体は一切不明だが、おそらく文化的な事柄に関しては、無限の吸収力を持っているはずだ。いずれにせよ、実験してみることはしてみよう。相手の反応観察には、とびきり鋭い頭脳を揃えておく。

　現在、理事会議長の番にあたっているのは、哲学者のチャールズ・ヤン・センだった。六十にはまだ手がとどかず、いわば働き盛り、皮肉屋だが根は陽性の人物だった。哲学者兼政治家としてはプラトンのお眼鏡にはかないそうな人材だったが、セン先生自身のほうはプラトンをお気に召さない。ソクラテスをひどく歪(ゆが)めて祖述したからだという。センも島の住民の中では、今度の〈上主〉訪問を最大限に活用せよと断固主張する一人で、たとえほかに目的がなくても、少なくともまだ人間には自主性がたっぷり残されており、まだまだ完全に「飼い馴らされてはいない」ところを〈上主〉に見せつけてやるだけでもいいと唱えている。

　委員会制度の成否が民主政治の究極的試金石になるものだが、ニューアテネ市においても、万事委員会なしには事が運ばない。この市のことを、からみあった委員会制度にほかならないと定義した人もいるほどだった。しかし、市の実際の創設者となった社会心理学者たちが、労を惜しまず研究したおかげで、この制度はうまくいっている。社会の規模が大きすぎないため、市民が一人残らず運営に参加でき、本当の意味での市民になれるのだ。

ジョージのような芸術家グループの指導的地位にある人物が〈上主〉受け入れ準備委員会のメンバーになることは、いわば理の当然だったが、彼は念には念を入れ、若干顔をきかせて選に漏れないようにしておいた。〈上主〉がこの共同体を調査したいと言うなら、ジョージのほうでも〈上主〉を調査してみたい。妻のジーンはあまりいい顔をしなかった。ボイス家の夜の一件以来、ジーンは〈上主〉に対して、漠然とした敵意を感じるようになっていたのだ——もっとも、これといって理由は思いあたらなかったのだが。とにかく〈上主〉たちとはなるべくかかわりあいになりたくなかった。ジーンにとってこの島最大の魅力の一つは独立を求める精神であり、いまやその独立がおびやかされる危険があるのだ。

〈上主〉はとくにもったいぶったりせず、人間がつくったごくあたりまえの飛行車で到着した。なにかもっと目を見張るような機械を期待していた連中はがっかりした。カレレン当人だと言われても見分けがつかなかった。〈上主〉の顔や姿を自信を持って見分けられる人間は、いまだかつていないのだ。みな一つの母型からつくられた複製のように見えるのだが、ひょっとするとそのとおりなのかもしれない。なにか不思議な生理作用にもとづいて生まれることも考えられた。

一日目がすぎると、島の人々は〈上主〉用の公式車が静かにあちこち見学のドライブに走りまわる姿に大して注意を払わなくなってしまった。〈上主〉の正しい名前はサンサルテレスコというのだが、ふだん用の呼び名としては手に負えないので、じきに〈検察官〉というあだ名がついてしまった。実はなかなか当を得た名前で、この〈上主〉、好奇心と統計の数字が好きな点では、まさに底知れずの感があった。

真夜中をだいぶまわったころ、やっと〈検察官〉を彼の根城の飛行車まで送りとどけたヤン・センは、もうくたくたに疲れていた。主人役の人間たちが、もろくもすやすやと寝てしまうときも、〈検察官〉は飛行車の中で徹夜で仕事をつづけるにきまっている。

セン夫人は心配そうに夫の帰宅を迎えた。この夫婦は、いたって仲むつまじい。もっとも、お客があると、夫はふざけて妻をソクラテスの悪妻に見立て、クサンティッペと呼んでいる。夫人はだいぶ昔、それならお返しに毒にんじんでも煎(せん)じて一服進呈しましょうか、とおどしたものだが、古代アテネと違い、ありがたいことにこの土地にはそんなけっこうな薬草はあまり生えていなかった。

「どう、うまくいった?」遅れた夕食の席についた夫に、夫人はたずねた。

「と思うがね。しかし、とにかくあの先生たちの特別製の頭の中がどうなっているのか、誰も読める者がいない。とにかく面白がってはいたし、誉めてくれさえしたよ。ところで、わたしのほうから謝っておいたぞ、拙宅にお招きしなくて申しわけないと。先生も承知だとさ。

低い天井で頭をゴツンゴツンやる気は毛頭ありません、と言っていた」

「今日はなにを見せたの？」

「市のいわば台所面だな。わたしにはいつも退屈でやりきれない部門なんだが、どうして先生、面白がっている。生産額、予算均衡の方法、鉱物資源、出生率、食糧調達法等々――もうありとあらゆる質問を浴びせかけてきた。運よくハリスン事務局長がいてくれたのでね。局長は市の発足当時からの年次報告書を全部準備してきた。あの二人が数字のやりとりをしているところを見せたかったよ。〈検察官〉どの、報告書を全部借りて帰ったが、たぶん明日の朝、顔を合わせるまでには、こちらがなんの数字を引用しても、お釣りをつけて返してくるだろう。ああいう頭の働き方を見せつけられると、こっちはいささか憂鬱になってしまう」

　センはあくびをして、あまり気のないようすで料理をつついた。

「明日はもっと面白いだろうな。諸学校と科学芸術院だ。今度はひとつ、わたしのほうから質問してやろう。〈上主〉たちがどうやって子供を育てるか、きいてみたいんだ――もっとも、先生たちに子供なんてものがあるとしたらだがね」

　しかし、この質問に対する答えはついに得られなかった。もっとも、ほかの点については〈検察官〉氏は驚くほどよくしゃべった。さしさわりのある質問を巧みにはずす見事さは、見ていて楽しくなるほどだったし、また、ふいに打ち明け話をするような口調にさえなったのだった。

市最高の自慢の種(たね)になっている学校見学を終え、車を走らせている途中、初めて二人がうちとける機会がやってきた。セン博士がこう言ったのだ。

「ああいう子供たちの精神を未来に備えて磨き上げるというのは、大変な責任でしてね。もっとも、ありがたいことに人間というものはきわめて柔軟性に富んでいるので、よほどひどい育て方をしないかぎり、精神が不治の損傷を受けるということはない。仮にわれわれの教育目標が間違っていたとしても、犠牲になった子供たちはたぶん立ちなおってくれるはずです。まあ、ご覧いただいたように、あの子たちは喜んで学校に来てくれているようですが」

センはしばらく口をつぐみ、相手のそびえ立つような姿をいたずらっぽい目でちらりと見上げた。〈検察官〉は、体を激しい陽光から守るために、光を反射する性質の銀色の布地で、全身一分(いちぶ)の隙もなくすっぽり包んでいた。黒いサングラスの奥では大きな目がこっちを感情のおよそ欠如したまなざしで見つめているようだが——いや、こっちの理解を絶した感情がこもっているのかもしれない。

「わたしたちが子供を育てる場合に経験するいろいろな問題というのは、まあ、言ってみればあなたがたがわたしたち人類を相手にする場合のいろいろな問題と似たようなもの。そうじゃないですか?」

「ある意味ではね」相手は真顔(まがお)で答えた。「しかし、ほかの意味では、もっと適切な喩(たと)えがあるでしょう。植民地国家の歴史がぴったりするのではないかな。ローマ帝国と大英帝国に、ぼくらがかねてから強い関心を持っていたのはそのためです。インドなどは、とくに示唆(しさ)するところが多い例です。われわれの立場と、インドにおける英国の立場とを比較した場合、主な相違と思えるのは、英国はそもそもインドに進出する真の動機がなにもなかったということ――真の動機もなければ意識した目標もない。貿易だとか、ほかのヨーロッパの強国に対する反発とか、ごく他愛のない、しかも一時的な目標はあったようですが。そこで英国は、自分がそれをどう扱っていいかわかりもしないうちに、気がついてみると大きな帝国を手中にしているという結果になってしまった。というわけで、その帝国を手放してしまうまでは、どうも心安らかになれなかったのです」

センハ博士は、この好機をふいにする気にはどうしてもなれず、「で、あなたがたはどうなんですか？　時期が来ればあなたがたの帝国を手放されるおつもりですか？」

「ためらうことなく手放します」というのが〈検察官〉の答えだった。

センはそれ以上くいさがらなかった。相手の答えはきわめて単刀直入で、こちらにすればあまり安心できない性質のものだった。しかも、車はちょうど科学芸術院に到着した。そうそうたる先生がたが居並んで、本物の、生きた〈上主〉の胸を借りて、頭の体操とばかり待ちかまえていたのだった。

「わが優れた同僚、セン博士からもうお聞きおよびと存じますが」これはニューアテネ大学学生部長のチャンス教授だった。「われわれの主な目的は、ここの住民諸君の精神を鋭くとぎすまされた状態に保ち、また各人が持つ潜在的な才能のすべてを開発することにあります。この島以外の世界においては――」教授の手ぶりからすると、残る地球全体が駄目ということらしい。「――人類は自主独創の精神をすでに失っているようだ。平和も富もある――だが、精神の視野に欠けている。水平線を望むことができない」

「しかしこの島なら、水平線には不自由ないと……?」〈検察官〉氏はおだやかな口調で言葉をはさんだ。

チャンス教授はユーモアを解さない人物で、自分でもうすうすそれに気づいているらしく、相手をうさん臭そうな目でちらっと見ると、

「この島においては、〈暇は罪なり〉などという古臭い思い込みからはいっさい解放されています。しかしだ、だからといって、ただ手をこまぬいてあてがいぶちの娯楽を楽しむだけでいいというわけではありません。

この島の住民は、一人残らず一つの野心を持っている。この野心とは、言ってみればごく簡単なものです。すなわちなにかをすること――しかも、たとえどんなわずかなことでもいいのですが、そのなにかを、ほかのいかなる者の追随をも許さないようにやってのけることなのです。もちろんこれは理想であって、全員が達成できるわけではない。しかしこの現代

世界においては、理想を持つこと自体が重要なのです。達成できるかどうかは二の次です」

〈検察官〉はこれに対して、なにも言う気はないらしい。この社交室は薄暗い部屋だった。保護服は脱ぎすてていたが、こんな暗いところでもまだ黒いサングラスだけはかけたままなのだ。いったい、生理的に必要だからなのか、それともカムフラージュなのかとチャンス教授は疑うのだった。おかげで、それでなくても読みにくい〈上主〉の心理が、まったく読めなくなってしまう。しかし、この〈検察官〉は、かなり挑戦的な言葉、またそれにともなって〈上主〉の対人類政策批判めいたものを聞かされているにもかかわらず、とくに気にしていないようだ。

　チャンス教授がもう一歩つっ込んで攻めようとしたところへ、科学部長のスパーリング教授が割り込んだ。三つどもえの論戦の気がまえである。

「もちろんお気づきと存じますが、われわれ人類の文化の最大問題は、芸術と科学の二分性にありました。これについて、ぜひあなたのご意見をうかがいたい。あなたは、芸術家とはすべて異常だという説に賛成されますか？　芸術家の作品――でなければ、少なくとも作品の裏にある衝動――は、一種根深い心理的不満の産物だと思われますか？」

　チャンス教授は決然とした表情で咳払いしたが、いざひとことというところで〈検察官〉氏が機先を制した。

「わたしのうかがったところによれば、人間というものはすべてある程度の芸術家であり

――したがって誰もが、たとえきわめて初歩的な水準を脱することができなくとも、必ずなにかを創り出す能力を持つということでした。たとえば、わたしが先刻拝見した諸学校では、図画、模型工作などを通じて自己表現を行なうことを強調されていた。この種の衝動というのは、どうやら普遍的なものらしい。いずれ科学の専門家となることがはっきりしているような生徒たちの場合でもね。してみると、ここに面白い三段論法が成立するわけです。つまり、もしすべての芸術家が異常であり、またすべての人間が芸術家だとすると、当然……」

みなその先を待っていたが、〈上主〉という連中は、必要となると非の打ちどころのないほど如才がない。

シンフォニー・コンサートに臨んだ〈検察官〉は、実にあざやかな態度に終始した。その点では聴衆の中の相当数の人間たちよりもはるかに立派だったと認めざるをえない。大衆向きに妥協した曲目は、ストラヴィンスキーの「詩篇交響曲」だけで、残りはこれ見よがしの現代音楽ばかりだった。その内容の評価は別として、演奏は卓抜したものだった。世界最高の音楽家を何人も集めているというのがこの島の誇りだったが、けっして嘘いつわりではなかった。皮肉屋は、このコンサートの曲目に加わることが果たして名誉なものかどうか、などと考えていたが、ライバル作曲家たちは、ぜひ自分の作品を、というわけでだいぶ激しくやりあったものだ。皮肉屋たちにしてみれば、なんのかの言うけれど〈上主〉たちは音痴かもしれないぞ、というわけだ。

しかしコンサートが終わったあと、サンサルテレスコ〈検察官〉が会場に居合わせた三人の作曲家にわざわざ面会を求め、「巧みな作曲」を激賞したことは事実だった。この三人、その言葉を耳にして嬉しそうだったが、どこかキツネにつままれた面持ちで引きさがったという。

ジョージ・グレグスンが初めて〈検察官〉に会えたのは、ようやく三日目のことだった。劇場の演し物は一品料理というよりは盛り合わせで、一幕物の芝居二本、世界的に有名な物真似芸人の短い一場、それにバレエ一場。いずれも出来はすばらしく、口の悪い批評家の「今度こそ、少なくとも〈上主〉にあくびの能力があるかどうか確かめられる」という予言は裏切られた——〈検察官〉は事実何回も笑ったし、しかも笑った箇所はすべて適切だったのだ。

とはいうものの——誰にも確かなことはわからない。〈検察官〉自身が絶妙の演技を見せていたということもありうるのだ。人類学者が原始的な種族の儀式に参加するようなもので、演し物すべてを論理だけで鑑賞し、自身の不思議な感情は完全に隔離していたのかもしれない。しかるべき箇所で適当な音声を発し、適当な反応を見せたなどということは、なんの証明にもなりはしない。

ジョージはぜひ〈検察官〉と話そうと決意していたが、完全に裏切られてしまった。幕が閉まってから、紹介されて二言三言交わしただけで、〈検察官〉はたちまちほかに連れ去られてしまったのだ。取り巻き連中から引き離すのは不可能で、帰宅したジョージは地団太踏んでいた。まあ、話す機会があったところで、自分でも何を言いたいのか確かなところはわからなかった。しかし、なんとか話を息子のジェフに持っていくことだけはできるだろうと思っていた。その機会もこれでふいだったが。

ジョージの不機嫌は二日間つづいた。たがいに敬意を表する言葉が果てもせず、その中で〈検察官〉の飛行車は島を飛び立った。後日談はそれからだった――誰もジェフになにかきいてみようとは思いつかなかったので、ジェフは一人で長いこと考え込んでいたらしい。ジェフはとうとうジョージの前に自分からやってきて、

「パパ、パパは島に来た〈上主〉を知ってるでしょう?」就寝時間直前のことだった。

「うん」ジョージの声は険しい。

「ぼくらの学校にも来たんだよ。先生たちと話してるの、聞いたんだ。なに言ってるかわかんなかったけど、あの声は覚えてる。大きな波が来たとき、ぼくに逃げろと言ったのは、あの声だよ」

「確かか?」

ジェフはしばらく口ごもり、

「絶対じゃないけど。でも、あの人じゃないとしたら、きっとほかの〈上主〉だよ。お礼を言わなくちゃいけないかなと思ったんだけど、もうあの人帰っちゃったんでしょう?」

「そうだ、残念だけど。でも、また機会があるかもしれない。さ、いい子だからもうおやすみ。もうこんなことで心配するのはよしなさい」

ジェフを寝床に片づけ、赤ん坊のジェニーの世話も終えると、ジーンが戻ってきて、夫の椅子のそばの絨毯(じゅうたん)の上に腰を下ろし、夫の足に身体をもたせかけた。ジョージにしてみれば、なんとも甘ったれた習慣で気にさわるのだが、とがめだてするほどのこともない。できるだけ膝を突っぱって、よりかかり心地を悪くするのが関の山だった。

「いまになってみてどう、あなたの意見は?」ジーンの声はくたびれていて抑揚がない。

「やっぱりあの子の言うとおりだったのかな?」

「事実だったんだな。しかし心配するのはくだらないんじゃないか。だいたい、あたりまえの親なら恩に着るところだ――ぼくだって恩に着てるさ。説明は簡単だ。〈上主〉たちがこの市に興味を持っていたことはこれでわかった。だから連中、この島を例の機械で観察してたんだろう――公約に反してね。〈上主〉の誰かがあの監視装置を使って、島のあちこちを見てまわっているうちに、津波が来るのが目にはいった。となれば、危険にさらされている人間に警告してやるぐらい当然じゃないのか」

「でも、ジェフの名を知ってたのよ。そこを忘れちゃいけないわ。いいえ、わたしたち一家が監視されてるのよ。わたしたちにはどこか、〈上主〉の関心をひくような、変わったところがあるのよ。ルパートのパーティのときから、わたしはそれを感じてたの。あれがきっかけで、わたしたち二人の人生が変わってしまったのよ、不思議じゃない？」

ジョージは同情の目で妻を見下ろした――だがそれだけだった。人間というものは、これだけ短いあいだによくもこう変わってしまうものだと、われながら不思議だった。ジョージはジーンが好きだ。ジーンは自分の子供たちを産んでくれたし、人生の一部になりきっていることは確かだ。しかし、あの愛情――もはやはっきりとは覚えていないジョージ・グレグスンなる男が、はかなく消えゆく夢の女性ジーン・モレルに抱いていたあの愛情――は、いまいったいどれだけ残っているのだろう？　現在の彼の愛情は二分されている――片方が子供のジェフとジェニファに、残りはキャロルという女性に。ジーンはキャロルのことをまだ知らないはずだ。誰かに告げ口される前に自分から言ってしまうつもりだったが、なぜかまだ切り出せずにいる。

「ならそれでいいじゃないか。ジェフは監視されてる――いや、それどころか、保護されてるんだ。むしろ誇りに思って当然じゃないのか？　ひょっとすると〈上主〉たち、ジェフの将来に何か大きな計画を持ってるのかもしれない。いったいどんな計画だろう？」

妻の気休めに言っているだけだ、と自分でもわかっている。ジョージ自身はそれほど不安を感じていない。ただ、どうもけげんで、気を引かれてしまうのだ。と、ふいに新たな考えが心を襲った。とっくの昔に気がついていてしかるべきだったが……ジョージは本能的に子供部屋のほうを見た。

「ジェフだけなのかな、やつらの目当ては?」そうジョージは言ったのである。

やがて〈検察官〉は報告書を提出した。島の住民たちは、おそらくこの報告書を見るためなら、なにをくれてもいいと思ったはずだった。数字や資料のたぐいは、すべて巨大コンピューターの貪欲な記憶力の中にしまい込まれた。これらコンピューターは、カレンの陰の力の一部だった——ただし全部ではない。しかし、コンピューターの非情な電子の心が結論を出す前に、〈検察官〉が自分の勧告案を出していた。人類の言葉と思考に還元してみると、この勧告案は次のようになる。

「ニューアテネ共同体に関しては、なんら対策を講じる必要はない。興味深い実験ではあるが、将来への影響力はいっさいないと考えられる。芸術面でのいろいろな試みは、われわれが関知するところではないし、科学研究が危険な方向をたどっているという証拠もない。

計画どおり、人目をひかずに候補者〈ゼロ〉の学校における諸記録を見ることができた。関連データは本勧告書添付を参照。まだ異常な発育を示す兆候はないことがわかると思う。しかし、〈突破〉においては、大した前兆がないのを通例とすることは言うまでもない。〈ゼロ〉の父親にも会った。父親はわたしと話しあいたがっている印象だった。しかし運よくそれは避けることができた。父親がなにかを嗅ぎつけていることは疑う余地がないが、もちろん真相を推測することは不可能だし、また以後のなりゆきに影響を及ぼすこともありえない。

わたしは、これら人類たちを、ますます気の毒に思うだけである」

ジェフには何も異常は認められないという〈検察官〉の報告には、ジョージも同感したはずだった。長い、静かな一日に、ただ一度とどろきわたった青天の霹靂(へきれき)——あのわけのわからない事件がただ一度あっただけで、以後はふっつりと途絶えていた。

ジェフは活発で好奇心旺盛な子だが、これは七つの少年としてはあたりまえだ。頭はいい——といっても、頭を使う気になったときの話だが。しかも天才などになる危険性はなかった。まさに男の子とは「ゴミだらけの雑音」なり、という昔の喩えを地で行っている——ジーンはときどき、うんざりしてそう思うのだった。だがゴミだらけとはいうものの、ああ年がら年じゅう真っ黒に日焼けしていては、よほど長いあいだかかって積もり積もらないと、ゴミだか地肌だかわかったものではなくなる。

気分によっては、優しいかと思えばふさぎ込む、とりすますかと思えばはしゃぎまわる。父と母のどちらもとくにひいきせず、妹が生まれてもおよそやきもちの色を見せない。健康面は完全無欠で、生まれてこのかた病気で寝込んだことは一日もなかった。とはいうものの、現代の、しかもこれだけいい気候の土地に住んでいるのだから、これはけっして不思議でもなんでもなかった。

男の子にときどきあるように、父と一緒にいるとすぐ倦きてしまって、隙さえあれば同い年の仲間のところに行ってしまうようなこともない。ジョージの芸術的才能を受けついでいることは確かで、よちよち歩きできるようになるとすぐ、しじゅう楽屋に顔を見せるようになった。劇場のほうでもジェフを非公式のマスコットにしてしまい、いまや映画演劇関係の有名人がやってくると、花束進呈係としては名人級となった。

つまり、ジェフはごく平凡な少年なのだ――とジョージは、狭い島のあちこちを息子と連れだって散歩したり、自転車で走りまわったりしながら、自分に言い聞かせるのだった。太古の人間も今の人間も、父と息子同士の語りあいの点では変わってはいない。ジョージとジェフも同じように話しあったが、現代においては話す種が実に多くなっている。ジェフは島の外に出たことはなかったが、周囲の世界の模様は、テレビという居ながらにしてどこででも見られる目のおかげで、好きなだけ見ることができた。島の住民すべてに倣って、ジェフも島以外に住む人類のことをいくぶん軽蔑していた。自分たちこそがエリートであり、進歩の尖兵なのだ。やがて自分たちの手で、人類を〈上主〉の到達した高みへ――いや、その先まで導いてみせる。明日というわけにはいかないが、きっといつの日か……

その日が、そんなに早く来ようとは誰も夢にも思っていなかった。

18

夢がはじまったのは六週間後のことだった。

亜熱帯の夜の暗闇の中で、ジョージはゆっくりと意識の水面へと泳ぎ上っていった。なにが自分を目覚めさせたのかはわからない。しばらく、けげんな思いとともに、ぼんやりと横になっていた。ふと気がついてみると、そばに誰もいない。ジーンは先に目を覚まし、子供部屋にそっとはいっていったのだ。静かな声でジェフに話しかけているが、なにを言っているのかは聞きとれなかった。

ジョージはベッドを飛び出し、妻のところへ行った。赤ん坊のジェニーのおかげで、夜中に妻が子供部屋と寝室を往復することは日常茶飯事だったが、ジョージがそんな騒ぎで目を覚ますことはありえない。今夜はどこかはっきりと変わったところがある。いったい、妻を起こしてしまったのはなんなのだろう?

子供部屋のあかりは、壁に塗られた蛍光塗料の模様だけだった。このほの暗い光の中で、ジェフのベッドの横に腰かけたジーンの姿が目に映った。ジョージがはいっていくと、ジーンは振り向き、ささやいた。

「赤ちゃんを起こさないでね」

「ジェフがわたしに来てほしがってるのがわかったから、それで目が覚めて」

妻の言葉がひどくあっさりしていることが、ジョージに胸の悪くなるような不安を与えた。ジェフがわたしに来てほしがってるのがわかったから。

どうしてわかったんだ？――ジョージは思ったが、それはきかずに、

「ジェフが夢にうなされでもしたのか？」

「さあ、どうか、確かなことは。もう大丈夫らしいの。でも、わたしがはいってきたときは、すっかりおびえていて」

「怖くなんてなかったよ」憤慨した小さな声がした。「だけど、すごく不思議なところだった」

「なにが？」とジョージ。「よく聞かせて」

「山がたくさんあるんだ」ジェフは夢見るような声だった。「とっても高い山ばかりで、でもいままでぼくの見た山と違って、上のほうに雪なんかないんだ。燃えている山もあったよ」

「火山なのか？」

「そうでもないんだ。山全体が変な青い火で燃えてる。それから、ぼくが見てるうちに太陽が昇った――」

「で？　どうしてお話を途中でやめちゃうんだ？」

ジェフは、どうしても飲み込めないというまなざしで父を見て、

「そうなんだ、それが不思議なんだ。その太陽、とっても昇るのが早いし、それにばかに大きいの。それから——色もおかしかった。ものすごくきれいな青い色をしてるんだ」

長い、心を凍らせてしまうような沈黙があってから、ジョージは静かな声で、

「それだけかい？」

「うん。そのうちにぼく、なんだか寂しくなってきて。そしたらママが来て起こしてくれたの」

ジョージは息子の乱れた髪の毛を片手でくしゃくしゃにかきまわすと、残る手で自分のガウンを体にかき寄せた。ふいに寒く、体がいじけて小さくなってしまったような気がしたのだ。しかし息子に語りかける声にはそんな気配は出さず、

「ただのくだらない夢だよ、そんなの。晩ご飯の食べすぎだろう。さあ、みんな忘れておやすみ。いい子だ」

「はい、パパ」ジェフはちょっと黙っていたが、なにか考え込むように言うのだった。「もう一度、あそこに行くんだ。やってみる」

【「青い太陽？」カレレンが言う。いまの出来事からまだ何時間もたたないころだ。「それな

ら、すぐわかっただろう」

「ええ」答えたのはラシャヴェラクだった。「アルファニドン第二惑星に違いないと思われます。硫黄山塊がいい証拠でしょう。面白いのは時間の尺度の歪みで、あの惑星の自転はかなりゆっくりしていますから、あの子はわずか数分で数時間の出来事を見ていたということになります」

「わかったのはそれだけかね？」

「そうです。これ以上は、あの子供に直接きいてみなくては」

「それはいけない。われわれが干渉せずに、なりゆきにまかせ、万事自然に起こるようにしなくてはならないのだ。あの子の両親のほうがわれわれになにか言ってきたら——まあそのときは、あの子に直接きくのもいいだろう」

「なにも言ってこないかもしれませんよ。それに、言ってきたときはもう手遅れということも」

「それはやむをえまい。忘れてはならないことが一つ——この件に関しては、われわれの好奇心などどうでもいいことなのだ。せいぜい人類の幸福と同程度の重要性しかない」

カレレンは手を伸ばし、通話装置のスイッチを切ろうとしながら、

「もちろんのことだが、観察を継続してくれたまえ。結果は漏らさずぼくに報告するんだ。干渉はいけないよ、絶対に」

しかし朝起きたジェフには、なにも変わったようすは見られなかった。少なくともこれはありがたいことだとジョージは思う。だが内心、恐怖は高まるいっぽうだった。

ジェフからすると、これはただの遊戯の一つだった。まだおびえるところまでは来ていない。どんなに異様でも、しょせん夢は夢にすぎなかった。眠りによっていろいろな新しい世界が開かれ、ジェフはもう寂しさも感じずにその世界の中にいられるようになった。彼の心が母を呼んだのは最初の晩だけだ——母と彼のあいだを断ち切ってしまった底知れない深淵（しんえん）を乗りこえて。いまのジェフは、恐れも知らず、たった一人で、目の前に開かれた宇宙に乗り出していけるのだ。

朝が来ると、両親はジェフにいろいろ問いただした。ジェフも思い出せることはすべて話して聞かせた。ときどき言葉につまって、なにも言えなくなることがあった。夢の中の情景は、ジェフのそれまでのあらゆる経験を超えた——いや、そればかりか、人間の想像力を絶したものだったからだ。すると両親は、新しい言葉を教えてジェフの話をうながしてやったり、写真や色の実物を見せて記憶を助けてやったりしては、その結果をあれこれ自分たちなりに組み立ててみた。ジェフの夢の世界が、ジェフ自身の心にとってはごく単純で鮮明な像として見えているのに、両親にとってはまったく理解できない場合もしばしばあった。要するに、話がうまく伝わらなかったのだ。しかし、はっきりと理解できる場合もあった……

宇宙空間——惑星もない、周囲の風景もない、いや足もとの世界さえない。ただ黒一色、ビロードの夜。これを背景にして巨大な、真っ赤な太陽が一つ——心臓のように鼓動する太陽。ただ大きく、うっすらと見えたかと思うと、ゆっくりと縮んでいく。と同時に、中で燃える火に新しい燃料が与えられたように明るさが増す。色彩スペクトルも赤から上昇し、黄色の境界線まで昇ってしばらくためらったかと思うと、今度は同じ過程を逆にたどって、この恒星は膨張し冷却し——また元の赤い焔状の輪郭の乱れた雲のように……

【「典型的な脈動変光星だ」とラシャヴェラクが熱っぽい声で言う。「今度も猛烈に加速された時間尺度で見ているのです。どの星かはっきり判定できませんが、これに最もあてはまる最寄りの恒星といえば、ラムサンドロン第九惑星かファラニドン第十二惑星でしょうか」

「いずれにせよ、遠くへ遠くへと進んでいるのだな、地球を離れて」とカレレン。

「ええ、もうだいぶ遠ざかっています」ラシャヴェラクは答えた……】

地球と言われてもおかしくない世界だった。白熱の太陽が青空にかかる。白い雲が点々と走るのは嵐の前ぶれだ。丘のゆるい斜面は広々とした海に向かって降りていき、猛り狂う風が海を引き裂き、しぶきを舞い上げる。だが、なに一つ動かず凝固した風景——光る稲妻が一瞬とらえた情景のようだった。そして水平線のはるかはるかかなたに見えるのが——これは地球のものではない。ぼうっとかすんだ円柱の列だ。海から空へとわずかに先に向かって細くなり、やがて雲の中へ没していく。この惑星を縁どって、きちんと一定間隔で林立する円柱がある。人工物にしては巨大すぎるし、自然物にしては整いすぎている。

【「シデニウス第四惑星と〈暁の柱〉です」ラシャヴェラクの声には畏怖の念がある。「あの子は、ついに銀河系の中心に来たのです」

「いや、あの子供にすればまだ旅はほんの序の口だ」カレレンが答えた。】

今度の惑星は完全に平らだった。重力があまりにも強いために、火に包まれた惑星の少年期に存在した山という山は、すべてならされてしまった——もっとも、最高峰がせいぜい二、三メートルという山だったが。しかし、ここには生命があった。惑星の表面をおおって、無数の幾何学模様がはいまわり、身動きし、色を変化させる。二次元の世界。住民はせいぜい厚さ何ミリという生物だった。

そして空にかかる太陽は、阿片常用者が幻想の極致においてさえ夢見ることのできない異様な姿だった。白熱を通りこし、紫外線の臨界で焼けただれる妖怪——それをめぐる諸惑星は放射能に焼かれている。地球の全生物を瞬時にして絶滅するほどの放射能だった。太陽の周辺何百万キロにまでガスと埃のベールが立ちこめ、これを突き裂く紫外線が無数の色に変化する蛍光をはなつ。地球の太陽など、これにくらべれば白昼の蛍のように色あせた存在でしかなかった。

【「ヘクサネラックス第二惑星です。こんな恒星は銀河系にはたった一つしかないはずですから」ラシャヴェラクは言う。「われわれの宇宙船でも、この星まで出かけたものは数えるほどです。しかも着陸する気などとてもなかった。こんな惑星上に生物がいるなどとは、とても思えませんでしたので」

「どうもきみたち科学者は、自分で思い込んでいるほど綿密ではないようだな。あの——模様のようなものが知的生命だとすれば、コミュニケーションというものがどういうものか、なかなか興味ある問題だ。三次元を理解しているのかな、あの生物は？」】

　この世界では昼と夜、年や季節は意味を失っている。六つの色とりどりの太陽が空を共有していた。暗闇は存在せず、あるのはただ明るさの変化だけだった。ぶつかりあい引っぱりあう引力場が入り乱れる中を、この惑星は動く。曲線を描き、輪を描き、二度と同じコースをたどらない軌道の複雑さ加減は想像を絶するものがあった。毎瞬がことごとく唯一無二の瞬間だった。現在空に並ぶ六つの太陽の位置は、永遠にくり返されることがない。

　しかし、こんな世界にも生命はある。ある時代には太陽系の中心部で焼けただれ、ある時代には辺境で凍りつく——そんな惑星でも知能生物の故郷なのだった。込み入った幾何学模様をなして、大きな多面体の結晶群があちこちに立っていた。寒冷時代にはじっと動かず、温暖期を迎えると鉱石の鉱脈をたどって徐々に育っていく。一つのことを考えるのに千年をついやしたとしても、どうということはない。宇宙はまだ若いし、時は無限に彼らの前に横たわっているのだから。

【「ありとあらゆる記録を捜してみたのですが」とラシャヴェラク。「こんな世界は知られていませんし、こういう太陽の組み合わせも知られていません。もしわれわれの銀河系内にあったとすれば、宇宙船の到達距離外にあるにせよ、天文学者が探知しているはずですが」

「それなら、あの子は銀河系の外に出たのだ」

「そうです。この調子だと、もうじきはじまりますね」

「誰にもわからないさ、それればかりは。あの子はただ夢で見ているのにすぎない。目が覚めたときは相変わらずだ。まだ第一期なのだよ。変化がはじまればすぐにわかる」】

「前にお目にかかったはずだ、グレグスンさん」〈上主〉の声は重々しい。「わたしの名はラシャヴェラク。覚えておいでですね？」

「ええ」ジョージは答える。「ルパート・ボイスのあのパーティで。忘れるわけがない。いずれまたお会いするだろうと思っていました」

「お聞かせ願えますか――いったいなぜわたしに面会を？」

「とっくにご存知のはずですが」

「たぶん。しかし、あなたの口からひととおりお聞かせ願えれば、おたがい助かるというものです。実はこう申すとあなたもびっくりされるかもしれないが、わたし自身どうにかわからないものかと懸命なありさまで、ある意味ではわたしの無知はあなたと同様なのです」

ジョージはあっけにとられて、この〈上主〉を見つめた。思いもよらない話だった。〈上主〉たちは全知全能であり、いまジェフの身の上に振りかかっている出来事も、〈上主〉たちにはわかっているし、きっと彼らがひき起こしたものなのではないか——潜在意識としてそう考えていたのだ。

ジョージは先をつづけた。「ニューアテネの心理学者にぼくが出した報告書は、もうごらんになっているはずだ。したがって夢のこともご存知かと」

「ええ、それは知っています」

「あの夢が、単に子供の想像力がつくりあげた絵空事だなどと、ぼくにはけっして信じられなかった。とにかく突拍子もない、したがって——こんなことを申し上げると馬鹿みたいに聞こえるかもしれないが——したがって、なにか現実の根拠があるに違いない。そう思ったわけです」

ジョージは不安げにラシャヴェラクを見た。相手がそうだとうなずくか、嘘だと言うか、見当がつかなかったのだ。だがラシャヴェラクはなにも言わず、大きな、静かな目でじっとこちらを見ていた。この部屋はこうした面会用に設計されているらしく、二人はいわば顔突きあわせて座っているのだった——部屋が二段になっていて、〈上主〉用のどっしりした大椅子は、ジョージの椅子よりたっぷり一メートルは下にあった。面会を求めて来る人間を思いやってのつくり方だ。面会に来る者は、まず落ちついた心境になどなれないだろうから。

「ぼくらは心配だった。でも最初のうちは、これではいけないなどと恐れる気持ちにはならなかったのです。ジェフは目を覚ますと、ごく正常で、夢があとを引いて心を乱されたようすもない。ところが、ある夜——」口ごもったジョージは、弁解がましい目でラシャヴェラクをちょっと見てから、「ぼくは超自然現象など信じたことがない。ぼくは科学者じゃありませんが、万事合理的な説明がつくと思っている人間です」

「おっしゃるとおり、説明がつくのだ」と相手は言う。「わたしはあの場を見ていたのだから、わかるのだ」

「ぼくも見られてるのじゃないかと勘ぐっていましたがね、以前から。でもカレレン総督は、あなたがたは機械を使って人間をスパイしたりはしないと約束している。なぜ破られたのですか、その約束を？」

「破ってはいない。総督は、『もはや人類を監視したりするようなことはない』と言われたのです。その約束は守っています。わたしが見張っていたのは、あなたのお子さんたちだ——あなたがたじゃない」

ラシャヴェラクの言葉がなにをほのめかしているのか、ジョージにわかるまでにかなり時間がかかった。だが、やがてジョージの顔から徐々に血の気が引いていった。

「というと……？」あっとあえいだ彼は、途中で声が消えてしまい、もう一度言いなおさなければならなかった。「というと、ぼくの子供たちは、いったい何者なのです」

答えるラシャヴェラクは重々しい口調だった。「実はわたしたちも、それを知ろうと懸命なのです」


それまで赤ちゃんとしか呼ばれてこなかったジェニファ・アン・グレグスンは、両目を固く閉じてあお向けに寝ていた。長いあいだあけたことのない目であり、もう二度と開くことはない。光のない深海の生物は、視覚以外にたくさんの感覚を持っている。それと同じで、彼女にとっても、視覚などおよそ浅薄皮相（せんぱくひそう）でしかないのだ。彼女は周囲の世界をはっきりと知覚している――いや、それ以上のことさえも。

およそ説明のつかないことだったが、ごく短期間で終わってしまった彼女の乳児期の反射的習性が、一つだけ発育の過程の気まぐれで、とり残されてつづいていた。かつて彼女をひどく喜ばせたガラガラが、いまやひっきりなしに鳴っている。複雑をきわめた、時々刻々と変化するリズムに乗って寝台から聞こえるのだ。母のジーンを眠りから起こさせ、子供部屋にあたふたと駆け込ませたのは、この異様なシンコペーションのリズムだった。しかし、ジーンが悲鳴を上げてジョージを呼んだのは音のせいばかりではなかった。

目に映った光景だ――ごくありふれた、派手な色のガラガラが、半メートル先でなんにも支えられず宙に浮いて、リズムを鳴らしつづけている――そしてジェニファ・アンは両手のまるまるとした指をしっかり握りしめ、静かな満足の微笑を浮かべて横になっているのだ。
ジェニファのスタートは遅かった。しかし急速に進みつつあった。じきに兄を追いこすだろう――兄と違い、かなぐり捨てなければならない知識がずっと少ないのだから。

「そのおもちゃにさわらなかったのは賢明でした」ラシャヴェラクが言った。「おそらくさわってもびくともしなかったでしょうが、もし動きでもして、お嬢さんの気にさわったりするようなことがあると、どんな事件が持ち上がっていたか、わたしには想像もつかない」

「すると、あなたがたにもなにもできないと？」ジョージの声には生気がない。

「嘘を申しあげても仕方ないでしょう。われわれにできるのは観察と研究――これはもうすでに行なっているとおりです。だが干渉することはできない。われわれにも理解できないのだから」

「じゃ、いったいどうしたらいいんだ？　それに、なぜこんなことがぼ﹅く﹅ら﹅一家に？」

「遅かれ早かれ、誰かの上に起きなければならなかったことだ。あなたのご一家が特別変わっているわけではない。原子爆弾が炸裂するとき、まず一個の中性子がきっかけになって連鎖反応が生じる。それと同じです。たまたま最初の番にあたっただけのこと。中性子ならどれでもよかったのだ。ジェフリー君でも、世界じゅうのほかのどの少年でもよかったのです。われわれはこの現象を〈完全突破〉と呼んでいる。もう秘密にしておく必要はない。わたしたちもほっとしているのだ。わたしたちは、これが起きるのを待っていた——地球に来て以来ずっとね。いつどこでこれが起きるか予知しようがない。それがたまたま、ルパート・ボイスのパーティであなたにお目にかかれた。偶然以外の何物でもない。あのときわたしにはわかった、ほぼ確信が持てたのだ——あなたの奥さんのお子さんたちが最初になるはずだとね」

「でも——あのとき、ぼくらはまだ結婚していなかった。いや、それどころか——」

「そのとおり、わたしにもわかっている。だが、ミス・モレルの精神は、たとえ一瞬間の出来事だったにせよ、あのとき生きているいかなる人類にもわかっているはずがない知識の導体として作用した。つまり、彼女の精神に密接に結びついた、もう一つの精神から漏れて伝わったということなのです。そのもう一つの精神は、まだこの世に生を受けていなかった。しかしそんなことはどうでもいい。〈時間〉というものは、あなたがたが考えているより、はるかに不思議なものなのだ」

「やっと飲み込めてきましたよ、ぼくにも。ジェフにはそういうことがわかる——ほかの世界を見る力があるし、あなたがたがどこから来たのかもわかるんだ。まだ生まれもしていないジェフの思考が、なぜかジーンに伝わった」

「いや、それだけではなく、まだいろいろなことがある。でも、あなたがたにはそれ以上真実に近づくことはできないだろう。歴史を通じて、時間と空間を超越した、なんとも説明できないような能力の持ち主が次々に出ているのだ。誰にも彼らを理解することはできなかった。いろいろ説明が試みられているが、まずは例外なくくだらないものだ。わたしにはよくわかっている――当然でしょう、あれだけどっさり資料を積まれたのだから！

しかし、たった一つ――そう、役に立つ、示唆（しさ）に富む喩（たと）えと言ったらいいだろうか――そういうものがある。これはあなたがた人類の文学にくり返しくり返し出てくるイメージだ。人間一人一人の心を島と考えていただきたい。四方は海にかこまれている。それぞれの島が孤立しているように見えるのだが、現実にはすべてが根もとの岩盤でつながっていて、そこから生えているわけだ。もし海が消滅すれば、島も全部なくなってしまう。すべて一つの大陸の一部となるが、島個々の独自性は消えてしまうことになる。

あなたがたが精神感応（テレパシー）と呼んでいるものも、実はこういったものなのだ。適当な環境に置かれると、数々の精神が融合し、おたがい同士の内容を分けあう。そしてふたたびばらばらに切り離されるときも、融合時の記憶を持って帰ることができる。最高度の形態においては、この能力は普通の時間や空間の限界に拘束されない。あなたの奥さんが、まだ産まれぬ息子さんの知っている知識を引き出すことができたのはこのためだ」

ジョージは必死にこの驚くべき考え方ととりくみ、そのあいだ長い沈黙がつづいた。やっと全体図がつかめてきた。とても信じられない話だったが、それなりの論理を持っている。説明もつく——こんな不可解な現象に説明などという言葉が通用すれば、だが——とにかくルパート・ボイスの家でのあの夜の一件以来の出来事が説明できるのだ。それにジーンが超自然力に対して示した好奇心——いま気がついたのだが、これも説明がつくではないか。

「なにがきっかけでこうなったのですか？　それに、これから先のことは？」

「それはわたしたちにはお答えできないことだ。しかし、宇宙には生物種族の数は多い。中にはあなたがた人類——それにわたしたち——がこの世に姿を現わすずっと以前に、いま言ったような能力を発見した種族がいくつかある。そういう種族たちは、あなたがたが合流してくれる日を待ち望んでいたのだ。いまやその日が来た」

「すると、あなたたちの役割は？」

「人間のほとんどがそうなのだが、あなたご自身もわたしたちを主人だと思っているだろう。だが違うのだ。わたしたちは前からずっとただの後見人、保護者。与えられた——上から与えられた義務を行なっているだけのことだ。どういう義務かと定義するのはなかなか困難だが、いわば難産の手助けをする助産婦、とでも考えていただこうか。なにか新しくてすばらしいものをこの世に送り出す手助けをしているわけだ」

ラシャヴェラクはためらった。しばらく言葉に窮しているようだったが、

「そう、わたしたちは助産婦。だが、わたしたち自身には子供ができない」

その瞬間ジョージは、自分のそれをはるかに超えた悲劇を眼前にしていることを知ったのだった。信じがたいことではあったが――しかし、どことなくつじつまが合う。これほどの能力と知能の持ち主でありながら、〈上主〉たちは進化の袋小路にはいってしまったのだ。偉大で高貴な種族であり、ほとんど全面的に人類にまさる種族――しかし彼らに未来はない。彼らもそれを自覚している。これを目のあたりにすれば、ジョージ自身の問題など、微々細細たるものにすぎないように思えるのだった。

「なるほど。それであなたがたがジェフを見張っていたわけがわかりました。あの子は実験中のモルモットだったんだ」

「そのとおり――しかし、この実験はわたしたちの自由にはならない。わたしたちが着手したものでもない。わたしたちはただ観察しようと試みただけだし、どうしても必要なとき以外は干渉しなかった」

そうか、とジョージは思う。あの津波の事件もこれでわかった。貴重な実験動物が殺されては困るのだな。だが、そこで自分が恥ずかしくなった。そんなふてくされは似つかわしくないのだ。

「あと一つだけうかがいたい。ぼくらは子供たちをどうすればいいのでしょう?」

「できるうちに楽しまれることだ」ラシャヴェラクの声は優しい。「じきにあなたがたのものではなくなるのだから」

どんな時代にも、親たる者への助言としてはよくある言葉だった。しかし、いま聞くこの言葉にはいまだかつてない恐怖と、脅威がこもっているように響いたのである。

19

ついに、ジェフの夢の世界が彼の日常生活とはっきり区別がつかなくなる時期がやってきた。ジェフはもう学校に行かなくなっている。ジーンとジョージにとっても、日常生活の型は根本的にくつがえされ、やがて世界じゅうがそうなろうとしていた。

二人は友人たちと完全に没交渉になった。いずれ、ほかの連中も二人に同情などしている余裕はなくなる、とすでに意識しているかのようだ。夜、あたりが静かになり、人が出歩かなくなったころなど、連れだって長い散歩に出かけることがある。新婚のころよりもずっと仲むつまじい夫婦になっていた。やがて未知の悲劇が二人を踏みにじってしまう。それを前にして、二人はおたがいの結びつきをとり戻したのだった。

最初のうちは、眠り込んでいる子供たちを家に置き去りにしておくのがうしろめたかったが、気がついてみれば、ジェフもジェニーも、すでに親たちにはとても理解できない形ではあるが、自分の面倒を自分で見る能力を身につけてしまっているのだ。もちろん、〈上主〉

たちも見張っていてくれる。そう思うと心強かった。重荷をしょっているのは自分たちだけではない。〈上主〉たちの叡智と同情に満ちた目が、一緒に寝ずの番をつとめてくれるのだ。ジェニファは寝ている——「寝ている」としか形容できない状態だ。外見こそまだ赤ん坊だったが、彼女の身のまわりには恐るべき、見えない力がただよっているのが感じられて、ジーンはもう二度と子供部屋にはいっていく勇気はなかった。

だいたい、その必要もないのだった。かつてジェニファ・アン・グレグスンだったこの存在は、まだ完全に成長してはいない。しかしいまのままのさなぎの段階においてさえ、自分の必要はすべて処理できるだけの環境支配能力を持っていた。一度ジーンは食事をとらせようとやってみたが、だめだった。栄養は好き勝手、気の向いたときにとるつもりなのだ。冷蔵庫の中の食糧が、ゆっくりと、きちんきちんとなくなってゆく——しかもジェニファ・アンは寝台から一歩も動いたことがない。

ガラガラを鳴らすのはもうやめていた。捨てられたガラガラは、子供部屋の床に転がったままだ。ジェニファがまた欲しくなったときのことを考えて、両親ともこの玩具には手をふれようとしなかった。ときどきジェニファは、家具をひとりでに動かして、妙な配列に並べかえる。ジョージの目には、子供部屋の蛍光塗料が以前より強い光で輝いているように見えた。

ジェニファにはまったく手がかからなかった。もう両親のさしのべる手など届かないところへ行ってしまったのだ。愛情も届きはしない。終わりは近い。残った日々を、親たちは必死にジェフにすがってすごす。

ジェフも変わりつつあった。しかし、まだ両親を見分けることはできた。まだ形もまとまらない乳児のころからずっと成長を見とどけてきたこの少年も、親たちが見守る眼前で時々刻々その性格を失いつつある。だが、ときには昔に帰って親に話しかけることもあった。行き先にあるものが、なにか、まだ知らぬげな顔で、玩具のこと、友だちのことを話す。だが、だいたいにおいて親には目もくれないか、親がいることも知らぬ顔だった。

ジェニファと違い、ジェフは物体に対する超能力は持っていないようだ——もうだいぶ大きくなっているので、そんな力に妹ほど頼らずにすむせいだろうか。ジェフの異常さはその精神生活にあった。もう例の夢など、そのごく一部にすぎなくなっていた。何時間でも目をかたく閉じてじっとしている。誰にも聞こえない音に耳を傾けているようだった。どこから、またいつからやってくるのかわからないが、心の中に知識がひたひたと流れ込みつつあるのだ。やがてこの知識は、かつてジェフリー・アンガス・グレグスンと呼ばれた、この未完成の存在を圧倒し、破壊してしまうはずだ。

愛犬のフェイはおすわりをして見守っている。悲しそうな、けげんそうな目でジェフを見上げては、主人がどこに行ってしまったのか、いつ自分のところに帰ってきてくれるのかと考え込んでいるのだった。

ジェフとジェニーが世界最初の例だったが、やがてこの二人だけではなくなった。土地から土地へと広まる疫病のように、「変身」は全人類に伝染した。十歳以上はほとんど無事だったが、それ以下の子供は逆に、ほぼ全員が感染したのである。

文明の終末であり、開闢以来人類が努力してきたことすべての終末だった。わずか数日にして、人類は未来を失ってしまった。子供たちを奪われると、どんな種族も心がくじけ、生存への意志を完全に喪失するものなのだ。

一世紀前のような恐慌はなかった。世界はただ呆然とし、巨大な都市は静まりかえり、おし黙る。生命を握る諸産業だけが機能をつづけていた。地球全体が、もう実現不能になったすべてを悼んで、喪に服しているようだった。

そのとき、すでに忘れられた過去の時代に一度だけあったように、カレレンは人類に語りかけた——最後の演説だった。

20

「わたしのここでの仕事はほとんど終わった」

カレンの声が何百何千万のラジオから流れている。

「百年たったいま、やっとわたしはその仕事がなんだったか、諸君にお話しできるのだ。わたしたちが諸君に隠さなければならなかったことはたくさんある。地球に来てから半分のあいだは、わたしたち自身の姿を隠していた。これもその一例だ。諸君の中には、そのようなことは無用とお考えになったかたも若干あった。なるほど現在の諸君は、わたしたちがこうしていることに馴れておいでだから、諸君のご先祖がわたしたちの姿にどう反応しただろうかなどということは、もはや想像もつかないと思う。しかし、少なくともわたしたちが身を隠していた目的は理解していただけるはずだ。理由あってのこととおわかり願えるだろう。

諸君に隠していた最大の秘密が、わたしたちが地球にやってきた目的はなにかということ。この目的については、諸君のあいだで果てしない憶測が交わされたものだ。いままでそれを教えられなかったのは、この秘密を明かすことが、実はわたしたちの権限外だったからだ。

一世紀前、わたしたちは諸君の世界に来て、諸君を自滅から救った。このことについては、どなたにも異存はあるまい。しかし、この自滅とはどういうものなのか、これについては誰も見当がつかなかったようだ。

わたしたちが核兵器その他、諸君が武器としてたくわえつつあった危険な玩具(おもちゃ)を全面的に禁止したため、諸君が肉体的に絶滅する危険性は除去された。諸君は唯一の危険とはそのことだと考えたわけだ。わたしたちも諸君がそう信じてくれるほうが都合がよかった。しかし、事実は違う。諸君らが直面していた最大の危険とは、実はまったく別種のもので、これは諸君たち人類以外の種族にも関係があったのだ。

　核エネルギーという曲がり角にさしかかり、しかも災厄を避け、平和で幸福な文明建設に着手しながら、突然未知の力によって壊滅してしまった世界が数多くあった。二十世紀になって、諸君もそういう力に本気で手を出しはじめた。わたしたちが乗り出さなければならなくなったのもそのせいだった。

　二十世紀を通じ、人類は終始ゆっくりとではあるが、その危険な深淵へと近づいていった——そんなものがあるなどとは夢にも思わずに。この深淵を渡る橋はたった一つしかない。しかも手助けなしにこの橋を発見できた種族は、いままでにほとんどなかった。中には、まだ間に合ううちに道を折り返して戻ってしまい、危険こそ回避したが、同時に彼岸に行きつくことも断念してしまったものもある。そういう世界は苦労知らずの満足感に浸るこの世の楽園になったものの、宇宙の歴史に参与することはもう二度とない。だが、そうはならないのが諸君の運命であり、めぐりあわせだった。諸君の種族は、そうなってしまうには、あまりにも活発でたくましすぎたのだ。おそらく自滅の道を歩み、ついでにほかの種族をもまきぞえにしてしまったに違いない。諸君にはあの橋を見つけることはできないのだから。

　これからわたしがお話しすることが、ほとんど全部、いま申し上げたような喩え話になってしまうのは残念だ。お伝えしたいことの多くは、諸君の言葉や観念には翻訳できないものだからである。しかも、わたしたち自身の知識も、あわれなほど不完全でしかない。

　理解していただくためには、諸君にずっとさかのぼって考えてもらうことが必要だ。諸君の先祖たちにはなじみがあったが、諸君の世代はもう忘れ去っているもの――そこまでさかのぼってもらわなければならない。実は、これはわたしたちがわざと諸君に忘れさせてしまったものなのだ。実は、わたしたちの地球滞在の根本が、諸君がまだ直面する準備ができていないいくつかの真実を諸君から隠してしまうという、大きな欺瞞行為にかかっていたのだから。

　わたしたちが来る前の何世紀かのあいだに、諸君の科学者たちは、物理的世界の秘密のベールを剝ぎ、蒸気エネルギーから原子エネルギーへと諸君を導いた。科学こそ人類の唯一の宗教というわけで、諸君は迷信をかなぐり捨ててしまった。これは西洋のごく一部の人類が、残るすべての人類に与えた贈り物で、おかげでほかの諸信仰もすべて滅ぼされてしまった。わたしたちがやってきたときにまだ残存していたものも、もう余命いくばくもないという状態だった。科学はすべてを解明できる、科学が扱いえない領域はない、科学が究極的に説明しえない出来事はありえない――それが一般の見方だった。宇宙の起源こそ永遠の謎かもしれないが、それ以後の森羅万象はすべて物理学の法則の支配下にある、と考えられたのだ。

　しかし、諸君が生んだ神秘主義者たちは、自分自身誤った妄想に溺れながらも、真相を部分的に見抜いていたのだ。精神の力、精神を超えた力というものが存在する。これらの能力は、けっして科学の枠組みの中には収められない。もし収めようとすれば、その枠組み自体が瓦解(がかい)してしまう。古今を通じ、不思議な現象が無数に報告されている——騒霊(ポルターガイスト)、テレパシー、予知能力等々、諸君はいろいろと名づけたが、説明は不可能だった。最初のうち科学は、五千年の歴史の証言にもかかわらずそれらを無視し、さらには存在を否定しようとさえした。だが、そういうものは存在するのだ。その説明がつかないようでは、いかなる宇宙論も完全とは言えない。

二十世紀前半になって、若干の科学者たちがその研究に着手した。彼らは知らなかったが、実のところ彼らはパンドラの箱の錠をもてあそんでいたのだ。箱の中から出てくる力は、原子力のもたらす危険をはるかに超えた恐るべきもの——物理学者はせいぜい地球を滅ぼすことしかできないが、超物理学者は災害をほかの星にまで及ぼしかねなかった。

これを放置するわけにはいかなかった。諸君がどんな種類の脅威となるのか、わたしには説明できない。わたしたちの種族には影響がないので、理解できないのだ。喩えて言えば、諸君ら人類は、テレパシー癌(がん)とでも形容すればいいだろうか。精神そのものが悪性腫瘍(しゅよう)となり、究極的には自壊作用を起こし、その際、ほかのもっと優れた精神を毒で犯してしまうことになるのだ。

そこでわたしたちは地球に来た——というより派遣されたのだ。諸君の文化的発展をあらゆる面で中断させてしまう。ことに超自然現象に関する本格的な研究はすべてストップさせた。わたしたちの文明と諸君の文明とを対照させることにより、ほかの創造的な仕事も抑止する結果にもなってしまった。それはわたしたちもよく承知している。しかしこれは二義的な副産物であって、どうでもいいことなのだ。

さて、次にお話しすることは、諸君を驚かせるだろうし、またおよそ信じがたいという気にさせるかもしれない。諸君が持っているこういった潜在的能力は、実はわたしたちにはないもので、理解することさえできないものなのだ。わたしたちの知能は諸君のそれよりはるかに強力だ。しかし諸君の精神の中には、わたしたちにはどうしてもとらえがたい何物かがある。地球に来てこのかた、わたしたちは諸君を研究してきた。多くのことを知りえたし、これからもいろいろわかってくるだろう。しかし、真相のすべてを知りえるかどうかは、はなはだ疑問だ。

諸君とわたしたちのあいだには共通点が多い——わたしたちがこの仕事のために選ばれたのもそのせいだ。だが、ほかの面から見れば、諸君とわたしたちは二つの異なった進化過程の最終段階にいるとも言える。わたしたちの精神は、もうこれ以上進歩しないところまで到達してしまった。諸君の精神も同様——ただし現在のままの形では、という意味だ。諸君は次の段階に飛躍できる。ここが諸君とわたしたちの相違だ。わたしたちの潜在能力はもう開発されつくしてしまったが、諸君はまだまだ余力を持っている。いま言ったような力——目下諸君の世界において目覚めつつある力——諸君の潜在能力は、この力と結びついている。どういう結びつきか、それはわたしたちには理解することができない。

その力が形成されつつあるあいだ、わたしたちは時計を遅らせ、時がたつのを抑えて、その力が目下作られている路線を通り、どっと流れ込むことができるまで待つようにした。諸君の惑星に対してわたしたちが行なった種々の改善、つまり、諸君の生活水準の向上や正義と平和の確立は、わたしたちが諸君の生活に介入することを命じられた以上、いずれにしてもやらなければならないことだった。しかし、その面での変化があまりに甚大だったために、諸君は目をそらされて真相を見ることができなかった。つまり、わたしたちの目的にはちょうどよかったわけだ。

わたしたちは諸君の後見人であり——それ以上ではない。この宇宙の序列において、わたしたちの種族がどの程度の位置を占めているのか、たぶん諸君はしばしば考えたことだろう。わたしたちはなるほど、諸君の上に立っている。だが、同様にしてわたしたちの上に立つ何物かがあり、わたしたちを自分の目的のために使っているのだ。わたしたちはその何物かに大昔から道具として使われている。そむくわけにはいかない。それでいて、その何物かの正体を知ることはついにできなかった。何度もわたしたちは命令を受け、初期の花が開いたいろいろな文明世界へおもむき、その世界を導いては、わたしたち自身にはどうしてもたどることのできない道を歩ませたのだ。現在諸君が歩んでいる道がそれだ。

何度も何度も、わたしたちは、自分たちが手伝って導いているこの成長過程がどんなものなのかを研究してみた——いつの日か、わたしたち自身が自らの限界を乗り越えることができるように願って。しかし、真実のおぼろげな輪郭をただ垣間見ることしかできない。諸君はわたしたちを〈上主〉と呼んでいる。この名にこめられた皮肉には気づいていない。こう喩えたらいいだろうか——つまり、わたしたちの上には〈主上心〉とでも呼ぶべき存在があり、わたしたちを陶工(とうこう)が回すろくろのように使っているのだと。

そして、このろくろの上で形づくられつつある粘土が諸君ら人類なのだ。

これは一つの理論にすぎないのだが、わたしたちはこの〈主上心〉が成長し、その力と宇宙意識を拡大しようとしているのではないかと思っている。〈主上心〉はいまや数多くの生物種族の総合体になっているはずであり、またとっくの昔に物質などというものの支配から脱却し、自由になっているのだ。〈主上心〉はたとえどこにだろうと、知能が存在すればそれを知覚する。諸君がそろそろ準備ができたことを知り、〈主上心〉はわたしたちをここに派遣した。命令にしたがい、さし迫った変身に対し諸君を準備させるためだ。

過去に諸君が経験した変化は無数の年月を要したが、今度のは肉体の変化ではなく、精神の変化だ。進化の標準から言えば、今度のは瞬間的な激変ということになるだろう。もうはじまっているのだ。これだけは覚悟していただかなければならない——つまり、諸君はホモ・サピエンスとしての人類最後の世代だということだ。

その変化がどんな性質のものか？　これについては、あまり教えられることがない。どうやってその変化を起こすのか、時が熟したと見てとった場合、〈主上心〉がどのような衝動を引き金に使ってスタートさせるのか——わたしたちには、とにかくわからないのだ。わたしたちが発見したことは、とにかくその変化がまず一個人——つねに子供だ——にはじまり、以後爆発的に広がるということだけだ。飽和状態の溶液が何かの核を得て結晶を形づくるのに喩えられるだろう。大人には影響がない。大人の精神は、すでに変えることのできない型にはまってしまっているからだ。

数年後にはすべてが終わり、人類は完全に二分されてしまっているはずだ。もう戻ることはできないし、諸君にとってなじみの世界にはもう未来もない。諸君ら人類のすべての夢と希望は終わってしまった。諸君は後継者を産み出してはいる。だが、その後継者を理解することはできないし、彼らの精神と交流をはかることさえできない。これが諸君の悲劇だ。諸君の後継者たちは、諸君の知る形での精神さえ持たない。諸君自身、無数の細胞から形成されているように、この後継者たちは全体で一つの実体を形成しているのだ。彼らを人間と考えることもできないだろう。そのとおり、彼らは人間ではない。

わたしが以上のことをお話ししたのは、諸君を待ちかまえているものがなにかを知り、覚悟していただくためだ。数時間たつと危険な状態がわれわれを襲う。わたしの仕事、わたしの義務は、派遣された守護役として、彼らを守ることだ。彼らの能力は目覚めつつあるが、周囲の多数の群集の力をもってすれば撃滅されてしまう——真相に気づいた場合は、彼らの親自身が手を下しかねないのだ。わたしは彼らを連れ去り、隔離せざるをえない。彼らを守るため、また諸君を守るためだ。明日、わたしたちの船が彼らの疎開を開始する。諸君がこれを妨害する気になったとしても、それは無理もないことだ。しかし、妨害は無益だ。われわれなどには及びもつかない偉大な力が目覚めようとしているのだ。わたしはその力の道具の一つにすぎない。

そして——目的をすべて果たし、しかも生き残った諸君——わたしはその諸君を、いったいどうしたらいいのだろう？　最も簡単、そしておそらくは最も慈悲深いやり方は、諸君に死を与えることだ。愛する動物たちが瀕死の重傷を負ったときに、諸君自身がするように。だが、それはわたしにはできない。めいめいの未来をどうするか、これは残された年月のあいだに、諸君自身で自由にきめていただきたい。自分の生命は無駄ではなかったことを知りつつ、人類が平和とやすらぎの中に眠りにつくことをわたしは願っている。

諸君がこの世に生み出すものは、諸君にとってまったく異質な存在であり、諸君の希望、諸君の求めるものを諸君と分かちあうことはないかもしれない。諸君の最も偉大な事業や業績を、ただ子供じみた玩具としてしか見ないかもしれない——だが、それにもかかわらず、それはすばらしいものであり、諸君こそはその生みの親なのだ。

わたしたちの種族が忘れ去られてしまうときが来ても、諸君の一部は依然として生きつづけているだろう。だから、やむをえずしてやったことに対して、わたしたちを責めないでいただきたい。そして、このことだけを忘れずに——わたしたちは永遠にみなさんをうらやむ、と」

21

前には泣いたこともあったジーンだが、いまは泣いていない。スパルタ島の双峰(そうほう)の上にゆっくりと船が姿を現わしたとき、アテネ島は冷酷非情な陽光を浴びて横たわっていた。あの岩だらけの島で、ついこのあいだ、自分の息子は奇蹟によって死をまぬかれた。いまになってみれば、わかりすぎるほどよくわかるあの奇蹟。あのとき、いっそ〈上主〉たちが手を引いて、息子を運命のおもむくままにしてくれたなら、とジーンはときどき思う。死ならいままでにも顔突きあわせたことがある。なんとか耐えることができたはずだ。死は自然の秩序のうちだった。でも今度のことは死よりも異様——そして死よりも強くとどめを刺すものだった。今日までの世界では、人は死んでも人類は生きつづけたのに。

子供たちからは、物音も動く気配も伝わってこなかった。あちこちにグループをつくって、砂浜の上に立っている。永遠にあとにしていく家のことにも関心がなければ、おたがい同士にも関心がないようだった。赤児を抱いている子供が多い。まだ歩けない子なのか、それとも、歩くことなど不要にしてしまう例の能力を、まだ見せる気になっていないだけなのか。物体を動かす力があるのだから、自分たちの体を動かすぐらい当然できるはずだ、とジョージは思う。そもそも、どうして〈上主〉が船を出して集めてまわる必要がある?

だが、そんなことはどうでもよかった。要するに子供たちは行ってしまうのだ。これが彼らの選んだ門出(かどで)なのだ。そのとき、ジョージはいままでこれはどこかで見たことがあるぞ、と気になって仕方がなかったことを、ふと思い出した。だいぶ前のことだが、一世紀前のニュース映画のどこかで、同じような出発風景を見たのだった。第一次世界大戦だったか、第二次世界大戦だったか、その開戦初頭の出来事に違いない。危険にさらされた都会をあとにして、子供たちを満載した長い列車がゆっくりと出ていく。あとに残る親たち。その多くが二度とは会えない永の別れなのだった。泣いている子はほんのわずかで、少しばかりの身のまわり品を懸命に抱きしめて、けげんそうな顔の子もいくらかいた——だが、大部分は何か大冒険に出かけるように、期待に胸はずませる表情だった。

とはいうものの——やはり似ても似つかないことだ。歴史はくり返さない。いま出発しようとしているのは、彼らの正体がなんであるにせよ、もう子供ではない。それに今度は、再会ということは絶対にありえないのだから。

船は波打際に着地し、柔らかな砂の中に深く船体をめり込ませている。一列に並ぶ、巨大な、そり返った扉がいっせいにすっと上に開き、渡り板が金属の舌のように浜に向かって突き出した。ばらばらに立っていた、ひどく寂しげな姿がぞろぞろと集まって、一団の群集となりはじめる。人間の群集となんら変わるところはなかった。

寂しげだって？　なぜそんなことを考えたのだろう？　ジョージはわれながら奇妙な気がした。たとえどうなろうと、あの子たちには寂しいということだけは二度とありえないのだから。孤独を感じるのは一人一人が切り離された個人――しかも人間の個人だけではないか。最後の障壁がとりはらわれる日、あの子たちの個々の人格は消え、それとともに孤独も消滅する。無数の雨滴が溶けあって大洋になる。

彼の手を握っていた妻の手に、ぎゅっと強い感慨の力がこもった。

「ごらんなさい」妻はささやくのだった。「ジェフが。ほら、あの二番目の扉」

距離は遠く、さだかではない。そして、ジョージの目にこみあげてくるものがとばりとなって、よく見えないのだった。でもあれはジェフだ――間違いない。やっとはっきりわかった。息子は金属の渡り板にもう片足を乗せて立っている。

そして、ジェフは振り向いてこっちを見たのだった。顔はただ白いにじんだ点としてしか見えなかった。これだけ離れてしまうと、ジェフが果たして親たちに気がついているのか、自分があとに残していくものを覚えているのかどうか、その顔から読みとることはできなかった。振り向いたのは偶然だったのだろうか——それとも、二人の息子として送る最後の瞬間に、親たちが、自分自身ではけっして立ち入ることのできない世界へ足を踏み入れていく息子の姿を見送っていることを知ったのだろうか？　ジョージにはそれも永遠に知ることができないのだった。

大きな扉は閉まりはじめた。その瞬間、犬のフェイは鼻をもたげると、低い、やるせない唸り声を立てた。美しく澄んだ目でジョージを振り返る。この犬は主人を失ったのだ、とジョージは気がついた。もう自分には、ライバルはいないのだ。

残された人々の歩むべき道はたくさんあった。しかし行きつくところはただ一つだった。「世界は相変わらず美しい。いつかお別れしなければならない世界だが、とくに急ぐ必要もないのではないか？」そう言う人々もいた。

しかしほかの人々、現在より未来を大事に思い、そのためにすべての生き甲斐を喪失してしまった人々は、残る気にならなかった。彼らはめいめいの性格の好むところにしたがい、あるいは一人で、あるいは友だち仲間と一緒に、別れを告げていったのだった。

ニューアテネもそれに倣った。焔の中に生まれたこの島は、焔とともに死ぬことを選んだ。島を離れたい人々は去っていったが、大部分は、自分たちの夢の破片にかこまれて終わりを迎えようと、あとに残った。

そのときがいつか、誰にも知らされないことになっていた。しかし夜の静けさの中で、ジーンは目を覚まし、鬼火のようにぼうっと天井から流れてくるあかりを、横になったまましばらく見つめていたが、ふとジョージの手をとった。いつも熟睡するジョージだったが、たちまちはっと目が覚めた。二人ともなにも言わなかった。言葉では表現できなかったのだ。

ジーンはもうおびえてもいないし、悲しくさえない。静まりかえった心境に達することができ、いまや感情を脱却していた。だが、一つだけやらなければいけないことがあった。時間がほとんどないことはわかっていた。

ジョージは無言のまま妻のあとにしたがい、物音一つしない家の中を歩いていく。アトリエの天井からさし込む月の光を横切り、この光が投げかける影同様、ひっそりと静かに歩いて、人気のなくなった子供部屋に来た。

すべてが手つかずで残っていた。ジョージが丹精して塗った蛍光塗料は、相変わらず壁をほのぼのと光らせていた。かつてはジェニファのものだったガラガラも、ジェニファが落としたそのままのところにあった。あのときジェニファの心は、はかりえない遠い場所へと旅立ち、いまもそこにとどまっている。

あの子は玩具を置いていった、でもわれわれ二人は持っていこう、とジョージは思う。古代エジプトのファラオの王子たちのことを思い起こす。あの子たちの人形やガラス玉は、あの子たちとともに葬られ、五千年の眠りについたのだ。同じようにしよう。われわれの宝を珍重してくれる者は、ほかにはもう二度と現れないのだ。持っていこう、手放しはしない。

ジーンがゆっくりと振り向き、夫の肩に頭をあずけた。妻の腰を両腕で抱きしめると、ジョージには昔の遠い愛情が、遠い丘から帰ってくるこだまのように、かすかに、だがはっきりとよみがえってくるのがわかった。妻に当然言っておかなければならないことは多々あったが、もう手遅れだった。後悔は自分が妻をいろいろとだましたことではなく、むしろいままで無関心でいたことにあった。

「さよなら、あなた」とジーンが言い、夫を抱く手に力をこめた。答える時間はついになかったけれど、最後の瞬間にも、どうして妻はこの瞬間の到来を悟ることができたのかと、ジョージはつかのまの驚愕に打たれるのだった。

地底の岩の奥深く、仲を隔てられたウラニウム塊同士が永遠に来ない結合を求めて、どっと走り寄る。

島は暁を迎えて空に舞い上がった。

22

竜骨座の中心部から、流星の航跡を引いて〈上主〉の船がすべり込んできた。途方もない減速が開始されたのは、周辺部の惑星にさしかかったころからだが、火星を過ぎたときもまだ光速の何分の一という猛烈な速度を残していた。太陽をかこむ巨大な磁場が、徐々にこのモーメンタムを吸収し、さらに船の百万キロ後方では恒星間動力のエネルギーが置き去りになって、天空を火で染めるのだった。

ジャン・ロドリクスは六カ月年をとり、八十年前あとにした故郷に帰ってくる。

今度は、秘密の部屋に身をひそめる密航者ではなくなっている。三名の操縦士（なぜ三名も必要なのかわからない）の背後に立ち、ジャンは、操縦室を支配するような大スクリーンにいろいろな模様が浮かんでは消えるのを見守っていた。スクリーンに映る色や形はジャンにはまったく通じない。人間が設計した船だったら、計器が表現するはずの各種の情報が色や形で示されているのだろう。だが、まわりの星のようすがそのまま映し出されることもあり、じきに地球が映らないかな、とジャンは待ちかねているのだった。

さんざん苦労して脱出した地球だが、帰ってくるのは嬉しかった。この数カ月間にジャンは成長した。実に多くのものを見て、実に遠くまで旅した。いまはひたすら、馴れ親しんだ自分の世界がなつかしい。なぜ〈上主〉たちが、恒星への道を人類に閉ざしてしまったのかもわかった。自分がかいま見てきた文明にひと役になうためには、人類はまだほど遠い存在なのだ。

ジャンはとてもそう信じる気になれないのだが、ひょっとすると人類は劣等種族の域を出ないのかもしれない。〈上主〉が番人となり、人里離れた動物園にかくまわれている動物なのだろうか。出発寸前に、ヴィンダーテンがあいまいな言葉づかいで警告めいたことを言っていたが、あれもそういう意味だったのだろうか？「きみがいないあいだに、きみの惑星ではいろいろなことが起こっているのかもしれない。あまりにも変わってしまって、見分けがつかないということもありうる」

いや、そんな意味ではないだろう。八十年は長い。自分はまだ若いし適合性もあるが、留守中に起きた変化は理解に苦しむものかもしれない。確かなことが一つあった――人は自分の土産(みやげ)話を聞きたがるだろうし、自分がつかのまだが目にしてきた〈上主〉の文明のことを知りたがるだろう。

予想していたとおり、〈上主〉たちはジャンに親切にしてくれた。行きの旅のことはなにもわからなかった。注射からさめてみると、もう船は〈上主〉の太陽系にはいるところだった。例の奇想天外な隠れ場所から出たジャンは、酸素吸入装置がいらないことにほっとした。

なにか濃くて重たい感じがしたが、呼吸するのに困難はない空気だ。だだっ広い船倉の中に、赤い照明がついていた。あたりは無数の積み荷と、宇宙空間だろうと海上だろうと、どんな船にでもあるガラクタの山だった。操縦室にたどりつき、乗組員に名乗り出るまでに一時間もかかってしまった。

不思議にも、乗組員たちはまったく驚いたようすを見せなかった。〈上主〉たちがほとんど感情を外に出さないことは知っていたが、なにか反応があるはずだと思っていたのに。それどころか、ただ仕事をつづけるだけだった。大きなスクリーンを見守り、操縦盤についている無数のスイッチを操作しつづける。着陸体制にはいったのだと気づいたのはそのときだった。ときどき一個の惑星がスクリーンにぱっと浮かんでは消え、そのたびに大きく見えてきたからだ。しかし運動感も加速感もまったくなく、一定の重力――地球の約五分の一と思われた――が感じられるだけだった。船を推進する巨大なエネルギーは、見事な正確さで相殺されているらしい。

と、三人の〈上主〉がいっせいに座席から立ち上がり、ジャンは航海が終わったことを知らされた。〈上主〉たちはたがいに口をきかないし、ジャンに話しかけてもこない。中の一人についてこいとさし招かれて、ジャンはやっと気がついた――もっと早く気がついてしかるべきことだったが、カレレンの補給ルートの果てにあるここまで来れば、英語のわかる者など一人もいなくても不思議はないのだ。

目を輝かせて立つジャンの前で、大きな扉が開いた。そのジャンの姿を、〈上主〉たちは重々しい視線で見守っていた。これこそわが人生最高の瞬間だった。彼はいまこそ、違った太陽に照らされた世界を見る最初の人間になるのだ。NGS－五四九六七二のルビー色の陽光がさっと船内に流れ込み、〈上主〉の惑星が目の前に広がった。

どんな情景を自分は予想していたのだろう？　ジャンにもそれは確かではない。雄大なビルの列、雲に先端を没する塔のある都会、想像もできないような機械の群れ——そんな光景だったら、大して驚きはしなかっただろう。しかしジャンの目に映ったのは、ほとんどのっぺらぼうと言っていいほどの平原だった。地平線が不自然に近い感じで、この地平線を破って見えるのは、数キロ先にある三隻の宇宙船だけだった。ジャンの船の仲間だ。

一瞬、ジャンは湧き上がる失望を禁じえなかった。だが、宇宙空港はこんな辺鄙（へんぴ）な、人の住まない場所にあるのが当然だと気がついて、肩をすくめた。

寒い。だが、やりきれないほどではない。地平線に低くかかった大きな赤い太陽の光は、人間の目がものを見るのには充分だったが、いずれ緑や青が恋しくて仕方なくなるのではないかという気もした。と、まるで太陽の横に弓をかけたような形で、おそろしく大きな、薄い三日月が空に突き出しているのが目にはいった。長いあいだこの三日月を見つめていたジャンは、やっと気がついた。旅はまだ全部終わったのではなかったのだ。〈上主〉の世界はあれなのだ。ここはあの惑星の衛星で、ただ宇宙船の基地として使われているだけなのだろうか。

ジャンを乗せて母星に渡った船は、せいぜい地球の旅客機程度の大きさだった。なんとか近づいてくる惑星の姿を窓から見てやろうと、ジャンはばかでかい座席によじ登った。どうも自分がひどく小さくなったような気になってしまう。

この旅はおそろしく手っとり早いものだった。眼下にみるみるふくれあがる球の詳細など、ほとんど目にもとまらなかったほどだ。これほど近くまで帰り着きながら、〈上主〉は例の惑星間動力を適当に変えて使っているようで、飛び立ってから何分かすると、もう雲の点在する厚い大気圏内を降下しているのだった。ドアが開き、降り立ったところは、ドーム形の天井のある部屋だった。屋根はすぐ閉じてしまったらしい。いくら見ても頭の上には入口らしいものは見えなかった。

ジャンがこの建物から外に出たのは、やっと二日後になってからだった。予定外の積み荷ということで、〈上主〉たちも置き場に困ったのだ。さらにまずいことに、英語のわかる〈上主〉は一人もいない。コミュニケーションは事実上不可能だった。異種族と連絡をはかるのは、小説に出てくるように簡単ではないなとジャンは忌々しい思いだった。身ぶり手ぶりもおよそ通じない。しぐさ、表情、そぶりなど、〈上主〉と人類に共通しない要素が多すぎるのだ。

英語をしゃべる〈上主〉はみな地球に行ってしまっているとしたら、これはやりきれないどころの騒ぎではない。運を天にまかせるだけだ、科学者か異種族問題の専門家か、とにかく誰か来て面倒ぐらいみてくれるはずだろう！　それとも自分など、吹けば飛ぶような存在で、手数をかけるにも値しないのだろうか？

　巨大な扉を操作する装置はなにも見あたらず、建物の外に出ることもできなかった。〈上主〉が歩み寄ると、とにかくさっと開く。ジョンも負けずにやってみた。なにか光のたぐいで制御しているのかと、ものを手にして高く振りかざし、光を遮断するようにもしてみた。およそ考えられる手はすべてつくしてみたのだが——まったく駄目だった。石器時代の人間が近代都市かビルにでもまぎれ込んだら、いまの彼同様手も足も出ないことだろう。一度〈上主〉の一人が出ていくあとをつけてみたが、いんぎんに追い帰されてしまった。いわば主人役の〈上主〉たちの気にさわるようなことは絶対したくなかったので、ジャンは無理押しはしなかった。

　だが、やけを起こす前にヴィンダーテンが来てくれた。この〈上主〉の英語はひどく早口でおよそ下手なものだったが、びっくりするほどの早さで上達し、数日後には、特殊な単語を必要としない話題なら、どんなこともほとんど苦労なく話しあえるようになったのだ。

　ヴィンダーテンが世話役になってくれてからは、心配事はいっさいなくなった。それはよかったのだが、自分のしたいことをする機会もない。〈上主〉の科学者たちがほとんどつきっきりで、複雑な装置を使い、わけのわからないテストに明け暮れるのだ。ジャンはこういう機械類に対してはどうも気が許せないのだった。一度などは、なにか催眠装置のような物を相手にさせられ、あとで何時間も頭ががんがん痛むという始末。協力するのにやぶさかではないが、調査にあたる連中が、彼の精神的、生理的限界を知っていてくれるのかどうか、どうも心許ないのだった。いずれにせよ、自分は定期的に睡眠が必要なのだということを相手に納得させるだけでも、だいぶ暇がかかったのだ。

調査のあいだをぬって、この都会のようすをちらと目にすることはできたが、ここを歩きまわるのはおよそ困難——そして危険——だと悟らされた。通りというようなものはほとんど存在せず、また路面交通機関のたぐいもないらしい。ここは空を飛ぶことができ、引力など恐れない生物の住みかなのだ。いきなり数百メートルの目のくらむような高いところに出てしまったり、部屋のたった一つの入口がはるか上方の壁についていたりしたが、これなどは序の口なのだ。翼を持った生物と地面にしばりつけられた生物のあいだには根本的な心理の隔たりがあることを、ジャンはありとあらゆる形で思い知らされたのだった。

都会のそびえ立つ塔のあいまを、〈上主〉たちが大きな鳥さながら、翼をゆったりと力強くはばたいて飛びまわるのは、異様な光景だった。しかもこれは科学的に疑問なのだ。この惑星は大型だ。地球より大きい。それでいて重力は低く、しかも大気の密度が高いのが、どうにも不思議でならない。ヴィンダーテンにきいてみると——ジャンも半分そんな気がしていたのだが——この惑星は〈上主〉たちの本来の故郷ではないのだった。もっと小さな惑星で育った彼らは、この星を自分のものにし、大気と重力を細工して変えてしまったのだという。

〈上主〉の建築は、およそ殺風景なほど機能的だった。装飾などいっさいなく、万事なにか用途があってつくられていた。もっとも、その用途がさっぱりわからないこともしばしばだった。もし中世の人間が、この赤く照らされた世界と、そこにうごめく住民たちを見たら、てっきり地獄に来たと思うに違いない。好奇心に燃え、また科学的客観精神の持ち主のジャンだったが、ときどき理性を離れた恐怖に陥ることがあった。どんなに冷静で明敏な精神の持ち主でも、理解の手がかりとなるような、既知の出発点がまったく与えられないところに放り出されれば、どうしてもうろたえてしまうものだ。

ジャンには理解できず、しかもヴィンダーテンにきいても、故意なのかどうかはわからないが、とにかく教えてくれないことは多々あった。たとえば、妙なものが空を飛んでいる——ぴかぴか光って、姿は千変万化し、幻かと疑いたくなるほど素早く空に見え隠れするのだが、あれはいったいなんだろう？ 何か途方もない、畏怖の念を起こさせるような存在かもしれないし、あるいは昔のブロードウェイのネオンのようなもので、ただ見てくれだけきらびやかで、およそくだらないものかもしれない。

もう一つ気がついたのは、この世界にジャンの耳には聞こえない音が充満しているということだった。ときどき、なにかリズミカルで複雑なパターンの音が可聴音域を激しく上下しているのが聞こえる。高音も低音も、可聴範囲を超えるところではふっと消えてしまうのだ。ヴィンダーテンに音楽の話をしてみたが、相手はまったく理解できない顔だったから、結局この音の問題は納得がいかないままになってしまった。

この都会はさほど大きくはない。最盛期のロンドン、ニューヨークよりずっと狭いことだけは確かだった。ヴィンダーテンの話では、同様な都市がこの惑星上には数千、あちこちに散在しているということで、その一つ一つが特別な目的のために設計されているという。地球で言えば学園都市というのがいまジャンのいるところだが、ここでは専門化がもっと進んでいて、この都市全体が異種族文化研究を専門にしていることを、じきにジャンは発見した。

ジャンが住んでいるのは、殺風景な独房のような部屋だ。やっとヴィンダーテンが外に連れていってくれるようになり、そのごく初めのうちの出来事だが、博物館に案内されたことがあった。少なくともその目的がこっちにも充分理解できる場所に行ったということで、ジャンも心理的には大いに勇気づけられた——これこそ彼が必要としていたものだった。建物のスケールこそ違うが、地球の博物館だと言われても不思議はない。行くまでにはだいぶ時間がかかる。長さはどのくらいあるか見当もつかないような垂直の円筒の中を、ピストンのように昇降している大きな台に乗って、どんどん降りていく。このエレベーターには目に見えるような操縦装置がなく、下降の始めと終わりに加速が行なわれたのがはっきりとわかった。おそらく、例のエネルギー場の相殺装置は、日常用には省略してしまうのだろう。惑星の地下全体にこのような縦穴が掘られているのだろうか？　なぜ周辺に広げず、地下に広げて、都市の大きさを制限してしまうのだろう？　これも、ついに解決できない謎だった。

この広大な陳列室の数々は、一生かけても見きれないほどだった。ここには見当もつかないほど多くの世界から送られてきた戦利品、文明の産物があった。しかし見学の時間はあまりない。ヴィンダーテンは、一見飾り模様のような床の一部に、ジャンを丁寧に乗せた。この世界には飾りなどはなかったはずだと思うまもなく、見えない力がぎゅっとジャンをつかんで、前へ前へと急がせる。時速二、三十キロで、巨大な陳列棚、想像を絶するような諸世界のパノラマを次々に通りすぎていくのだ。

〈上主〉たちは、いわゆる「博物館疲れ」を解決したのだ。誰も歩かずにすむのだった。

数キロも行ったかと思われるころ、またヴィンダーテンがジャンの体に手をかけ、大きな翼をはためかせると、ジャンを持ち上げて、この正体のわからない運搬装置のエネルギーから引き離した。二人の前には、だだっ広い、なかば空っぽになった大部屋があった。部屋を満たしている光は、地球を出て以来ごぶさたの、おなじみの光線だった。〈上主〉たちの敏感な目を痛めないよう、ほの暗くはなっているが、まぎれもない日光だった。こんな単純で月並みなものに、これほど痛切な郷愁を覚えるとは、まさか思っていなかった。

ここが地球の陳列室だったのか。パリ市の美しい模型、十何世紀にわたる名作美術品の数数――ただし並べ方はちぐはぐだった――近代のコンピューターに旧石器時代の石斧、テレビ受像機に古代ギリシャ人が考えた蒸気機関の模型。それらの横を通りすぎて数メートル歩くと、大きな戸口があり、やがて二人は地球室室長の部屋にはいった。

この室長は、地球人を初めて見るのだろうか？　地球に行ったことはあるのか？　それとも、自分ではどこにあるのかはっきり知りもしないたくさんの惑星を、まとめて自分の係にしているのか？　いずれにせよ、英語は話すことも聞くこともできない〈上主〉であり、ヴィンダーテンの通訳が必要だった。

この部屋でジャンは数時間をすごした。〈上主〉たちが地球の品物を次々に出して見せる。それを見ながら録音装置に向かって答えるというわけだったが、恥ずかしいことに、なんだか知らないものがたくさんあったのだ。ジャン自身自分の種族、またその業績についても、知らないことがあまりにも多かった。なみすぐれた知力を持った〈上主〉ではあるが、人類文化の全貌が果たしてつかめるのだろうかと思う。

ヴィンダーテンは、帰りは別のルートでジャンを案内し、博物館を出た。また、ドームのある広大な部屋を次々に、例によって足も使わず、ふわふわと通り抜けたが、今度の陳列品は頭脳の産物ではなく自然物ばかりだった。何百という世界の進化の驚異――サリヴァン先生だったら、命にかえてもここに来たがるだろうな、とジャンは思うのだったが、ふと、教授はもうおそらくこの世にはいないことを思い出した……

と、なんの前ぶれもなく、高い回廊の上に出た。下は大きな円形の部屋、直径百メートルはありそうだった。例によって危険防止の手すりなどないので、ジャンは縁に近づくのをしばらくためらった。しかしヴィンダーテンが端のぎりぎりのところに立って、平然と下を見下ろしているので、ジャンもおそるおそるそのそばまで進み出た。

たった二十メートル下が床——近すぎた、あまりにも近すぎるのだった。あとになってから、ジャンはヴィンダーテンが彼を驚かそうとそこに連れていき、逆にジャンの反応に度肝を抜かれたのではないかと疑った。あーっと絶叫したジャンは、回廊の縁から飛びのいたからだ。無意識に、下にあるものから目をそむけようとしたのだ。叫び声が密度の高い空気の中で、押し殺されたこだまとなって響く。ジャンが勇気をふるって、ふたたび進み出たのは、やっとそのこだまが消えさったあとのことだった。

もちろん、あれが生きているわけはない——おびえきった最初の瞬間には、確かにじっとこちらを見上げているように思われたが。この大きな円形の部屋のほとんどいっぱいに広がり、ルビー色の光線が、透きとおった底のほうで、ちらちらと輝いては動く。

巨大な一個の目玉だった。

「どうしてあんな声をあげた?」

「つい、おびえてしまったものだから」ジャンはおずおずと白状した。

「でもなぜだね? まさか、ここで危険なことが起きるなどと思ったわけではないだろう?」

反射作用ということもある、と相手に説明してわかってもらえるだろうか? 結局、ジャンはあきらめた。

「まったく予期していなかったものというは、すべて怖いものなのです。なにか新しい奇妙なことが起きた場合、それを分析してしまうまでは、一応危険なものと見なしておくほうが安全なのですから」

もう一度、化けもの目玉を見下ろしたが、まだ胸がどきどきしている。地球の博物館でも使う手だが、微生物や昆虫をうんと拡大した模型がよくあるものだ。これだってそうかもしれないではないか。しかし、ヴィンダーテンにそうたずねながら、ジャンはこれは実物大にきまっていると思えてならなかった。ぞっとする心地だったが。

ヴィンダーテンからは大したことはきき出せなかった。彼の専門外のことでもあり、あまり好奇心も湧かないのだと言う。だが、彼の話から、どこか遠い恒星のまわりにある小惑星の破片の上に住む一つ目の巨獣の姿を思い描くことはできたのだった。重力の拘束を受けないため、いくらでも大きくなることができるこの怪獣は、餌や生命エネルギーの補充をこの一つ目の鋭さに頼っているのだ。遠い物をなんでも見分けられる目。

追いつめられれば、大自然は際限なくどんなことでもやってのけるのだなと思う。ジャンは、さすがの〈上主〉もあえて手を出さなかったことがあると気がついて、理屈に合わない喜びを感じた。地球から大きなクジラをかつぎ込んだ〈上主〉たちも、さすがにこればかりは遠慮したわけか。

こんなときもあった。今度は上へ、果てしなく上へと昇っていく。いつのまにかエレベーターの壁は見えなくなり、乳白色から、ついには完全な透明になってしまう。この都会のいちばん高い塔の一つの上に立っている。前に口をあけた深淵から身を守るものはなに一つなく、しかもなににも支えられずに立つ——そんな気分だった。だが、飛行機の上と同じで、めまいなどは感じない。はるか遠い地上と、完全に絶縁されているような心地だった。

ジャンのいるところは雲の上だった。空を分けあう仲間といえば、数本の石や金属製の尖塔だけ。眼下にゆったりと波を打って広がる雲が、バラ色の海を思わせた。くすんだ太陽からそれほど遠くない空に、二つの青白い、小さな月がある。太陽はふくれあがった赤い円盤——その中心近くに真ん丸な黒い小さな影があるのは、太陽黒点かそれとも太陽面通過中の三つ目の月か。

ジャンは地平線をゆっくり見まわした。雲層がこの巨大な世界の端まで伸びている。だが、一つの方角に、距離の見当はつかないが、斑点の塊のようなものが見える。もう一つ都会があり、あれはその塔の群れなのかもしれない。長いあいだそれを見つめていたジャンは、ふたたび目を移して入念な観察をつづけた。

目を百八十度動かしたところに、その山はあった。地平線の上ではなく、向こうに見えるのだ。ただ一つの峰がぎざぎざした線を描いて、この山は世界の果てにそびえ立っている。

氷山の大部分が水面下にあるように、この山の麓（ふもと）も地平線に隠れていた。これほど重力の低い世界ではあったが、まさかあんな巨大な山があろうとは。〈上主〉たちは、あの山のスロープを運動場にしたり、あの巨大な峰の稜線を鷲のように飛びまわったりするのだろうか？と、ゆっくり山は変化しはじめた。最初見たときは、どんよりした、ほとんど不吉な感じの赤で、頂上近くにはっきりとは見えないが、数個の斑点のようなものがあった。これに目を合わせようとしながら、ふと気がつくと、その斑点が動いている……

最初のうちは自分の目を疑った。それから、無理に自分に思い出させる——ここでは既成観念はまるで通用しない、五感を通じて頭の中に伝わってきたことは、たとえ理性が拒否しても、そのまますなおに受けとること。わかろうとしてはいけない。ただ観察すればいいのだ。いずれ、あとになって理解できることは理解できる——できないことはそれまでだ。

山——山と言う以外に適当な言葉がないので、ジャンは相変わらず山と考えることにしている——が生きているように見える。地下の部屋にあった例の化けもの目玉のことを思い出したが——いや、違う。そんなことは考えられない。いま見ているあれは、有機的な生命ではない。ひょっとすると、自分の知っている意味での物質ですらないのかもしれない。

くすんだ赤が、かっと燃える色になった。鮮烈な黄色の筋が何本も現われた。あれは火山で、溶岩を麓めがけて流し落としているのではないか——一瞬、ジャンはそう思ったのだが、ときどき浮かぶ斑点のようなものを見ていると、あの流れは上にのぼっていくのだ。

と今度は、山のすそをかこむルビー色の雲の中から、なにか別のものが出現した。巨大な輪だ。完全に水平、しかも完全円形――色は、ジャンが遠く故郷に置き去りにしたあの色。地球の空の青だが、あれほど美しい青が地球にありえただろうか。〈上主〉の世界ではどこにも見られない色だった。寂しさとなつかしさがこみあ上げ、喉が詰まる思いだった。

輪は上昇しながらふくらんでいく。もう、山より高い。こちら側の縁が、急速にジャンのほうに近づいてくる。なにか渦巻きのようなものだろうか――渦巻く煙の輪――もう直径が何キロにも広がっている。しかし、それにしてはまったく回転しているようでもないし、広がるにつれて薄れていく気配もない。

輪の影がさっと通りすぎ、だいぶたってから輪の雄大な本体が頭上を通過した。ぐんぐん高度を上げている。一面に赤い空の中で、はっきり見定めるのは困難だったが、やがて細いひと筋の青となってしまうまで、ジャンは見守っていた。視界から消えたときには、もう直径何千キロだったろう。しかもまだ広がっていく。

振り向いて山を見た。金色になり、もう斑点などは見えない。とにかくこのころになると、ジャンはなんでも信じる気になってしまっていた。したがってこれもただの想像だったのかもしれないのだが、とにかく山がさっきより高く細長く、しかもつむじ風の目のようにぐるぐる回っているようだ。ただ呆然と麻痺(まひ)状態で、理性の力が停止しかけていたジャンは、このときになってやっとカメラのことを思い出し、目の高さにかまえて、このとても信じがたい山に、見ているだけで狂おしくなる謎の山に狙いをつけた。

と、視界をさえぎるように、さっとヴィンダーテンが立ちはだかった。大きな手でレンズのターレットを包み込み、否応なしにカメラを下におろさせたのだ。とりつくしまもない、きっぱりした態度だった。ジャンはあえて逆らおうともしなかった。どのみち、無駄なことだったが、それよりも、あの世界の果てに突っ立っているものがふいにひどく恐ろしくなり、もうかかずらう気がなくなってしまったのだ。

この旅を通じて、〈上主〉たちに撮影を禁じられたのは、これが最初で最後だった。けれども、ヴィンダーテンはひとことの説明もしないどころか、ジャンにいま目撃したことを微に入り細をうがっておさらいさせるのだ。

そのときジャンは気がついた。ヴィンダーテンの目に映ったのは、なにかまったく別なものだったのだ。〈上主〉にも主人がいるのだな、そう思ったのもこのときのことだった。


いま、ジャンは帰途にある。驚異も恐怖も謎も、すべてははるかかなたに残してきた。同じ宇宙船だったが、乗組員はおそらく別人に違いない。いくら長命の〈上主〉たちでも、恒星間飛行についやされる何十年を故郷から離されてすごすのは、あまり気が進まないはずだ。

相対性原理による時間の膨張は、もちろん両面に働く。往復するあいだに、〈上主〉たちは四カ月しか年をとらないが、帰ってみれば友人たちはみな八十歳を加えているのだ。

その気になれば、この世界に一生とどまることもできただろう。しかしヴィンダーテンは、地球行きの次の船はあと数年たたないと出ない、できればこの機会を逃さないように、とジャンに告げた。比較的わずかな滞在期間にすぎなかったが、ジャンの精神状態はほとんど限界にまで来てしまった――〈上主〉たちはそう判断したのか？　それとも、もうこれ以上相手にはなっていられない邪魔者と思うようになったのか？

だがそれも、もうどうでもいいことだ。地球はすぐそこにある。地球のこういう姿は、いままでに何度も見たことがあったが、いつもテレビカメラの機械的な、親しみのない目を通じてのことだった。今度という今度は、自分自身が宇宙にいる。ジャンの夢もいよいよ終幕を迎え、地球は彼の真下でぐるぐる自転をつづけながら、永遠の軌道に乗っていた。

巨大な青緑色の三日月は上弦にあり、暗闇が残りの円形の半分以上をおおっていた。雲はごくわずかで、貿易風のコースにそって数本のちぎれちぎれの帯となって見えるだけだ。北極の極冠が燦然と輝いているが、北太平洋に反射する目を射るような陽光にくらべれば、その光も生彩を失う。

水だけの世界に思えるかもしれない。ほとんど陸地のない半球だった。ぼうっと輪郭をかすませる大気の中に、ひときわ濃い霧となって見えているのがオーストラリアで、大陸はそれだけだった。

船は地球が投げかける影の巨大な円錐形に突っ込むところで、三日月形の光はたちまち縮み、燃える弧線になったかと思うと、ふっと消えて、眼下に残ったのは夜と闇だ。世界は眠りについたのだ。

おかしいなと思ったのはそのときだった。あそこには陸地があるはずだが——人の住む都会を示す光のネックレス、きらめく光塊はどこへ行ったのだろう？　影に包まれた半球に、夜をはねつける光の点は一つもない。星めがけて浴びせかけるように気ままに光っていたはずの何百万キロワットの電光が、影も形もないのだった。人類誕生以前の地球を見下ろしているような気持ちさえした。

予想に反した家路になってしまった。自分としてはただ見守るだけしかできないが、未知への恐怖が心に湧き上がってきた。なにかが——なにか想像もつかないことが——発生したのだ。しかし、船はわきまえたように、ふたたび陽光のあたる半球めざして、長いカーブを描いて下降していく。

実際の着陸を見ることはできなかった。地球の像はふいに消えてしまい、代わりに例の意味のわからない線や光の模様が浮かび出たのだ。もう一度画像が出たときは、もう地上にいた。遠景に大きな建物がいくつも見え、機械が動きまわり、〈上主〉たちの一団がこっちを見ている。

圧力等化の音が、にぶい吠え声のようにどこからともなく聞こえ、つづいて大きな扉の開く音がする。ジャンは待ちきれずに操縦室を飛び出し、〈上主〉たちは黙ってそれを見送った。大目に見るつもりか、無関心なのか、そんな視線だった。

帰郷——きらきらする陽光はおなじみの太陽、彼自身の太陽のものであり、胸に吸い込む空気は彼がうぶ声を上げたときに吸った空気である。渡り板はもう下ろしてあったが、外のまぶしさにくらんだ目が見えるようになるまで、しばらく待たなければならなかった。

カレレンが、梱包(こんぽう)荷物を満載した大型輸送車の横に、ほかの連中から一人離れて立っている。どうしてこれがカレレンと見分けがついたのか不思議に思うゆとりはなかったし、またカレレンがまったく変わっていないことに驚きもしなかった。予想に反しなかったのは、カレレンの姿だけと言ってもよかったのだ。

「きみを待っていた」カレレンが言った。

23

「昔はぼくらも平気であの子たちの中にはいっていけた」とカレレン。「だが、もうぼくらは必要なくなってしまったのだ。あの子たちを集めて大陸一つをあてがってやったところで、ぼくらの仕事は終わった。ごらん」

ジャンの目の前にある壁が消えたかと思うと、彼は数百メートルの高度から、ほどよく森におおわれた土地を見下ろしているのだ。もちろんこれは錯覚なのだが、あまりにも真に迫っており、ジャンはしばらくめまいがしてしまった。

「これが五年後、第二段階がはじまったころだ」

眼下に動く人影が見え、カメラは餌物を追う鳥のようにこの影めざして舞い降りる。

「あまりいい気持ちはしないだろうが、もうきみたちの尺度は通用しないということを忘れずに。人間の子供たちではないのだからね、きみが見ているのは」

しかし、ジャンがひと目見たときの印象はやはり人間の子供たちだった。論理がいくらそうではないと教えても、ぬぐいきれるものではなかった。なにか複雑な儀式の踊りにふけっている未開人たち――裸で汚れ放題、くしゃくしゃの髪の毛が目をおおっている。見たところ五歳から十五歳ぐらいまで、歳はいろいろだったが、その動き方も速度も完全にそろっていて、しかも周囲のものごとにはまったく無関心だった。

そのとき、ジャンは子供たちの顔が目にはいった。思わずあっと息を呑んで、目をそむけたくなるなるのをこらえた。たとえ死骸でも、その顔にはときが刻んだ過去をつたえるなにかがあり、もの言わぬ唇でなにかを語りかけている。だが、この子供たちの顔は死骸よりうつろなのだ。蛇や虫も同じで、感情のかけらも浮かんでいない。それにくらべれば、〈上主〉たちのほうがよほど人間的だった。

「ないものを捜しても無駄なのだ」とカレレンが言う。「忘れてはいけない。彼らはきみ自身の体を形づくっている細胞同様、めいめいの個性や特徴などなに一つないのだ。しかし彼らは結びあわさっている。まとまった全体は、きみたちよりはるかに偉大なものになる」

「なぜあんなに動きまわっているのです?」

「ぼくらは〈長い踊り〉と呼んでいるのだが。あの子たちは眠ることを知らないのだ。これがほぼ一年もつづいた。計三億人が一つの大陸全体に広がって、同じ統制のとれた動き方をする。あの動きの様式を徹底的に研究してみたのだが、なんの意味も浮かんでこない。おそらくぼくらには肉体的な面しか見えないからだろう——この地球上に残っているのは彼らの肉体的な面だけで、これはほんの一部にすぎないのだ。きっと、ぼくらが〈主上心〉と呼んでいるものが、彼らをまだ訓練しているのではないかと思う。自分の中に吸収する前に、まず彼らを一つの単位として型にはめてまとめあげるわけだろう」

「しかし、食糧などはどうしているのです? それに、木や崖や水面のような障害物に行きあたったらどうなるんですか?」

「水はまったく影響なかった。溺れるということがないのだ、あの子たちには。障害物にあたると負傷したりすることもあるが、およそ気にもとめない。食糧の点は、果物や鳥や獣(けもの)がいくらでも見つかるから、ことかかなかった。しかしほかのいろいろな必要と同じことで、いまではもう食べ物の必要もなくなってしまっている。食べ物というのは要するにエネルギー源にすぎないが、あの子たちはほかにもっと大きなエネルギー源を見つけて、そこから吸収できるようになったのだ」

かげろうがかかったように、眼下の情景がふっと揺れ、それが静まったときにはもうなにも動かなくなっていた。

「もう一度見たまえ。これがさらに三年後だ」

真相を知らない者には、これらの小さな姿はいたいけで、あわれにさえ見えただろう。森の木陰、木のあいだの空き地、野原、と彼らは身動きもせずに立っている。カメラは一人、また一人と、せわしなく追っていった。もうどの顔も一つの型に融けあってしまっているようにジャンには思えた。以前、人の顔の写真を何十枚も重ねあわせてつくった「平均人」の顔を見たことがあったが、それがこれに似ている。うつろで無性格な顔なのだ。

眠っているようにも見え、また恍惚状態にあるようにも見えた。目は固く閉じ、頭上の木と同じことで、まわりになにがあろうと知らぬ顔だった。いまやあの子らの心は、大きなつづれ織りをあやなす一本の糸——それ以上でもないがそれ以下でもない。その複雑をきわめた網の目の中を、いまどんな思考がこだまのように響き、伝わっているのだろうか？　しかも、このつづれ織りは、数多くの世界や生物種族を包み、さらにどんどん広がろうとしているのだ。

次の出来事はあまりに急だったので、目がくらみ、頭がしびれる思いだった。美しい肥沃(ひよく)な土地があり、一面に無数の小さな彫像が点在——ただしでたらめに並んでいるわけではなかった――している。この影像を除いては、なんら変わったところのない風景。が、次の瞬間、すべての木や草、この土地に住むすべての生物がかき消すようにいなくなり、残ったのは静まりかえった湖、蛇行する河、緑の敷物を剝ぎとられた丘の茶色の起伏――それにこの破壊の張本人となった、平然と黙りこくっている小さな影たち。

「なぜあんなことを？」ジャンはたずねた。

「ほかの精神がいることがうるさくなったのではないかな――たとえ木や草や動物たちのような原始的な精神にせよ。きっといつかは、物質世界そのものが同様に邪魔になるのではないかと思う。そうなったら何が起きるだろうか？　それは誰にも見当もつかない。これで、ぼくらが義務を果たし終えたところで撤退してしまったわけがわかるだろう。まだ研究を続行してはいるが、土地に立ち入りはしないし、監視装置を送り込むこともやめている。宇宙空間から観察するのが精一杯なのだ」

「これはだいぶ昔のことでしょう？　それから何が起きたんですか？」

「大した変化はない。その間彼らはまったく動かずにいる。昼夜、夏冬などというものは気にもとめない。まだ自分たちの能力を試しているところなのだ。川の水路が変わってしまった例がいくつかあるし、川上に向かって逆流をはじめたのも一つある。だが、これという目的があるようなことは、なにもしていない」

「あなたがたも完全に無視されているわけですか？」

「そうだ。しかしこれはさして驚くべきことでもない。彼らを部分として吸収した例の――つまり――存在はぼくらのことをすべて知っている。ぼくらがそれを研究の対象にしようとしても、気にもかけないようだ。ぼくらに立ち退かせたかったり、どこかで別な仕事をやらせたいようなときは、はっきりと意思表示をする。それまでは、ぼくらはここにとどまり、仲間の科学者にできる範囲で知識を収集してもらうことにしている」

なるほどこれが人類の終末なのか、とジャンは悲しみをすべて超越したあきらめの心境だった。どんな予言者の予言にもなかった形の終末であり、悲観主義も楽観主義もともに等しく拒否している。

しかし、いかにもふさわしい最期ではないか。偉大な芸術作品の持つ崇高な必然性、不可避性がここにはある。ジャンは宇宙のおそるべき壮大さをかいま見、宇宙にはしょせん人間の出る幕はないことをいまや悟っていた。結局のところ、自分を星へいざなった夢など空しいものでしかなかった。

星へ通じる道は二本に分かれている。どちらをたどっても、その終点にあるものは人間の希望や恐怖など、およそ眼中にないのだから。

一方の終点に〈上主〉たちがいる。〈上主〉たちは個性、独立した自我を温存し、自意識を持っているし、「我(われ)」という主語も彼らの言語においてはちゃんと意味がある。感情もあり、少なくともその一部は人類の感情と共通するところがある。しかし――ジャンはいまそのことに気づいた――〈上主〉たちは袋小路に追い込まれ、そこから絶対に出られなくなってしまっているのだった。〈上主〉たちの知能は、人類と比較すれば十倍、いや百倍にもなるかもしれない。だが、結局はどうだろうと同じなのだ。一千億の恒星を擁する銀河系、一千億の銀河系を抱えた宇宙の想像もつかない複雑さの前では、〈上主〉も人類も同じように手も足も出ない存在にすぎない。

もう一方の終点はどうだろう? そこには〈主上心〉――それがいったいどんなものかわからないにせよ――がある。〈主上心〉と人類の関係は、人類とアメーバの関係に等しい。無限の可能性を持ち、死を超越したこの存在――次々に種族を吸収しながら、星のあいだに広がっていく。いったいいつごろからそれがつづけられてきたのだろうか? 〈主上心〉にも欲望が、目標があるのだろうか?――おぼろげに自覚した目標が、永遠に達成できないかもしれない目標が? いま〈主上心〉は、人類が現在までにやりとげたすべてのものを自分の中に吸収してしまった。これは悲劇ではなく、充足であり完成であった。いままで人類というものを形づくっていた、何十億というつかのまの意識の火花は、夜闇の前に蛍火(ほたるび)のようにちらっと光って消えてしまう。しかし彼らの存在は、けっして完全に無駄に終わったわけではない。

終幕はまだ先のことだとジャンにはわかっていた。明日かもしれないし何世紀も先のことかもしれない。〈上主〉たちにさえ、はっきりしたことはわからないのだ。

だが、〈上主〉たちの目的はこれで理解できた。人類に対してなにをしたのか、なぜまだ地球にとどまっているのかもわかった。〈上主〉たちに対してジャンは襟を正したい気持ちがした。地球に来てからも長いあいだじっと待っていた不抜の忍耐力に対して、敬服の感が湧く。

〈主上心〉とその召使いたちのあいだにある不思議な共生関係については、ついに充分な説明は得られずじまいだった。ラシャヴェラクによれば、〈上主〉種族の歴史はじまってこのかた、ずっと〈主上心〉は一緒にいたということだが、〈上主〉たちが科学文明を完成し、自由に宇宙空間を走りまわって用をたせるようになるまでは、なにも仕事を命じなかったという。

「でも、なぜあなたがたの手が必要なんです?」ジャンはきいてみた。「あれだけ巨大な能力があるなら、なんでも思いのままではないのですか?」

「いや、違う」ラシャヴェラクは答えた。「〈主上心〉にも限界があるのだ。過去においては、〈主上心〉が直接他種族の精神に働きかけ、文化の発展に影響を与えようとした例もあった。わたしたちにもこれはわかっている。ところが、必ず失敗するのだ。あまりにも隔たりが大きすぎるせいだろう。わたしたちがつまり通訳になり、後見人になるわけだ。人間流の別の喩えで言えば、作物が熟するまで、わたしたちが田畑の耕作にあたるということになる。とり入れは〈主上心〉のものだ。わたしたちはまた次の仕事へと移動する。わたしたちが見守った種族の〈神化作用〉は、これで五度目になる。毎度少しずつ新しいことが判明してくるのだ」

「道具に使われたりして、あなたがたは腹が立たないのですか?」

「まあ、こういうやり方には、わたしたちにとって得な面もあるしね。それにおよそ知能ある者なら、必然的で避けられないことに対し腹を立てるなどという真似はしない」

これは人類であればけっして納得しなかった考え方だった。ジャンは、苦笑いしたい気持ちだった。〈上主〉たちにはどうしても理解できない、論理を超えたものもあるのだ。

「あなたがたには、人類が潜在的に持っていた超物理学的な能力はない。とすると、〈主上心〉があなたがたを選んで仕事をさせているというのは不思議に思えますが。あなたがたとの通信方法はどうしているのです? どうやって自分の意向をあなたがたに知らせるのですか?」

「その質問は、わたしには答えられないものの一つだ——隠さなければならない理由も教えられない。いつか、真相の一部だけでも、きみにわかる日がくるかもしれない」

ジャンはしばらく考え込んだが、この線にそってこれ以上質問してみても無駄だと悟った。話題を転換し、あとになってなにかヒントをつかむほかなかった。

「では、ほかのことをうかがいます。これもあなたがたが、とうとう説明せずに終わってしまったことですが。あなたがたは、遠い昔に一度地球へ来た。そのとき、いったいどんなごたごたがあったのですか？　なぜ、あなたがたは、人類にとって恐怖と悪のシンボルになってしまったのですか？」

　ラシャヴェラクはにっこりした。カレレンほど上手に笑えないが、まあまあ物真似としては合格だった。

「それは誰にも推測がつかなかったことだが、説明を聞いてもらえば、なぜわたしたちのほうからは教えられなかったか、おわかりだろう。人類にそれほどの衝撃を与えた事件といえば、ただ一つしかない。しかもそれは歴史の夜明けに起きた事件ではなく、歴史の終末に起きたことなのだ」

「それはどういう意味です？」

「わたしたちの宇宙船がきみたちの上空にやってきたのは、百五十年前――実はわたしたちと人類が出会ったのはこれが最初なのだ。もちろん、わたしたちが遠くからきみたちを観察していたのはそれ以前のことだが。それでいて、きみたちはわたしたちに見覚えがあり、わたしたちを恐れた――わたしたちの予想どおりにね。これは正確に言えば記憶ではない。時間というものは、実は人類の科学が想像していたよりはるかに複雑なものだ。その証拠はもうきみもご存知のとおり。あの記憶は過去のものではなく、未来のものだったのだ――きみたち人類が、もうすべては終わってしまったと悟った、あの終末期の記憶だったのだ。わたしたちもできるだけのことはしてあげたが、けっして楽な最期ではなかった。で、わたしたちがその最期に立ち会っていたために、わたしたちは人類の死につきもののように思い込まれてしまったのだ。しかも、まだ一万年も先のことだというのに！　喩えて言えば、時間は閉ざされた輪のようなもので、未来から過去へと、歪められた事実がこだまして伝わってしまったということになる。記憶ではなく、予感とでも呼ぶべきだろう」

これはどうもぴんとこない考え方で、ジャンもしばらくは黙って懸命に考えてみるのだった。しかし、当然覚悟しておいてよかったことではあった。原因と結果が、普通の順序を逆転して起こることもあるという証拠は、もうジャン自身十二分に見聞きしてきたのだから。

種族的記憶というべきものがあるに違いない。そしてこの記憶は、なんらかの形で時間を離れて存在する。この記憶にとっては、現在も過去も同一なのだ。何千年も前に、恐怖のベールを通して、人類は〈上主〉たちの歪められた姿をちらと見た――これはそのせいなのだ。

「これでやっとわかりました」最後の人間は答えるのだった。

「最後の人間」か！　なかなか自分がそうだとは考えにくかった。宇宙へ乗り出していったとき、ジャンは自分が永遠に人類から離れた流浪の身となるかもしれないと覚悟をきめていたので、まだ寂しいという気がしない。長年のうちには、人が恋しくてどうにもならなくなることも考えられるが、いまのところは〈上主〉と一緒にいることが、完全な孤独から彼を救っていた。

まだ十年前までは人間が生存していたということだ。しかしすっかり堕落してしまった生き残りにすぎない連中で、ジャンは彼らに会えなかったために、損をしたというわけでもない。〈上主〉には説明できないのだったが、去っていった子供たちにとって代わる子供はひとりも生まれなかった――ジャンはおそらく心理的理由が大部分だろうと考えている。ホモ・サピエンスとしての人類は絶滅したのだ。

あるいは、まだ手つかずに残っている数々の都会のどれかに、イギリスのかつての大歴史家ギボンに倣(なら)って書かれた、人類最後の日々の記録の原稿が残っているかもしれない。だが、そうだったにせよ、ジャンは読む気になるかどうか疑問に思うのだった。知りたいことはすべてラシャヴェラクが教えてくれたのだ。

自殺を選ばなかった人々は、忘却を求めて激しい行動に打ち込むか、まるで小規模の戦争を思わせかねない、猛烈な、自殺的スポーツにうきみをやつした。人口が激減するとともに、年老いた生存者たちはできるだけ寄り集まって生きるようになった。敗軍が最後の退却を試みながら、戦列を縮めるのと同じことだ。

最後の永遠の幕が降りる直前の舞台は、英雄的、献身的行為によって、瞬間的だがあかあかと照らされることがあっただろう。また、野蛮な、利己主義的行為で暗く染められることもあっただろう。幕が絶望のうちに閉められたのか、あきらめとともに降りたのか、ジャンは永久に知ることがない。

考えなければならないことはたくさんあった。〈上主〉の基地は廃屋になった大きな田舎屋敷から一キロばかりの地点にあり、ジャンはこの屋敷に、最寄り(もよ)の町——といっても、三十キロばかり離れている——から運んできた道具類を何カ月もかけて取りつけたのだった。町にはラシャヴェラクが飛行車で一緒に行ってくれたが、ラシャヴェラクはただ人助けでつきあってくれているわけではないらしい。この〈上主〉の心理学者は、ホモ・サピエンス最後の標本をまだ観察中なのだ。

この町は万事が終わってしまう以前に、人が引き払ってしまったらしく、公共施設の多くはまだ使える状態で残っている。発電機をふたたび作動させ、大通りにあかりをともして人がまだいるような錯覚をつくり出すのは大して手数もかからない仕事だった。そうしようかと考えたあげく、ジャンは結局やめてしまった。どうも病的なように思えたのだ。過去をくよくよ考えることだけはしたくなかった。ここには一生暮らしていけるだけの必需品はなんでも揃っている。だが、なによりもジャンが欲しかったのは、電子ピアノとバッハの録音の何種類かだった。もっと音楽に打ち込んでみたかったが、いままではなかなかその余裕がなかった。これから埋め合わせをするつもりでいる。自分でピアノを弾いていないときは、バッハの交響楽や協奏曲の数々の名作テープに耳を傾ける。おかげで、この屋敷が静まりかえっているということはけっしてない。いつかきっと孤独が彼を圧倒するだろう。音楽はそれへのお守りのようなものだった。

ジャンはよく、丘の上に長い散歩を試みた。地球に別れを告げてから数カ月間に起きた出来事を、ひととおり考えてみるのだ。地球上では八十年の昔、サリヴァン先生に別れの挨拶をしたあのときに、人類最後の世代がもうみごもられていたとは、露知らぬ自分だった。

われながら馬鹿な青二才だった！　とはいうものの、まんざら自分のやったことを後悔しているわけでもない。もし地球にとどまっていれば、もうすでに時間のとばりがおおい隠してしまっている地球最後の日々を目撃することはできただろう。だが、その代わりに自分は、一足(いっそく)飛びに未来へ行き、ほかの人間にはけっして知ることのできない、いろいろな問題の解答を知ることができたのだ。好奇心はもうほとんど満足された。ときたま疑問に思うことといえば、なぜ〈上主〉たちがいまだに待ちつづけているのか、そして〈上主〉たちの辛抱が報いられる日、いったい何が起きるのかということだった。

しかし、まるで長くいそがしい一日を終えた男のように、ジャンは大部分の時間を、満足したあきらめの心地で、ピアノの鍵盤に向かってすごすのだった。愛するバッハの曲が空気をいっぱいに満たす。自分で自分をだましているのかもしれないし、自分をあわれと思う心の錯覚かもしれない。だが、いまのジャンには、これこそ宿願の生活のように思えた。ひそかに抱いていた野心が、ついに勇をふるって意識の明るみに顔を出したのだ。

ジャンは前からピアノは上手かった――いまやついに、世界一のピアニストになったのだ。

24

知らせを届けたのはラシャヴェラクだったが、ジャンはかねてから予想だけはしていた。明け方に悪い夢を見て、目が覚めてしまってから、そのまま寝つかれずにいた。その夢がなんだったのか思い出せないのが妙だった。目覚めた直後にじっくり考えてみれば、どんな夢でも必ず思い出せるというのがジャンの持論だったのに。ただ一つ覚えているのは、自分がふたたび幼い子供に返っていたということ――人気（ひとけ）のない、だだっ広い平原にいて、なにか自分の知らない言葉で、大きな声が呼んでいる。幼いジャンはそれに耳を傾けているのだった。

夢はジャンを不安にさせた。孤独が精神に襲いかかってきた最初の兆候なのだろうか？屋敷を出たジャンは、落ちつかずに、荒れ果てた芝生の上を歩いた。

満月が黄金の明るい光を注ぎかけ、万事がはっきり見える。〈上主〉の基地の建物の向こうにそそり立つカレンの宇宙船が巨大な円筒となってきらめき、あたりの建物をいかにも人間の手になったものという感じで、小さく見せていた。ジャンは船を見ながら、昔あの船が自分にどんな感慨を覚えさせたかを思い出そうとした。かつては、あの船が永遠に手の届かない目標であり、とても達成できないすべてのもののシンボルに思えたこともあったが、いまはもう、なんの意味も持たないものになってしまった。

なんと静かなことだろう！　もちろん〈上主〉たちは、いつもと変わらずせっせと動きまわっているのだろうが、いまのところはその気配が感じられない。地球上にたった一人でいる感じ――いや、本当の意味でそうなのだったが。なにか目に親しんだものを見れば心が休まる焦点が得られるだろうと、ジャンは月を見上げた。

月面には、あの古い、おなじみの海が見えている。ジャンは片道四十光年の宇宙空間に旅してきたのだったが、地球からわずか二光秒の距離にあるあの月面の海――塵の積もった、沈黙の平原に足を踏み入れたことはなかった。しばらくのあいだ、ジャンはチコ・クレーターを捜すことで気をまぎらそうとしてみた。ちらちら光る点となって、クレーターは見つかった――しかし、思ったより月面の中央線から離れた地点にあるのが妙だった。そのとき、ふと気がついた。危難の海の楕円形の影がまったく見えないのだ。

この地球の衛星は、地上に生命が誕生して以来、いまだかつて見せたことのない横顔を地球に向けているのだ。月は軸にそって回転をはじめたのだった。

その意味するところはただ一つ――地球の裏側、自らの手でいきなり生命あるものをすべて剝ぎとってしまった大陸にいる彼らが、長い喪神状態から覚めたのだ。目覚めた子供が両手を伸ばして一日を迎えるように、彼らも準備体操をしながら、新たに身につけた力をもてあそんでいるのだ……

「きみの考えたとおりだ」とラシャヴェラクは言う。「もうわたしたちがこれ以上とどまることは危険になった。これから先も、わたしたちを無視しつづけるかもしれないが、わたしたちとしては危険な橋を渡るわけにはいかない。機械や装置類の積み込みが終わりしだい出発する――二時間か三時間後だろう」

ラシャヴェラクは、なにかまた新しい奇蹟がどっと襲いかかるのではないかと恐れるような視線で空を見上げた。だが、すべては平穏だった。月はもう沈み、わずかばかりの雲が西風に乗って高空を流れていた。

「月に細工をするくらいなら大したことはないが、太陽に干渉をはじめたとしたら？　もちろんわたしたちは監視装置だけ残しておいて、あとでどんなことが起きるかわかるようにしておくつもりだが」

「ぼくは残ります」ジャンがふいに口を開いた。「宇宙はもうたっぷり見物したし、あとは知りたいことは一つだけ――故郷の惑星の運命を見とどけたい。それだけです」

ごくそっとではあったが、足もとの地面が揺れた。

「いまのも予想どおりだ」ジャンは先をつづけた。「月の回転を変えれば、角運動量をどこかで吸収しなければならない。だから地球の回転速度が落ちはじめたのだ。でも、いったいなぜこんなことをやるのか飲み込めないな、ぼくには。どんな方法でということも不思議ですが」

「遊んでいるのだよ、相変わらず。子供のやることに論理などあるわけがない。きみたち人類の変身の産物は、ああして一体の存在となった。だが多くの意味で、あの存在はまだまだ子供にすぎないし、〈主上心〉と合体する用意もまだできていない。しかし、それもじきのことだ。そうなれば、きみはこの地球を一人占めできる――」

ラシャヴェラクは全部を言い終えずに言葉を切り、ジャンが代わりに先をつづけた。

「――もちろん、地球がそのときまで存在すれば、ですがね」

「きみはその危険性を知りながら、あえて残るというのか？」

「そうです。ぼくが地球に帰ってから、もう五年――いや、六年になるかな？　なにが起きようと別に思い残すこともない」

「実はわたしたちも、きみが残る気になってくれればと思っていたのだ」ラシャヴェラクはゆっくりと切り出したのだった。「ぜひやっていただきたいことがある……」

恒星間駆動のまぶしい輝きは衰え、火星の軌道を越えたあたりでふっと見えなくなった。あの道を旅したことがあるのは、地球に生を受け、死んでいった何十億の人間のうち、自分ただ一人だった。そしてこれから先旅する者は一人もない。

世界は彼のものとなった。欲しいもの――およそ人の欲しがるありとあらゆる物質的な所有物――は、なんでも手にはいる。しかし、ジャンはもう目もくれない。見捨てられたこの惑星の寂しさも、やがて未知の遺産を受け継ごうとこの世界を去っていくはずの彼らの存在も怖くはなかった。彼らの出発の余波がどんな猛烈なものかは想像を絶する。おそらく自分も、自分の悩みごとも、長く生き残ることはないだろう。

それでいいのだ。やりたいことは全部やり終えた。このうつろな世界に便々（べんべん）として無意味な人生を送るなど、およそ耐えられぬ蛇足でしかない。その気なら〈上主〉とともに地球を去ることもできたが、いったいそんなことをしてなんになる？　ほかの人間には感じられなかったような切実感で、ジャンにはカレレンのあの言葉が理解できるのだから――「恒星は人間向きではない」と。

ジャンは夜に背を向けて、〈上主〉基地の壮大な入口へはいっていった。しかし、その大きさはもうまったく彼を驚かせない。ただ大きいということは、ジャンの心にはもはやなんの影響力も持たなかった。赤い照明がともっている。これから先何世紀だろうと、この動力源は絶えることなく、動力を供給しつづけてくれるはずだった。〈上主〉が撤収に際して放棄していった機械類が両側に並んでいるが、これらの機械の秘密ももうわからずじまいになった。機械のあいだを通り抜けたジャンは、大きな階段を四苦八苦してよじ昇り、司令室にはいった。

司令室にはまだ〈上主〉の魂が残っている感じだった。遠くに行ってしまった主人たちの指図を受けて、機械はまだ働きつづけている。この機械たちが宇宙に次々に送り出している情報に加えて、いったい自分がなにを教えることができるのだろう？

超大型の椅子によじ登り、ジャンは体をできるだけ楽にした。マイクロフォンにはすでにスイッチが入れられ、彼を待ち受けている。どこかにテレビカメラに似た装置があって、彼の姿を見守っているはずだが、ジャンには見つけられなかった。

ジャンにはさっぱり意味のわからない計器盤とこのデスク、その向こうには広い窓がある。外は星空の夜、満月をすぎたばかりの月下に眠る谷間があり、そのはるか向こうに山脈が見える。谷を縫って流れる河のあちこちに月光がきらきらと光っているのは、水の騒ぐ瀬だ。なんとも平和な光景だった。人類が終わりを迎えようとしているいま、世界はふたたびその誕生するときと同じ姿に帰ったかのようだった。

あの空の何百万キロ向こうの宇宙空間で、カレレンが待っている。ジャンが送る信号とほとんど同じ猛烈な速度で、〈上主〉の船が地球から遠ざかっていくのかと思うと、少し妙な気がした。しかし、完全に同速というわけではない。長い長い追跡になるが、ジャンの言葉は必ずカレレンに追いつく。ジャンの借りもこれで返せる。

いったいカレレンはどこまでこれを計画し、どこまでを名人芸の即断で処理したのだろう？　もう一世紀近く昔のあのとき、カレレンはわざとジャンを宇宙に脱出させてやり、帰ってきたジャンにいまの仕事をやらせることまで計算していたのだろうか？　いや、それはあまりにも突拍子もない考えだった。しかしいまになってみると、カレレンがなにか巨大で複雑な策謀に加わっていることは確かなように思える。〈主上心〉に仕えながら、カレレンは自分の手中にある装置を総動員して相手を研究しているのだ。ジャンには、カレレンの着眼は好奇心だけからではないように思えた。〈上主〉たちは、いつかこの妙な隷属関係から抜け出そうという夢を抱いているのかもしれない。自分たちが奉仕する相手の能力を、充分探りえたその暁に。

いまジャンがやっていることが、〈上主〉たちの知識に何かプラスするところがあるかどうかはどうも疑わしかったが、ラシャヴェラクはこう言いおいていったのだった――「目に見えることを教えてくれたまえ。きみの視覚に映じた画像は、わたしたちのカメラで再生することになっている。しかし、きみの頭脳が受けとる信号は、カメラに映るものと違っているかもしれない。わたしたちにとっては大きな手がかりになる可能性があるのだ」まあ、ベストを尽くすだけのことだ。

「まだ報告すべきことはない」ジャンは口を開いた。「あなたたちの船の航跡が消えてから数分たつ。月は満月を過ぎたばかり。以前地球に向いていた月面は、もう半分近く見えなくなっている――もっとも、そんなことはもうご存知のはずだ」

言葉を切ってしまった。少し馬鹿げているなと思ったのだ。いま自分のやっていることは、どうも不似合いで、わずかながらとんちんかんな感じさえする。歴史最大のクライマックスが訪れようとしているのに、これではボクシングか競馬の解説放送でもやっているみたいじゃないか。だが、ジャンは肩をすくめ、もうそんなことは考えないことにした。偉大さと滑稽(こっけい)とはつねに紙一重(ひとえ)であり、しかも滑稽といったところで、そう感じるのは自分一人だけなのだ。

「この一時間に、前後三回の微震があった」ジャンは先をつづける。「彼らは地球の回転を実に見事にコントロールしてはいるが、けっして完全ではない……カレンさん、あなたの計器に感じないようなものを、ぼくの口から伝えるというのは、そう容易なことじゃなさそうだ。いったいなにが起こるのか、どのくらい待たされるのか、あらかじめ少しでも教えておいてくれれば助かったんだが。もしなにも起こらなかったら、打ちあわせどおり、六時間後にもう一度報告……

もしもし、もしもし！　どうやら彼らはあなたがたの出発を待ちかまえていたらしい。なにかがはじまっている。星が暗くかすみはじめた。大きな雲が、空いっぱいにたちまち広がるとでも形容したらいいだろうか。だが、雲じゃない。なにか骨組みたいなものがあるらしい——ぼんやりした網の目のようなものが見えている——線や縞(しま)が交錯して、しかもその模様がどんどん変化している。星が化けもの蜘蛛(くも)の巣にひっかかってしまったとでも言ったらいいか。

網の目全体が光り出した。生きているように光が脈を打っている。やはり生きているんだな、あれも。それとも、なにか生物を超越した別のものなのだろうか？　生物が無生物をはるか超越しているのと同じに。

光が空の一方に寄りはじめた。反対側の窓に行くから、ちょっと待って。

そうだ――ぼくとしたことが、もっと早く見当がついていてもよかった。巨大な燃える円柱が見える。燃える立木のように、西側の地平線にそびえている。遠い遠い向こうだ。地球の裏のほう。どこから出ているのかはわかっている。彼らの出発なのだ。〈主上心〉の一部として合流するために出かけていくのだ。見習期間が終わって、彼らは物質界を完全に離脱して去っていくのだ。

焔が地球から離れ、空遠く立ち昇るとともに、網の目がくっきりと浮かび上がる。あちこちに、はっきりと物体状に見えている部分もあるが、それでも星の光がかすかに透けて見える。

いま、ふと気がついた。形は同一とはいえないが、カレンさん、あれはあなたの世界でぼくが見た、空に舞い上がっていったあの輪とそっくりなんだ。あれも〈主上心〉の一部分だったのか？　ぼくに真相を教えなかったのは、色眼鏡で見ないようにするためだったんだな？――ぼくが客観的な観察者になれるようにと。あなたのカメラになにが映っているのか、ぜひ知りたい。ぼくが自分で見ているのと思い込んでいるものとくらべてみたいんだ。

〈主上心〉があなたがたに話しかけるのはこの方法なのか、カレレンさん？　こういう色や形を使って？　宇宙船の操縦用スクリーンを思い出す。あれにもいろいろな模様が映っていた。あなたがたの目には読める視覚言語として、あれはあなたがたに話しかけていたんだ。

今度はオーロラの光の幕のように見えている。星の中に広がって、チラチラと踊りまわってるようだが――いや、まさしくオーロラだ。オーロラの大嵐だ。あたり一面が明るい――昼間より明るい――赤に金に緑――空いっぱいに色が追いかけっこをしている――もう言葉ではとても表現できない。見ているのはぼく一人とは残念だ――まさか、こんな見事な色が――

嵐は収まりはじめた。でも、あのかすんだ、壮大な網の目はまだ見えている。宇宙の果てで何かのエネルギーが放出されているのだ。オーロラはその一つの副産物にすぎなかったのだ。

ちょっと待った。いま気がついたことがある。体が軽くなっていくんだ。どういうわけだろう？　鉛筆を落としたら――ほら、床にふわふわと落ちてゆく。引力がどうかしたのだ。凄い風が吹きはじめた――谷底の木が揺れているのが見える。

そうだ。当然なこと――大気が宇宙に逃げていくんだ。材木や石が空に舞い上がる。地球自身が彼らのあとを追っていこうとしてるように思える。猛烈な風が吹いて、埃が雲のように立ちこめる……ものが見えなくなった……じきに晴れると思う。そうすればどんな具合かわかるだろう。
よし——また見えるようになった。動かせるものは全部剝ぎとられてしまったのだ。埃も消えてなくなった。この建物もいつまで無事でいられるか？　息も苦しくなってきた——もう少しゆっくり話させてもらおう。
またすべてははっきり見える。あの燃える大円柱はまだ立っているが、縮んで細くなりはじめた。つむじ風の渦巻きが雲の中に引っ込んでいくようだ。それから——これはなんとも描写しがたいことだが、たったいま——ぼくは、激しい感情の波を頭からかぶったような気がした。喜びでも悲しみでもない——一種の満ちたりた感情だ、仕事をやりとげたあとのような。いまのはぼくの想像なのだろうか？　それとも、感情の波が本当に外側から来てぼくを？　よくわからない。
それから今度は——これだけは、まさか全部想像じゃあるまい——世界がうつろに感じられる。完全に空虚なんだ。急に聞こえなくなったラジオに耳を傾けているような。空はまた晴れ上がった——あのぼうっとした網の目も消えた。いったいあれは次にどの世界へ行くんだろう、カレレンさん？　あなたもまたそこに出かけて、あれに仕えるのか？
不思議だ——ぼくの身のまわりのものはなに一つ変わってない。なぜだか知らないが、ぼくは……」
ジャンは口をつぐんだ。しばらくのあいだ懸命に言葉を捜そうとしたが、ふと目をつぶり、落ちつきをとり戻そうとした。もう恐れたり、あわてふためいたりする余地などない――自分には義務――人類に対する、カレンに対する義務がある。

夢から目覚める人間のように、最初のうちはゆっくりとした口調で、ジャンは話しはじめた。

「ぼくの周囲の建物、それに山々――すべてがガラスのように――透きとおって見える。地球が溶けていくのだ。ぼくの体も、ほとんど体重がなくなって――そう、あなたがたの言ったとおり、彼らは玩具を卒業したのだ。

あと数秒ですべてが、ほら、山が消えた。煙のように消えてなくなる。さようなら、カレレンにラシャヴェラク――あなたたちが気の毒だ。自分ではよく理解できなかったが、とにかくぼくは自分の種族がどうなったか、結果を見届けたのだから。われわれ人間のなしとげたすべてのことが、星のあいだに昇っていった。昔のいろいろな宗教が言おうとしたことも、これじゃなかったのか？　でも宗教は完全に誤解していた――人間こそなにより大事と考えていたのだが、実は人類などあれに含まれるたった一つの種族にすぎない。ほかにいくつも――あなたがたならご存知だろうか、いくつの種族があるのか？　だが、それでいて、ぼくらの種族は、あなたがたがけっしてなることのできない存在になった。

今度は河が姿を消した。しかし、空はそのまま。もうほとんど息ができない。奇妙な感じだな、月があそこでまだ光りつづけているのを見ると。彼らが月を残していってくれたのはありがたい。でも、月もこれから先、寂しいことだろう、一人ぼっちで――
光だ！　足もとから光が――地球の内側から光が立ち昇る――岩を通し、地面を通し、すべてを突き抜けて――どんどん明るくなる、明るくなる、目がくらむほど明るく――」

光の激震があった。音はない。地球の内部に貯えられたエネルギーが一時（いちどき）に放出されたのだった。しばらくのあいだ、重力波が太陽系を縦横に行きつ戻りつし、諸惑星の軌道をほんのわずかだが揺さぶり動かした。だがそれも静まって、生き残った太陽の子供たちはふたたび大昔からの軌道に沿って歩みつづけた。静かな湖に浮かんだいくつかのコルクの栓（せん）が、投げ込まれた石のさざなみを乗りきるように。

地球は影も形もない。一粒一粒の原子に至るまで、彼らは血を吸う蛭（ひる）のように吸いつくしてしまったのだ。一粒の小麦に貯（たくわ）えられた養分が、太陽めざして伸び上がる幼い芽を支えてやるように、地球は彼らの想像を絶する変身の過程、焔のように激しい時々刻々を支えつづけた。

冥王星の軌道からさらに六十億キロのかなたの宇宙空間。カレレンはふっと暗くなったスクリーンの前に座っていた。これで記録も完成し、任務も完了した。遠い昔にあとにした故郷へ彼は帰っていく。背中には何世紀の重みと、論理の力ではどうしようもない悲しみがひしひしとのしかかっていた。人類を悼むのではない。抗しがたい力に妨げられ、永遠にあの偉大さに到達することができない自分の種族への悲しみだった。

　これだけのすぐれた業績を残し、物理的宇宙の征服にまで成功しながら、自分たちの種族は、結局のところ、ただ平たい、埃まみれの平原に生まれ、死んでいった種族とおよそ変わることがないのだ――とカレレンは思う。遠いかなたには山がある。力と美を秘めた山々、氷河の上に雪がたわむれ、痛いほど澄みきった空気に包まれた山々。太陽が日々の歩みをつづけ、頂を栄光に染めている。だが、下界はただ暗闇に呑まれるだけ。そして、自分たちに許されるのは、ただその姿を見守り、驚異に打たれることだけ――自分たちはあの高みに登ることは永久にできないのだ。

　それでも自分たちは最後まで頑張るだろうとカレレンは信じている。どんな運命が待っていようと、絶望せずに待つだろう。〈主上心〉に奉仕するのは、万やむをえないからだ。しかし、仕えることによって、魂まで失いはしない。

　巨大なスクリーンに、一瞬くすんだルビー色が燃え上がり、カレレンは無意識のうちに、千変万化する模様が伝える信号を読みとっていた。船が太陽系の辺境をあとにしようとしているのだ。恒星間駆動の供給源となっているエネルギーは急激に減衰しつつあったが、もう駆動力効果は充分に得られている。

　カレレンが片手を上げると、スクリーンの画像がまた変わった。真ん中に、一個の恒星が明るく輝いている。これだけ遠ざかってしまうと、あの太陽にはいくつかの惑星があり、その一つがいまや消滅してしまったなどということは、誰にも見分けがつかなかった。長いあいだカレレンは、みるみる広がる空間の深淵のかなたに浮かぶその姿をじっと見つめていた。彼の雄大な、そして迷路のように入り組んだ心の中を、さまざまな思い出が駆けめぐる。自分の目的を助けてくれた人々、あるいは邪魔しようとした人々、すべてをふくめてカレレンは、自分がかつてなじんだ人間たちに対し、手を上げて無言の別れを告げた。

誰もカレレンを妨げ、その思いをかき乱そうなどとはしない。やがて、小さくなってゆく太陽に、カレレンは背を向けるのだった。

訳者あとがき

（編集部註・作品の結末に触れています。読了後にお読みください）

アーサー・C・クラークは、イギリスSF界の押しも押されぬ大家であり、いまさらあえて紹介の要もない。この『地球幼年期の終わり』は、クラークが一九五三年に書いた作品で、まぎれもない傑作として知られ、おそらくは二十世紀世界SF文学の古典として、後世に伝わるものだろう。いかにもイギリス人らしく、比較的地味な作風のクラークではあるが、『地球幼年期の終わり』は豊かな想像力に裏打ちされ、そのスケールも雄大で、色彩感にも富んだ見事な叙事性を備えている。「知能ある人間（ホモ・サピエンス）」としての人間が、進化の次の段階でどう変身をとげるかというテーマはSF格好の題材であり、この作品以外にも種々例は見かけられる。多くの場合、次に来る「人間」は超能力の所持者で、この超能力が善悪二様にどう発揮されるか、その趣向を凝らすところが、いわば作家の腕の見せ場になり、読者も手を変え品を変えして提出される未来人の像を楽しむというわけで、「変身もの」というSFジャンルの可能性はつきない。

『地球幼年期の終わり』にも、こういった伝奇的な娯楽性は十二分にある。〈上主〉という超生物種族の正体はなにか、また彼らの地球滞在の真の目的はなんなのか等々、最後まで謎ときの魅力も人の心をとらえてはなさない。しかし、この作品には、単なる筋の展開のおもしろみ以上に、むしろ純粋な感動を呼ぶ何物かがあり、将来この作品の背景となっている二十一世紀の世界像が古臭く思える時期が到来したにせよ（事実、この作品の中では、ラジオがまだテレビより優勢であり、カレレンの記者会見に登場する〈ヘラルド・トリビューン〉紙は、一九六〇年代なかばに姿を消してしまっている）、この感動的な何物かは、あい変わらず新鮮に未来の読者の心に訴えかけてくれるのではないだろうか？　それを「文学性」と呼び、作者の「詩魂」と呼ぶのは各人の自由である。

『地球幼年期の終わり』は終末論の一種であり、人類は火の中に最期をとげ、そこから再生してくる不死鳥、あるいは幼虫からさなぎ、さらには蝶として変身する昆虫のような存在である。この最期と変身をみとり、これに手助けをしてやる超生物が〈上主〉であるが、知能においてははるかに人類をしのぎ、地球上ではほとんど全能者の立場に立つ〈上主〉が、実は進化的には完全に行きづまり、彼らの保護する未熟な人類が持つ潜在能力を持っていない点、さらには彼らは結局は、やがて人類が到達する〈主上心〉（Overmind という原語には、心理学的なニュアンスのみならず宗教的な響きが感じられる）に仕える召使いでしかないという点に、味わうべき皮肉があり、この皮肉がとかく趣向の奇抜さのみに終わりがちなSF超生物の姿に、逆に生きた人格性と、深いペーソスを与えている。

さらにこの優秀な生物である〈上主〉が、いざ人間の眼前に姿を現わすと、なんと昔から伝えられる悪魔の姿そのものだったというところも、あざやかな着想である。この「悪魔」が自滅寸前の地球に平和と繁栄をもたらす善の使徒になるという逆説は、後で人類が悪と恐怖の化身として思い描いた悪魔が、実は終末する未来世界から逆流した「未来の記憶」だったという筋立てに結びつけられ、この作品の壮大な終末論的、また一種神秘主義的な宇宙像を見事に支えている。

もう一つ着目される逆説的な対比が、人間とその後継者になる〈主上心〉の子供たちで、これは古今東西を通じて永久に存在する「世代の差」(昨今の世の中ではことにうるさく意識される問題だが)の戯画とも受け取れるが、進化論的にはわが子よりはるかに未熟であるはずのホモ・サピエンス最後の世代が、悲劇的高貴さをもって描かれるのに対し、やがて〈主上心〉となる超人的な子供たちは、実に無情冷酷な非人間として描写されている。人間を超越した存在に変身するのだから当然ともいえようが、われわれ平凡な「ホモ・サピエンス」から見ると、あまりうらやましいとは思えぬ「進化」でしかない。いずれにせよ、人間最後のユートピア、自爆する新アテネ島とともにみずから選んだ死につくグレグスン夫妻の最期は感動的であり、これに反し緑の自然から、やがては自分を育てた地球まで消し去ってしまう超人の子らの姿には何か慄然とさせるものがあるのだ。

この作品の最終的アイロニーは、やはり気高い「悪魔」である〈上主〉たちによって完成

される。Overlordという名にもかかわらず、ただのしもべとしての一生を余儀なくされる
彼らは、逆に自分たちのしもべにすぎなかった人類をうらやみつつ孤独な生活を送ってゆく。
しかし、彼らには人類と共通した、ある強い素質がある。すなわち、未来を見つめ、希望を
捨てぬ能力で、これを「夢見る力」と表現することが許されるなら、同じく「夢見る動物」
だった人類の後継者はむしろ〈上主〉たちであり、彼らはこれを頼りに無限の時間と空間に
挑戦を続け、やがては〈主上心〉の座さえおびやかそうとしている。
〈主上心〉の原理は、「個は全」の思想を背景とする。作者が作中で述べている「星への道」、
つまり進化の二つの究極は、一つは「個は全」の〈主上心〉であり、一つは個をまっとうす
る〈上主〉族である。作者はどうやら後者により多くの共感を感じてこの作品の筆をおいて
いるようだが、これが作者の「ヒューマニズム」なのだろう。

一九六九年三月

解説

渡邊利道（わたなべとしみち）

世界中の大都市上空に突如として現れた巨大宇宙船団は、人類の宇宙進出の夢を砕き、戦争や飢餓といった深刻な問題をすべて解決した。超高度な文明を持つ異星人は、国連の陰に隠れ、誰にも姿を見せないままで人類を平和と安寧に導いていく。しかし、そこには隠された目的があった……。

本書は、イギリスの作家アーサー・チャールズ・クラークが一九五三年に発表した長編小説 *Childhood's End* の全訳である。作家自身にとってのみならず、五〇年代SFを代表する古典的名作であり、オールタイムベストの投票結果ではつねに上位にランクインし続けている、いまなお輝きを失っていない傑作だ。

日本でも夙（つと）に六〇年代から翻訳紹介され、創元SF文庫では六九年に翻訳が刊行（九二年に新カバー）、今回は新たに御遺族の了解のもと訳文を見直した新版の登場ということになる。大空に突如出現する巨大な宇宙船団という超越的なイメージは、先例があったらしいが（たとえばアメリカの作家シオドア・スタージョンには四七年に「空は船でいっぱい」というそのものズバリのタイトルの短編がある）、やはり本書をもって嚆矢とされ、映画『インデペンデンス・デイ』（九六年）をはじめ、さまざまな作品で変奏される、SFというジャンルにとっての、いわば原型的なシーンである。また、本作で提示される人類進化のヴィジョンは、驚くほどに現在でもアクチュアルな思弁性を湛えている。時代を超えた普遍性を有した作品なので、半世紀以上昔の作品だろうと不安に思っている読者の方がいれば、安心して手に取っていただきたい。

しかし、そんな『地球幼年期の終わり』は、なかなか完成まで時間のかかった作品だったらしい。

一九四六年、クラークは中編「守護天使」を執筆。〈アスタウンディング〉誌に投稿したが拒否され、改稿を重ねてようやく五〇年に〈フェイマス・ファンタスティック・ミステリーズ〉誌に掲載される。そしてこの中編をほぼそのまま第一部として組み込んだ三部構成の長編小説を構想し、何度かの改稿の末、ようやく五三年に発表したものが本書である。

当時の世界情勢は、第二次世界大戦が終結し、アメリカ合衆国といまはなきソビエト社会主義共和国連邦（ソ連）が、覇を競って激しく対立していた。互いに核兵器を持ち、第三次世界大戦は世界の終わりを意味していると誰もが考えており、「冷戦」と呼ばれる膠着状態に陥って、宇宙開発競争がまるで戦争の代用のように激化していたのである。米ソの対立は八九年のソ連解体で終わりを告げ、本作のプロローグはいくらか前提が変わってしまった。それを意識してか、九〇年に刊行された新版ではプロローグを削除し、二十一世紀に入り、六カ国共同の火星探査ミッションに出発する直前と設定を変更した上で第一部に組み込んでいる。[註1]とはいえ、変更点はほぼそれだけで、他の部分はまったく旧版と変わっていない。また、その後二〇〇一年に出た版ではふたたび元通りのヴァージョンで刊行されたということだから、作者自身これはこのままでいいと判断したのかもしれない。実際、冷戦という歴史的な知識さえあれば、旧ヴァージョンでまったく問題ない、というよりもむしろ全体のバランスからいえば、旧ヴァージョンのほうが世界の破滅を意識した時代を反映した心性が読み取れる分、物語に説得力が増すように思われるのだ。

　もちろん、この小説は読んで単純に面白いものである。

たとえば第一部のミステリ的な展開、とくに姿を見せない異星人カレレンを一目見ようと登場人物たちが試みる方法のいかにも技術者的な記述や、第二部で描かれる南の島の海や潜水艇による海洋探査の場面、聖書のイメージを意外性のあるアイディアで転倒させるユーモア感覚や、もちろん第三部での壮大な人類進化のヴィジョンを、まずは入り組んだ伏線を駆使して明らかにしていき、クライマックスでは科学的考証に支えられた緻密さで描写し切ってしまう強靭(きょうじん)な想像力など、クラークの持つ多様な魅力が縦横に発揮されていて、まさにマスタピースというに相応(ふさわ)しい。

また、この「人類進化のヴィジョン」の構造が、非常にクラークという作家の特徴を現していて面白い。内容的には神秘主義あるいはオカルト的と言っていい展開になっているのに、あえてわざわざ誰かによって見られている場面を設定し、前述したように科学的考証に裏付けられた視覚的描写で記述している。「ＳＦは絵だ」という野田昌宏(のだまさひろ)の名言があるが、まさにクラーク作品の真骨頂は、このような「風景」の描写にある。

英文学者の高山宏(たかやまひろし)は、十八世紀から十九世紀にかけて栄華を誇ったロマン派を準備したものとして、ニュートンの光学による「描写」の問題化と、十八世紀に外交問題が解決し、大量のイギリス人がヨーロッパ大陸へと旅した「グランド・ツアー」と呼ばれる現象によって、「風景」を発見したことを挙げている。[註2]「風景 landscape」とは、ただ目に入るものではなく、観念的なバイアスのかかった世界の「像」である。この「像」の捉え方のモデルとなるのが絵画であり、「美学」が成立する。一般にロマン派は、近代科学がもたらした理性偏重や合理主義に対し、感受性や主観を重んじて「自然に帰れ」というスローガンを謳(うた)ったとして知られているが、まさにそこで前提された「自然」こそ、自然科学のバイアスのかかった観念的な人工物なのである。そしてＳＦは、そのような精神風土の中で、メアリ・シェリーやエドガー・アラン・ポオを始祖として生まれた文芸ジャンルであった。

クラークが、神秘主義に接近するような人類進化のヴィジョンを、なぜ緻密な科学的考証に裏付けされた描写で、読者に「見せる」のか。それは、そのような「風景」こそが、SFというジャンルにあらかじめ埋め込まれた、近代以後の文学・芸術の言説における、ある観念史的パースペクティヴを背負った欲望だからなのである。

さて、新しい読者のために、作者について少し詳しく紹介しよう。[註3]

一九一七年、イングランド西部サマセット州の港町マインヘッドに、四人兄弟の長男として生まれる。父親は郵便局の電気通信技師だったが、第一次世界大戦に従軍し、帰還後に同州の内陸部の小さな村ビショップズ・ライデアードで農園をはじめたため転居。その父親にプレゼントされた煙草(たばこ)の景品のカードに描かれたステゴサウルスに魅了され、古生物学に興味を持ち、化石収集をはじめる。二七年に小学校を卒業し、州都トーントンのグラマー・スクールに進学。この学校で天文学を知り、自作の望遠鏡で天体観測に熱中。そして三〇年、学校の勉強部屋で偶然アメリカのSF雑誌〈アスタウンディング〉誌を見つけ、たちまち熱狂的なSFファンになった。雑誌のコレクションをはじめ、その文通欄でイギリスだけではなくアメリカにも友好の輪がひろがっていく。また何よりこの三〇年の夏は、マインヘッドの公立図書館でオラフ・ステープルドンの『最後にして最初の人類』(三〇年)を読んで大きな衝撃を受けた。二十億年にわたる巨大なスケールの未来史であり、世界戦争や火星人襲来、ウィルスによる絶滅、太陽系の惑星への移住といった波瀾万丈の事件の中で、テレパシーを獲得したり身体が小型化したり巨大化したりと、どんどん変容していく人類の姿を描いた、高度に哲学的・瞑想的な幻想叙事詩というべき作品である。クラークの世界観を大きく変えたというこの作品からの影響の痕は、とくに本作『地球幼年期の終わり』にも顕著に見られるので、本書が面白かった人は探して読んでみるといいだろう。

　さて、三四年には前年に創設されたばかりの英国惑星間協会に参加、自作のロケットによる発射実験を行うなど活発に活動（のちには会長も務めた）。またすでに創作にも手を染めていて、SFファン仲間のあいだで、その個性から「エゴ」というニックネームで呼ばれるようになる。三六年には優秀な成績で公務員試験に合格、グラマー・スクール卒業後はロンドンで大蔵省に勤めた。第二次世界大戦がはじまると、徴兵に先んじて空軍に志願入隊。将校としてレーダーの開発に携わる。四五年に有名な人工衛星による電気通信システムを考案、このとき「地球外電波通信」すなわち衛星放送のアイディアを公表しており、後年、特許を取っていれば大金持ちになっていたとユーモアを交えて語った。

　四六年、〈アスタウンディング〉四月号に短編「抜け穴」を発表しSF作家として商業誌デビュー。同年除隊し、ロンドン大学のキングス・カレッジに入学、物理学と数学を修めた。卒業後の四八年、長編『銀河帝国の崩壊』が雑誌に掲載。宇宙からの侵略者に敗れた人類が引きこもった閉鎖都市で、不死を実現し未曾有の繁栄を築いた遠未来。その退屈な楽園にあきたらず外部を目指す少年の冒険を描いた、『地球幼年期の終わり』にも通じる壮大なスケールの作品である。五〇年には、はじめての書籍であるノンフィクション『惑星へ飛ぶ』を刊行。好評を得て、テレビの科学啓蒙番組にも出演する。以後もノンフィクションはクラークの仕事の大きな柱となり、テレビ番組への出演もあって、英米ではむしろ科学解説者としての認知の方が大きいとさえ言われることもあった。実際クラークの宇宙開発事業とその啓蒙にかける情熱は生涯にわたって決して衰えることはなかった。

また、この頃英国惑星間協会のたまり場だった酒場で、五〇年代の後半から一緒にダイビング関連のベンチャーを起業し、生涯のビジネス・パートナーとなる水中カメラマンのマイク・ウィルスンと出会う。ウィルスンはクラークにスキューバ・ダイビングの面白さを教え、クラークと海との身体的な交歓もまた生涯にわたって続くこととなった。

五一年、人類初の月面着陸計画を描いた長編『宇宙への序曲』を刊行。SFとして最初の著作となるこの作品は、緻密な科学的考証に基づいて執筆されたハードSFで、アポロ計画の二十年近く前に書かれたものでありながら、そのディテールの確かさに支えられた詩情はいまも色あせない傑作である。前述した『銀河帝国の崩壊』のような、遠未来を舞台にした、壮大なスケールで大胆なヴィジョンを提示する、ときには思弁的でもある作品の系列と、『宇宙への序曲』からはじまる、技術者としての経験とそこで育まれた論理性に裏打ちされた、広範囲の科学知識を応用した近未来ハードSFの系列は、クラークの作品を特徴づける車の両輪のようなものだが、それらがデビューの頃からほぼ完成されたかたちで備わっていたと見ることができるのが興味深い。

さて同年に刊行されたノンフィクション『宇宙の探険』は国際幻想文学賞ノンフィクション部門を受賞。続いてハードな火星SFの嚆矢となる長編『火星の砂』も刊行した。翌五二年にはじめてアメリカを訪問。世界SF大会に参加するなど、多くのSF作家、関係者と親交を結ぶ。そして五三年、本書『地球幼年期の終わり』を刊行。発表二ヶ月で二十万部を超えるベストセラーとなり、批評家からも好評を得た。ことにかねてより親交のあったイギリスの文学者C・S・ルイスは、ジャンルを超えた傑作として絶賛した。同年、二度目のアメリカ訪問で知り合った女性と電撃結婚。そのままイギリスへと連れ帰るが、ほどなくして結婚生活は破綻をきたし、翌五四年には別居生活に入る（正式に離婚が成立するのは六四年）。傷心の彼を慰めたのもまたフロリダの海でのダイビングであった。

五五年の短編「星」が、ヒューゴー賞短編部門を受賞。五六年からほとんどダイビングを目的としてスリランカ（当時はセイロン）に移住。この年にはまた、実質的な処女長編である『銀河帝国の崩壊』を全面改稿した『都市と星』を刊行。クラーク自身は出来栄えに満足だったが、かつてのジュブナイルの雰囲気が濃厚だった作品のファンも多く、そのままどちらの作品も同時に書店に並び続け、さらに後年、『銀河帝国の崩壊』をそのまま第一部として組み込んだグレゴリイ・ベンフォードとの共作『悠久の銀河帝国』が刊行されるなど、複雑で数奇な運命をたどることとなった。

五七年、長年にわたる海への憧憬(しょうけい)を具現化した長編『海底牧場』が刊行。以後、海洋SFもクラークの重要なレパートリーとなる。

六二年、体調を崩し、のちにポリオに感染したと判明する。ユネスコのカリンガ賞を受賞。科学エッセイ集『未来のプロフィル』刊行。数々の未来技術に関する予言・名言が収録されており、大きな話題を呼んだ。ことに同書で定式化されたクラークの三法則、

第一法則　著名だが年配の科学者が、なにごとかが可能だと言えば、それはまずまちがいなく正しい。しかし彼が不可能だと言えば、たいていの場合は間違っている。
第二法則　可能性の限界を知る唯一の方法は、それを越えて不可能の段階に入ることである。
第三法則　充分に進歩した科学は、魔法と区別がつかない。
（山高昭(やまたかあきら)訳）

ことに第三法則はいまも多くの人が引用する名言だろう。

六四年、アメリカの映画監督スタンリー・キューブリックからSF映画への協力を要請され、最初はすでにあった短編「前哨(ぜんしょう)」をベースに制作される予定だったが、紆余曲折(うよきょくせつ)あって映画制作と原作の新作長編小説の執筆が同時進行することになる。そしてついに六八年、映

画『２００１年宇宙の旅』が封切り、続いて同タイトルの小説版も刊行された。それまでのＳＦ映画のイメージを一新する映画版は、わかりやすい説明を一切省いた前衛的な映像美で「人類の進化と異星人の文明」という哲学的でもあるテーマを描くというコンセプトで賛否両論を巻き起こし、再上映を経て評価がぐんぐん高まって映画史上の傑作と遇されるようになったが、クラークの思惑とはまったく違った作品であった。とはいえ、小説版ではすべての場面に明快な説明がつき、のびのびと描かれていて、のちに年月をおいて続編が次々に書かれていったようにクラークのライフ・ワーク的作品となる。また映画のヒットとこれまでの科学解説者としてのキャリアへの信頼も手伝ってか、ちょうど目前に差し迫っていた人類初の月面着陸を迎えるにあたってメディアに重用されるようになり、とくにテレビを通じてその知名度はどんどん大きくなっていった。七〇年には日本で開催された国際ＳＦシンポジウムに参加。大阪万博を見学し、小松左京と対談した。

七三年に発表した五年ぶりの長編『宇宙のランデヴー』は、ヒューゴー賞、ネビュラ賞、ジョン・Ｗ・キャンベル記念賞、ジュピター賞、ローカス賞、英国ＳＦ協会賞を受賞。全長五十キロ、直径二十キロ、自転周期四分で内部が空洞になった巨大な円筒形物体〈ラーマ〉が、毎時十万キロ以上のスピードで太陽系をおとずれた。それにランデヴーし内部を探検するが、なにひとつ謎は解けないままに近日点に近づいて探検隊は撤収し、〈ラーマ〉はただ去っていくだけという物語。まったくシンプルで、しかしそれ以上何を求めると言うのかと反問したくなるような傑作である。七九年には、スリランカを舞台に軌道エレベーターを建設する人々を描いた長編『楽園の泉』を発表。『宇宙のランデヴー』に続いてヒューゴー、ネビュラのダブルクラウンに輝いた。クラークの技術系SFのおよそ集大成と呼べるような作品であり、またスリランカでの生活に取材したいきいきした細部も豊かな、やはりこれも大傑作だ。そしてここでクラークは一度SF創作の筆を擱こうと決意したという。しかしエージェントが『2001年宇宙の旅』の続編を書くことを熱心に勧め、またコンピューターを導入したことによって執筆の意欲が再燃。八二年に『2010年宇宙の旅』が刊行され、その後もシリーズは『2061年宇宙の旅』(八七年)『3001年終局への旅』(九七年)と続いた。

八六年にはふたたび危機的な体調不良に襲われ、それが過去に感染したポリオによるものとついに判明、最終的には車椅子生活を余儀なくされることとなる。過酷な闘病を続けながら、中編を長編化した『遙かなる地球の歌』(八六年)や、タイタニック引き揚げの物語『グランド・バンクスの幻影』(九〇年)などの長編を発表するが、しだいに後輩のハードSF作家であるグレゴリイ・ベンフォードやスティーヴン・バクスターなどとの共作が創作の中心となっていく。

九八年にエリザベス女王からナイトの称号を受章、またノーベル平和賞にノミネートされるなど、晩年はさまざまな栄誉に輝き、二〇〇八年にスリランカのコロンボ市内の病院で呼吸不全のため死去した。遺作となったのは同年に完成し、死後刊行されたフレデリック・ポールとの共作『最終定理』だった。享年九〇。

その名を冠した賞はいくつもあり、SFでは八七年からはじまる、前年にイギリスで初刊行された作品からもっとも優れた長編小説に授与される「アーサー・C・クラーク賞」のほか、八三年に設立されたアーサー・C・クラーク財団が運営する、クラークの価値や業績を〝具体的に立証した〟人物や団体に与えられる「アーサー・C・クラーク生涯功労賞」（二〇〇二年～）、衛星通信分野での業績に対しての「アーサー・C・クラーク発明家賞」（〇三年～）、また財団とは関係のないところでも、〇五年には宇宙探査に貢献のあった英国の個人・団体などに贈られる「サー・アーサー・C・クラーク賞」などが設立されている。これらの賞の多くは、クラークの作品（想像力）が、単に文学・SF関係者のみならず、科学・技術者たちにもよく理解され、愛されていることを示しているだろう。

ふりかえってみれば、つねに最新の科学知識によってアップデートされていったとはいえ、クラークの作品はそのスタイルと思想がつねにほぼ一貫していたように思える。争いごとが嫌いで、自作ではほとんど暴力的なシーンを描いたことがないと語るクラークは、つねに確信を持ってみずからがしたいと思ったことだけを着実に実行してきた、非常に稀な幸福なSF作家なのである。

今年二〇一七年はクラークの生誕百周年にあたり、そのような記念すべき年に『地球幼年期の終わり』の新版が刊行されるのを言祝ぎたい。

註1　九〇年の改稿版は、光文社古典新訳文庫から『幼年期の終わり』（池田真紀子訳、二〇〇七年）として刊行されている。

註2　高山宏『近代文化史入門　超英文学講義』（講談社学術文庫、二〇〇七年）

註3　クラークの伝記的記述は、クラーク自身の自伝的エッセイ『楽園の日々』（山高昭訳、ハヤカワ文庫SF、二〇〇八年）と、牧眞司氏作成の詳細な年譜（『ザ・ベスト・オブ・アーサー・C・クラーク　1〜3』中村融編、ハヤカワ文庫SF、二〇〇九年）を参考にさせていただきました。

検印
廃止

訳者紹介　1932年東京生まれ。東京大学文学部英文科卒。主な訳書に，ヴァン・ヴォークト『宇宙船ビーグル号の冒険』『非Aの傀儡』『イシャーの武器店』，ベスター『分解された男』など多数。2007年没。

地球幼年期の終わり

1969年4月25日　初版
2009年1月23日　39版
新版　2017年5月31日　初版
2024年3月29日　4版

著　者　アーサー・C・クラーク

訳　者　沼（ぬま）沢（さわ）洽（こう）治（じ）

発行所　（株）東京創元社
代表者　渋谷健太郎

162-0814/東京都新宿区新小川町1-5
電　話　03·3268·8231-営業部
03·3268·8204-編集部
URL　http://www.tsogen.co.jp
振替　00160-9-1565
工友会印刷・本間製本

ISBN978-4-488-61104-0　C0197